2015年重庆师范大学学术著作出版基金资助

陪都文学论

郝明工 著

人民出版社

责任编辑:李　惠
装帧设计:雅思雅特

图书在版编目(CIP)数据

陪都文学论/郝明工 著. —北京:人民出版社,2017.10
ISBN 978－7－01－017867－7

Ⅰ.①陪…　Ⅱ.①郝…　Ⅲ.①地方文学史-文学史研究-重庆-现代
Ⅳ.①I209.971.9

中国版本图书馆 CIP 数据核字(2017)第 150767 号

陪都文学论

PEIDU WENXUE LUN

郝明工　著

人民出版社 出版发行
(100706　北京市东城区隆福寺街 99 号)

北京朝阳印刷厂有限责任公司印刷　新华书店经销

2017 年 10 月第 1 版　2017 年 10 月北京第 1 次印刷
开本:710 毫米×1000 毫米 1/16　印张:18.5
字数:225 千字　印数:0,001-1,500 册

ISBN 978－7－01－017867－7　定价:48.00 元

邮购地址 100706　北京市东城区隆福寺街 99 号
人民东方图书销售中心　电话 (010)65250042　65289539

目 录

代序

区域文学刍议

区域文化与区域文学作为民族国家之内文化与文学发展的阶段性分野现象，在20世纪以来的中国文化与文学的版图上如此明晰地呈现出来，以至于无论是文化研究还是文学研究，都无法回避这一事实上存在着的研究对象。

具体而言，对于抗日战争时期中国文化与文学的当下研究，已经从抗战区扩展到沦陷区；而对于当代中国文化与文学的当下研究，也由大陆扩展到台湾地区与香港地区。实际上，面对20世纪以降中国区域文化与区域文学的现实存在，如何在以之为对象的研究之中进行具有针对性的理论思考，以突破现有的研究范式，势必成为不得不面对的一个学术话题。

所幸，区域文化与区域文学的中国存在为这样的理论思考提供了不可或缺的学术资源。这就促使应该进行的理论思考不至于流为随意虚构的理论高蹈，在为区域文化与区域文学提供专门的研究方法与阐释工具的同时，也就同样有可能为区域文化与区域文学研究的理论体系建构乃至学科建构，提供一次并非无益的尝试。

“千里之行，始于足下。”为了保障有关区域文化与区域文学的学术对话得以顺利进行，理应对区域文化与区域文学这两个基本概念进行必要的阐释，以便有助于不同个人思考之间的学理交流与交锋，以期能够在达成某种学术共识的前提下，推进区域文化与区域文学研究的发展。

如果对区域文化进行的认识需要基于大文化观，那么，对区域文学的把握则需要基于大文学观，从而使文学与文化之间的文本联系能够得到一种基于历史的审美阐释。这不仅是因为区域文学是对于区域文化的文学性表征，更是因为区域文学对于区域文化的文学性表征具有着文学与文化的双重内涵。所谓区域文化就是：在民族国家之内，在特定时期与环境中存在着的，拥有意识文化、地区文化、地缘文化、民族文化四大基本构成要素，并且具有着意识形态主导性、行政区划限定性、人文地理稳定性、民族归属独特性这四大特征的阶段性文化现象。在这样的意义上，也就可以对区域文学现象的出现进行如下初步描述：在以区域文化为对象的文学审美过程中，以区域文化的现实存在为基础，通过区域文学的产生而成为区域文化的一个组成部分，在促成区域文化发展的同时推进区域文学的自身发展。

从区域文学的文本存在来看，实际上拥有两大文本系统：口头语言文本与书面语言文本，两者的代表分别是：前者主要是由民间采风而来的文本，是关于集体创作的口头流传文本的文字记录；后者主要是由专人写作而来的文本。是个人创作的书面传播文本的文学书写。这两大系统的文本的写作，不仅呈现出由集体创作向着个人创作进行转换的趋势，而且也相应地表现出由民间流传向着大众传播进行转换的倾向。更为重要的是，从区域文学的文本构成来看，具有着纵横两个蕴含向度：

横向的蕴含向度表现为对于区域文化从睿智的哲思到激情的迷狂，而纵向的蕴含向度则呈现为对于区域文化从现实的观照到历史的追溯。这样，区域文学对于区域文化进行的文本表达之中，已经促使地域文学的产生与地方文学的出现之间形成了趋向一致的可能性，最终成为区域文学的存在现实。

区域文学中地域文学与地方文学二分，与区域文化中地域文化与地方文化二分相对应，从一个侧面表明了区域文化与区域文学之间的本质性深层内涵关系。因此，在地域文学与地区文学之间，将表现出不同的文本特征。首先，地域文学的文本存在具有两大文本系统，并以书面文本为主；而地域文学的文本构成以地域文化为对象，并以横向的蕴含向度为主，因而无论是从文本的写作到文本的传播，还是从文本的对象到文本的蕴含，都将受到意识调控与行政调控的种种约束。其次，地方文学的文本存在也具有两大文本系统，且口头文本与书面文本并重；而地方文学的文本构成以地方文化为对象，并以纵向的蕴含向度为主，因而无论是从文本的写作到文本的传播，还是从文本的对象与文本的蕴含，都将受到人文基础与民族特征的种种影响。所以，从文学审美的角度来看，地域文学与地方文学之间，两者的审美自由度，由于外来的地域文化干预与内在的地方文化局限，会导致两者之间的实质性差异的出现。

这一差异源自地域文学与地方文学的文化内涵的不同，从而体现出地域文化与地方文化之间的基本构成差异。这实际上也就意味着地域文学与地方文学都同样具备着文化内涵的二分。就地域文学而言，具备了意识文化导向与地区文化限度这样的文化内涵二分：意识文化导向是意识文化现实追求的文学表现，而地区文化限度是地区文化辖区边际的文学表现，从而显现为从政治意向到行政体制对于地域文学的可能限制。

就地方文学而言，具备了地缘文化特性与民族文化底蕴这样的文化内涵二分：地缘文化特性是地缘文化历史发展的文学表现，而民族文化底蕴是民族文化传统延续的文学表现，从而显现为从风土人情到风俗习惯对于地方文学的潜在制约。

这样，区域文学的文化内涵分为意识文化导向、地区文化限度、地缘文化特性、民族文化底蕴的不同层次。根据这些不同层次在区域文化与区域文学兴衰过程之中展示出来的历史稳定性，这四者之间形成了从表层到深层的层次构架，也就是意识文化导向是区域文学最表层的文化内涵，而后由地区文化限度到地缘文化特性逐层深入，直到民族文化底蕴的最深层，表现出从变动不居到稳固更新的层次特征，并且显现出层层递进的可能相关，从而形成了区域文学中地域文学与地方文学之间的文化内涵层次区分。

由此可见，从地域文学到地方文学，由于存在着两者之间在文化内涵上的层次差异，不仅会继续保持着地域文化与地方文化的特征性影响，而且将独自表现出地域文学与地方文学的可能性发展，从而使地域文学与地方文学能够通过文化内涵的互动与互补，在地方文学的历史基础上与地域文学的现实发展相融合，实现两者在文化内涵上的兼容并包，从而使之成为具有体制性政治色彩与实存性民俗风貌这两大基本特点的区域文学现实。至此，可以对区域文学进行第一次描述性的界定：所谓区域文学，就是以区域文化为审美对象，拥有意识文化导向、地区文化限度、地缘文化特性、民族文化底蕴这四大文化内涵的文学现象。

由于在区域文化与区域文学之间保持着在文化内涵上的有机构成关系，因而在区域文化的主要特征与区域文学的一般特点之间，形成了对应性的关系。具体而言，一方面就是地域文化的时期性与波动性特征，将直接表现为地域文学的地域变动性，不仅地域文学的性质随着意识文化导向的转变而转变，而且地域文学的边际随着地区文化限度的调整而调整，因而使之成为区域文学是否出现的一个决定性因素。另一方面就是地方文化的长久性与累积性特征，将间接体现为地方文学的地方永久性，在地方文学的人文资源为地缘文化特性所固定的同时，地方文学的语言表达也为民族文化底蕴所决定，因而使之成为区域文学能否存在的一个根本性因素。这样，地域文学与地方文学之间正是从不同文化内涵层次上，展示出区域文学一般特点的基本内容，也就是地域文学以地方文学为历史根基，而地方文学以地域文学为现实样态。

地域文学的地域变动性，从文化内涵的角度来看，一方面直接表现为意识调控的可能性，即通过文学政策的制定，来进行调控以确定区域文学发展的可能限度；另一方面直接表现为行政调控的有效性，即通过行政区划的调整，来进行调控以确认区域文学发展的有效空间。无论是文学政策的制定，还是行政区划的调整，都具有着政治性的基本内容，表现为体制性的政治运作所产生的社会制约作用。在这样的意义上，可以说地域文学是一种政治性的区域文学现象，因而从地域文学到区域文学的现象性存在，实质上也就取决于民族国家在特定时期之中文化发展的政治性需要。

地方文学的地方永久性，从文化内涵的角度来看，一方面间接体现为人文基础的历史性，即进行人文地理开拓，来提供必要的人文资源根基以促进区域文学的形成；另一方面间接体现为民族语言的体系性，即进行民族语言发展，来提供必要的语言表达符号以推动区域文学的形成。从人文资源根基到语言表达符号，都具有着地方性的基本内容，表现为人文性的语言运用所产生的群体影响作用。在这样的意义上，可以说地方文学是一种地方性的区域文学现象，因而从地方文学到区域文学的现象性存在，实质上取决于民族国家在特定环境之中文化发展的地方性表达。

由此可见，区域文学的一般特点具有着地域变动性与地方永久性这两个方面的基本内容，具体化为意识调控的可能性、行政调控的可行性、人文基础的历史性、民族语言的体系性，进而形成了有关区域文学一般特点的，从政治性需要到地方性表达这样的文化内涵层次的两极区分，由此赋予了区域文学以政治性与地方性这样的文化存在关系标志。一旦区域文学在国家范围内成为从政治性需要到地方性表达的文学典范，区域文学也就具有了国家代表性。在这样的认识前提下，对于区域文学也就可以进行描述性的再次界定：所谓区域文学，就是以民族国家中以区域文化为审美对象，拥有意识文化导向、地区文化限度、地缘文化特性、民族文化底蕴这四大文化内涵，是地域文学的政治性需要与地方文学的地方性表达趋于一致的文学现象。

如果能够从这样的区域文化与区域文学界定出发，来对中国的文化与文学版图进行从古至今的扫描，或许，至少对于古代中国出现的区域文化与区域文学现象的研究来说，无论是以国名、朝代，还是以地名、州郡，来进行区域性区分，往往可能会发现：那些当初的区域文化与区域文学命名，作为历史现象，已经失去了地域文化与地域文学的面貌，而仅仅保留着地方文化与地方文学的风貌，这就需要进行现象性的历史还原，以求在有关研究过程中能够逼近它们的原貌，进行合乎学术规范要求的研究。

同样，就20世纪以来的中国文化与文学发展而言，一方面人们对于已经存在着的区域文化与区域文学现象，似乎应该直接去面对并且进行把握，而不应该围绕着它们，仅仅从区域文化与区域文学的某一层面上出发来进行外围研究。另一方面通过对于现存区域文化与区域文学的综合研究，将能够形成与之相应的具有体系性的研究方法与阐释工具，以便对于那些有可能出现的区域文化与区域文学现象提供一种理论性参照。

只有在这样的认识前提之下，通过对于中国现存的区域文学进行综合研究，才有可能形成与之相对应的具有范式意义的体系性研究方法与阐释工具，以便对今后那些有可能出现的区域文学现象进行理论性的探讨。

导言

以陪都为中心的大后方文学运动

一、大后方的文学诉求

何谓大后方？根据持久抗战与抗战到底这一战略与政略相一致的中国需要来看，所谓大后方也就是以抗战时期国民政府陪都重庆为中心的中国西部地区，包括以桂林、昆明、贵阳、成都、西安、兰州、迪化(乌鲁木齐)、西宁、银川等城市为地方首府的广大区域。由于大后方的社会秩序与生活相对稳定，这就保障了抗战文学运动较为正常的开展，有利于文学运动的战时发展。在这样的前提下，可以说大后方文学运动显示着抗日战争中全国文学运动的总动向。

随着国民政府的迁渝，以中华全国文艺界抗敌协会为代表的众多全国性文艺团体也迁往重庆，“在完整区域的总后方，文艺活动应该有努力加紧的必要，由于出版条件的具备，优秀作家的集中，那儿应该是指导中枢的所在。会刊《抗战文艺》应该负起指导全国文艺作家在抗战中一切活动的任务，拿我们创作的笔，扫荡历史积累下来的腐败现象，加强抗战的力量，培养革命的新世代”，“使整个的文艺活动参加到民族解放这一伟大的事业里面，使民众理解抗战这一神圣事业固有的革命性质，动员他们起来，贯彻抗战的目的。要使偏远的地方也能听到炮声，也能看见浴血抗战的现实！也要使全世界关心我国抗战的人士，能够看得见中华民族新的典型”！每个人都在思考这样的问题：“怎样使文艺在抗战上更有力量？”

然而，对于文艺工作者来说，如何解决这一问题却并非如问题的提出那样简单。一方面，“因为问题是实际的，所以由一开头直到今天横在面前的老是那两座无情的山：‘看不懂’是一座，另一座是‘宣传性’。三年来所有文艺作品与文艺讨论都是要冲过这两重山去。不冲过去即无力量可言，因为读众的读书能力的低弱，与抗战宣传的急迫，是谁也不能否认的”。另一方面，“在文艺者的心里，一向是要作品深刻伟大，是要艺术与宣传平衡。当他们看见那两重山哪，最初是要哭；后来慢慢地向前试步，一脚踩着深刻，一脚踩着俗浅；一脚踩着艺术，一脚踩着宣传，混身难过！这困难与挣扎，不亚于当青蛙将要变为两栖动物的时节——怎能既深刻又俗浅，既是艺术的又是宣传的呢”？

老舍俗白而又生动地刻画出文艺工作者的两难窘境，他又立足于中国现代文艺发展的高度简洁而又剀切地指出：“大家开始有个共同的领悟，就是假如完全照着旧模式与宣传文字已经有点效果，那么何妨再进一步而使新的样式也设法使民众能接受呢。”“是呀。俗而深，宣传艺术平衡，不扔掉旧传统（起码须谈中国话）也不忽视世界的新潮（不关上大门打仗啊），这不是最自然最光明的中国新文艺——新中国的文艺——的道路吗。”[①]实际上，这已经揭示出文艺发展中民族传统与时代

① 老舍：《三年来的文艺运动》，《大公报》1940年7月7日。

新潮相一致的必然性趋势。

王平陵从文艺创作的角度作出了进一步的设想："抗战文艺应该比舆论跨进一步，站在舆论之前"；"必须更关心政治，从希望政治进步出发去严正地批评政治"；"描写战争，表现战争仅仅是抗战文艺的一面，同样重要的另一面，是描写生产建设，表现生产建设。"总之，"文艺作家的任务，固然在于写作优秀的作品，但更主要的，是表现在作品中的思想能领导当代的思潮"。①

与此同时，郭沫若更是对文艺工作者的现状进行了客观的评估："现在作家们只是单纯地从正面地、冠冕堂皇地写抗日文艺，有时也不免近于所谓公式化，以后应该拿出勇气来，即使是目前所暂时不能发表的作品，也要写出来，记下来。这所写的才配称为真正的新现实，能够正确地把握这个新现实，才能产生历史性的大作品。"这就提出了文艺工作者的历史使命，要求发扬个人主体性，把握时代脉搏。②

从上述对于大后方文学运动总动向的不同角度的既成认识，可以看出抗战前期中国文学运动主要是围绕着文艺如何更好地服务于抗战而波澜起伏。因此，一是应该注意到在中华民族生死存亡的危急状态中，文艺服务于抗战，高于一切；二是不要忽视抗战文艺作为中国现代文艺发展中重要的一环，也应表达出对于自身发展的迫切需要。

然而，在急迫中，他们怀着惶惑而兴奋的心情去描写、去刻画、去反映自己尚未熟悉的抗战，停留在生活的表面上为写抗战而写抗战，就

① 王平陵：《一九四一年文学趋向的展望（会报座谈会）》，《抗战文艺》第7卷1期，1941年1月1日。

② 郭沫若：《一九四一年文学趋向的展望（会报座谈会）》，《抗战文艺》第7卷1期，1941年1月1日。

难免陷入公式化的泥潭，抗战文艺从急就章而急救章，成为面目可憎的抗战八股；于是，他们带着委屈俯就的心态，去发掘、去选择、去利用自己颇不以为然的民间旧形式，勉为其难地借此进行民众动员，在大众化的口号下为通俗而通俗，仍难以化解新文艺与民间文艺之间的隔膜，旧瓶中酿成难以下咽的新酒，非但未能添色增香，反而成为辛酸的反讽，形成文艺表现的不真实。

大后方的文艺工作者也认识到抗战文艺必须是真实的，也能够是真实的。首先，“真正所谓抗战，应该包括抗战建国的整个过程”，“前方的文人描写前方的生活，后方的文人表现后方的生活”。“写自己所知道的是创作的基本条件。后方文人表现后方生活，即使技巧拙劣的作品，亦较表面上说得天花乱坠而骨子里都是空想出来的前线抗战作品，来得真实而较动人。别的不谈，起码他是忠实地写他所知道的。”[①]其次，通俗化“不仅是技巧问题，不仅是文艺作者本身的问题，而是与许多的社会问题有着联系的”。但其首要问题即必须明确：“内容是现实的为大众所了解而且需要的。形式是大众所懂得所习惯的新的或者旧的。”同时，“通俗化不是庸俗化，所以通俗文艺决不是粗制滥造，不是低级趣味的渗和，不是淫词滥调的堆砌，更不是空虚的浅薄意义的反复。”“作家应该懂得大众，向大众学习”。[②]

文艺服务于抗战，不仅仅限于文艺工作者如何把握战时生活与文艺形式，实际上还对他们提出了更多更严格的要求。大后方文艺工作者较早认识到——文艺工作者必须根据战时生活的具体样态，揭示其纷繁表象之下的底貌：“对于抗战中所发生的残酷、动摇、痛苦、快愉等，应

① 柳青：《后方文人的苦闷及其出路》，《中央日报》1939年2月1日。

② 戈浪：《文艺通俗化诸问题》，《中央日报》1938年11月26日。

有系统的研究、剖解，而同时加上丰富的想象力。以想象来创造文字，热情处当热情，冷静处当冷静，要歌颂也要批判，这样才实际而有情绪，才是有血有肉的表现”，“至于歌颂与批判并不含有‘捧’与攻击的意义。应该是有理性的检讨与鼓舞的。这，使我们的内部走向更完整更有力的方向”。[①]

1938年底，随着所谓华威先生“出国”事件的发生，[②]促进了大后方文艺工作者对文艺能否暴露与讽刺抗战阵营中的阴暗面与消极面这一问题的讨论，尽管讨论开始前出现了两种不同的看法，或主张仍应以颂扬光明为主，或要求不应讳疾忌医，但随着讨论的继续，讨论的焦点不再是应不应该暴露与讽刺，而是应该怎样去进行：“因为有暴露才有改进，姑息，适足以养奸。但是于方法方面，却还要郑重考虑一下。这个时代，应该是建设第一，不应该单是大骂一顿或是讥讽一下了事，应该指示他一个光明的前途，这才叫作真正的‘暴露’。”[③]对于这一点，已成为大后方文艺工作者的共识：要求暴露黑暗做得“恰到好处”，“不但要不妨害抗战，而且要有益于抗战”，[④]必须注意“如何暴露这手法上的问题”。[⑤]

这就将讨论推向了在文艺创作中如何描写否定性人物：以“暴露”的形式来揭穿隐藏着的、披着爱国者画皮的反对抗日与民众的敌人；以“讽刺”的形式来揭破隐饰着的麻木、自私、卑鄙而又侈谈抗日者；以

① 佳禾：《歌颂与批判》，《新民报》1938年3月7日。

② 张天翼：《华威先生》，《文艺阵地》第1卷1期，1938年4月16日；同年11月，日本《改造》杂志翻译发表，由此引发争议——对国人抗战应该怎样进行文学把握，以避免各国读者的误读。

③ 陈莱：《关于“暴露”之类》，《新民报》1939年4月27日

④ 何容：《关于暴露黑暗》，《文艺月刊·战时特刊》第3卷7期，1939年7月16日。

⑤ 郑知权：《论暴露黑暗》，《文艺月刊·战时特刊》第3卷10、11期合刊，1939年9月16日。

“铸奸”的形式来揭示秦桧式的现代汉奸丑态，从而“使人类的渣滓表露出原形”。[①]这实际上已提出塑造典型的问题，通过“否定的人物”这一“有害于抗战，有害于民族革命的形象，在艺术的夸张下使腐烂的溃败，使新生的成长”。[②]

与此同时，1938年12月1日，梁实秋在为《中央日报》所编副刊《平明》上发表《编者的话》，其文称：“我揣测报馆请人编副刊总不免是以为某某人有‘拉稿’的能力。编而至于要拉，则好稿之来，其难可知。”“我老实承认，我的交游不广，所谓‘文坛’我就根本不知其坐落何处，至于‘文坛’上谁是盟主，谁是大将，我更是茫然。所以要想拉名家的稿子来给我撑场面，我未曾无此想，而实无此能力。”“但是我想，广大的读者是散布在各地方各阶层里的，各有各的特长，各有各的经验，各有各的作风，假如你们用一些功夫写点文章惠寄我们，那岂不是充实本刊内容的最有效的办法么？”于是，他就写稿问题提出：“现在抗战高于一切，所以有人一下笔就忘不了抗战。我的意见稍为不同，于抗战有关的材料，我们最为欢迎，但是与抗战无关的材料，只要真实流畅，也是好的，不必勉强把抗战截搭上去。至于空洞的‘抗战八股’，那是对谁都没有益处的。”

对此，中华全国文艺界抗敌协会在《给〈中央日报〉的公开信》中指出：“本会虽事实上代表全国文艺界，但决不为争取‘文坛座落’所在而申辩，致引起无谓之争论，有失宽大严肃之态度。”因此，“在梁实秋先生个人，容或因一时呈才，蔑视一切，暂忘团结之重要，独蹈文人相轻之陋习，本会不欲加以指斥。不过，此种玩弄笔墨之风气一开，

① 野黎：《暴露·讽刺·铸奸》，《抗战文艺》第5卷1期，1939年11月10日。

② 罗荪：《人和典型》，《读书月报》第1卷10期，1939年11月。

则以文艺为儿戏者流，行将盈篇累牍，为交相谇垢之文字，破坏抗战以来一致对外之文风，有碍抗战文艺之发展，关系甚重；目前一切，必须与抗战有关，文艺为军民精神食粮，断难舍抗战而从事琐细之争辩；本会未便以缄默代宽大，贵报尚有同感。谨此函陈，敬希本素来公正之精神，杜病弊于开始，抗战前途，实利赖焉”。[①]

虽然此信未能公开发表，[②]但却由此引发能否创作“与抗战无关”的作品这一问题的讨论。应该承认，双方的观点都有一定的合理性，文艺的多样化是文艺自身发展的需要，但它应从属于“抗战高于一切”的现实需要；毕竟抗战文艺是文艺，只不过是抗日战争中的文艺，而不仅仅是抗日的文艺，甚至战争的文艺。

抗战文艺的通俗化虽然以“利用旧形式”为主要表现，但也包孕着这样的思想种子：一方面，有人指出“许多人把‘通俗’的原意丝毫不变地来替换‘大众化’”，而通俗化与大众化折射出来的是两种完全不同的文艺观，前者以文艺作为载道的器具，于上传下达的屈就中，“骨子里存着轻视”来化大众，后者是以“文艺是离不开大众的”立场，使文艺更贴近现实生活，“是更进一步、更深一层的现实主义”。这样，“‘抗战’给‘大众化’预备下了最有利的条件；反过来，‘抗战’又需要‘大众化’的支持才能迅速地完成它的任务”，可以预言“未来的史学家或将这样写：‘文艺大众化’倡导于‘五四’，完成于‘抗战’”。[③]

另一方面，却有人提出通俗化与大众化之间的矛盾“不仅仅是文化运动领域内的主要缺陷，而同时又已经转化成抗战建国的政治实践上的

① 《中华全国文艺界抗敌协会史科选编》，四川省社会科学院出版社 1983 年版。

② 文天行：《国统区抗战文学运动史稿》，四川教育出版社 1988 年版，第 108 页。

③ 南卓：《关于“文艺大众化”》，《文艺阵地》第 1 卷 3 期，1938 年 5 月 16 日。

实际障碍”，因而认为“只要我们回顾一下二十年来白话文学运动的成果，即可预测运用民间形式以争取大众化与通俗化的统一，不但是必要的而且是可能的”。①

胡风认为继承了“五四新文艺传统”的抗战文艺，需要表现“统一战线的、民族战争的、大众本位的、活的民族现实”，“也就需要从形式方面明确地指出内容所要求的方向——“这就是‘民族形式’这一口号的提出”。他接着就论争双方的诸多论点进行了总括性的分析，指出双方在讨论中都表现出“形式主义的要素”，“忘记了从实际的斗争过程上去理解问题，解决问题”，“替民族革命战争服务的文艺，为了反映‘民主主义的内容’的‘民族的形式’的文艺，它的内容要随着现实斗争的发展而发展，它的形式也要随着现实斗争的发展也就是内容的发展而发展”。②

可以说，抗战前期文学运动的主导轨迹是从“替民族革命战争服务的文艺”向着“为了反映‘民主主义的内容’的‘民族的形式’的文艺”转变，即以文艺服务于抗战为主转向抗战文艺自身的发展。简而言之，就是“文艺必须从民族出发而完成民族的文艺”。③

1941 年 12 月 8 日，太平洋战争爆发，“中国政府与人民应该继续过去五年的光荣战争，坚决站在反法西斯国家方面，动员自己一切力量，为最后打倒日本法西斯而斗争”。④1942 年 1 月 1 日，《联合国家宣言》

① 向林冰：《关于通俗化与大众化及其诸问题》，《中苏文化》第 3 卷 1、2 期合刊，1938 年 12 月 1 日。

② 胡风：《论民族形式问题的提出和争点》，《中苏文化》第 7 卷 5 期，1940 年 10 月 25 日。该文的其余部分在《理论与现实》第 2 卷 3 期上发表，全文题名为《论民族形式问题的提出、争点和实践意义——对于若干反现实主义倾向的批判提要并纪念鲁迅先生逝世底四周年》。

③ 老舍：《文章下乡，文章入伍》，《中苏文化》第 9 卷 1 期，1941 年 11 月 25 日。

④《中国共产党为太平洋战争的宣言》，《新华日报》1941 年 12 月 9 日。

的签订，促使了民族自决与个人自由的民主意识的广泛传播。[①]这表明，政治民主化在反法西斯侵略战争的发展中加快了步伐，拓展了空间，从而对抗战后期的大后方文艺运动及思潮发生着直接的冲击。

为抗战动员而服务的文艺运动，需要“真正的民主自由”，“大众化的本身并不是最后目的，最后的目的是要使我们民族解放的思想和反法西斯侵略的意志，经过大众化的文艺形式和工作走入大众中去”。[②]要言之，抗战文艺运动应该在民主自由的政治前提下沿着反帝反封建的人民大众的现实主义道路发展。

此时，大后方出现了现实主义文艺运动、民族文学运动、三民主义文艺运动，于起伏消长之中，显示出现实主义文学运动顽强而旺盛的生命力，表现出现实的合理性与历史的必然性的高度一致，从而不但使抗战文艺保持了与20世纪中国现代文艺发展的连续性，而且也使抗战文艺成为体现民主自由精神的新型民族文学，构成了20世纪的中国现代文学发展的重要一环。

陈铨等人倡导“民族文学运动”，企图将抗战文艺运动引向民族文学运动的轨道。在民族文学运动的“尝试”中，一方面提出“否定的三点”：民族文学运动不是口号的运动，“一定要埋头苦干，多多创作出示范的作品”；不是排外的运动，对外来文化采取“批评的接受，把它好的部分，经过选择消化，补充自己的不足”；不是复古的运动，“前人的遗产固应该继承，但总以独出机杼为主”。另一方面则是指出“肯定的三点”：民族文学运动要发扬固有精神，固有道德，民族意识。不过除民族意识之外，其他都抱“仁者见仁，智者见智”的态度，于含糊其词

① 沈永吉等：《外国历史大事集·现代部分第二分册》，重庆出版社1987年版，第414—417页。

② 欧阳凡海：《论文艺动员的成果缺点及其任务》，《新华日报》1942年2月8—10日连载。

中语焉不详。[①]

然而，“否定的三点”不过是民族文学运动的方法论，“肯定的三点”却正是民族文学运动的本质论，对固有精神、固有道德不予阐释表明：“陈铨先生虽然口里说着‘民族文学运动’，然而却不知道抗战文艺，就正是中国民族解放斗争的英雄史诗的真正的文学表现；而且抗战文艺运动，也就正是继承了五四以来的新文学的历史传统，更向前发展的中国新文学运动，陈铨先生居然无视了这一点，实令人大惑不解。”[②]这样，陈铨所倡导的“民族文学运动”因其含混被人误认为“官家文学”之流，并指责其“中华民族感觉到自己是一个特殊民族”之说是提倡“法西斯式的侵略精神”。[③]

但是，陈铨使用“特殊民族”一语用来讨论民族文学运动的必要性，关于“特殊”的理解也只能在这样的语境中进行：“一国的文学，如果不把握到当时的特殊性，或者光跟着别人跑，是不会有成就的。中华民族有中华民族的特殊环境与特殊环境下所形成的特殊条件，一定要运用自己的语言和题材去创作，才能成为真正有价值的文学。”[④]因此，“特殊”，对于民族来说是空间性，对于时代来说是时间性，对于文学来说是形象性，对于作家来说是个体性……当然，由于民族文学运动理论上的失误与性质的不明确，难以引发社会性的反响，只能成为纸上的运动，只能囿于所谓“民族文学”上的尝试，成为少数人的短暂活动。[⑤]

---

① 陈铨：《民族文学运动》，《大公报·战国》1942年5月13日。

② 戈矛：《什么是“民族文学运动”》，《新华日报》1942年6月30日。

③ 杨华：《关于文学的民族性——文艺时论之一》，《新华日报》1943年2月16日。

④ 陈铨：《民族文学运动试论》，《文化先锋》第1卷9期，1942年10月。

⑤ 1943年7月7日，陈铨主编的《民族文学》月刊创刊于重庆，1944年1月终刊。

但是，“民族文学运动”既不是“官家”鼓吹的文学运动，更不是“官家”倡导的文艺运动，隶属于“官家”的是“三民主义文艺”。

1942 年 9 月，中国国民党中央宣传部文化运动委员会主任委员张道藩发表了《我们所需要的文艺政策》，其文称：“未讲新的文艺政策以前，得先解除一个障碍。这个障碍就是文艺与政治怎样发生关系问题。如果这个问题不解决，不仅使文艺作家不能接近三民主义，且使三民主义的信徒无从确立自己的文艺理论。”他认为三民主义既然是抗战建国最高指导原则，而文艺运动又必须配合政治经济的需要，因此，抗战建国的文艺运动必然是三民主义文艺运动，抗战建国的文艺也必然是三民主义文艺。于此前提下，提出了具体的“六不”和“五要”的三民主义文艺政策：“六不”即“不专写社会的黑暗”，“不挑拨阶级的仇恨”，“不带悲观的色彩”，“不表现浪漫的情调”，“不写无意义的作品”，“不表现不正确的意识”；“五要”即“要创造我们的民族文艺”，“要为最苦痛的平民而写作”，“要以民族的立场而写作”，“要从理智里产作品”，“要用现实的形式”。[①]丁伯骝就此发表“读后感”，首先考察世界各国，发现“本世纪来，能确定一个文艺政策而且行之有效——确能有助于整个国策之运用的，自然要数苏联。这个国家对文艺政策的重视，证明了这话的正确——‘一个具有完整建国理论的国家必需有一个与那理论一致的文艺政策’”。然后指出“六不政策”，“可以说是在消极方面树立一个不违背三民主义意识的写作准则；而‘五要政策’，则是从积极方面树立一个有建设性的写作依据”。这样，三民主义文艺政策一方面促使“文艺可以达成辅佐政治完成国民革命和新中国初步建设的任

① 《文化先锋》创刊号，1942 年 9 月 1 日。

务”，另一方面既“无形阻止了再有不正当作品的产生”，又“健全了作家意识，故易于产生为时代所需要大众所欢迎的伟大作品”。[①]

由于对“作为文艺所要表现的意识形态”的三民主义作了垄断性的政治确认，[②]实际上从思想到政策都对文艺自由进行了限制，不利于抗战文艺的全面发展，从而引发了讨论。

梁实秋在《关于“文艺政策”》一文中指出：“站在文艺的立场上看，现今世界各国只有两个类型，一个是由着文艺自由发展，一个是用鲜明的政策统治着文艺活动。”这样，“在英美，各种各样的文艺作品都可以自由的创作，自由的刊印，自由的销行，政府不加限制”；而在苏联、德国和意大利，作为“他们的文艺政策应有的结果”，“不合于某一种‘意识沃洛基’的作品是不能够刊行的，有时还连累作者遭受迫害，不能在本国安居，或根本丧失性命”，由此他提出保障自由权利的要求。[③]

随后，吴往在《新华日报》上发表《关于“文艺政策”与“文艺武器论”》，认为“梁先生这篇文章所表现出来的自由民主主义的精神，我个人起码是觉得很宝贵的。他那种反对站在文艺之外来干涉文艺的主张是可以同意的”。不过，吴往却并不苟同梁实秋的文艺超功利的观点，坚持“中国新文艺在理论上所指出的文艺的宣传和组织作用，是文艺本身的客观性能，理论家即使不指出来，客观事实不是一样存在么”？强调了文艺服务于抗战的合理性。[④]

---

① 《从建国的理论说到文艺政策——〈我们所需要的文艺政策〉读后感》，《文化先锋》第1卷8期，1942年11月。

② 张道藩：《我们所需要的文艺政策》，《文化先锋》第2卷24期，1943年9月。

③ 梁实秋：《关于“文艺政策”》，《文化先锋》第1卷8期，1942年11月。

④ 吴往：《关于“文艺政策”与“文艺武器论”》，《新华日报》1943年1月4日。

与此同时，沈从文发表了《文学运动的重造》，要求文艺“从商场和官场解放出来，再变成学术一部门”，坚待要抱住这样的创作态度不放：“写作不苟且，文章见出风格和性格，对人生有深刻理解而又能加以表现。”他反对“由‘表现人生’转而为‘装点政策’”，“用一种制度来消极限制作品”，以及“先用金钱抢作家，再用作家抢群众”，从而指出了文艺工作者保持精神自由的必要。[①]

杨华则在《文学的商业性和政治性——文艺时论之二》中，一方面赞同沈从文的正确看法，另一方面也指出他所主张“解放”的局限性，认为“作家在自己的作品之中表现政治见解（使自己的政治观念成为作品的骨干，作品的血肉，不是附加上去的赘疣或尾巴），而是当然也是必然的”；“纵在将作品当作商品的社会条件之下，也不会完全妨碍了忠实的作家产生比较优秀的作品，及这些作品在读者之中引起‘爱好和敬重’”。[②]

为了推行三民主义文艺政策，《中央日报》于1943年1月14日转载了《我们所需要的文艺政策》，中国国民党中央宣传部及文化运动委员会又通过召开文艺政策座谈会，出刊文艺政策讨论专辑或专栏等形式，来扩大其社会影响；同时，中国国民党中央组织部制定《全国高中以上三民主义文艺竞赛办法》，通令各地学校党部执行，企图由此形成全国性的三民主义文艺运动。

然而，“凡是文艺运动，不能单有运动而无文艺”，“如果不以作家的自发的要求和文学的现实的作品做基础，而以文学以外的力量，不论是政治力量或经济力量，来发动一种文艺运动，它的结果必须是落空

① 沈从文：《文学运动的重造》，《文艺先锋》第1卷2期，1942年10月。

② 杨华：《文学的商业性和政治性——文艺时论之二》，《新华日报》1943年2月17日。

的。因为一国的文学自有它本身的发展法则，自有它的历史轨道，如果违反了这种法则，逸出了这种轨道，而向它提出应急的要求，是必然不能兑现的”。[①] 正是因为如此，无论是民族文学运动还是三民主义文艺运动都落了空，而以现实主义文艺运动为主流的抗战文艺运动正是以广大文艺工作者的思索与创作来予以“实证”的，决非是拿不出货色来的“文学贫困”的运动。

首先，现实主义文艺运动正是在反法西斯侵略战争中，产生了真实原则和创造原则。

艾青认为：“在为同一目的而进行艰苦斗争的时代，文艺应该（有时甚至必须）服从政治，因为后者必须具备了组织和汇集一切力量的能力，才能最后战胜敌人。但文艺并不就是政治的附庸物，或者是政治的留声机和播音器。文艺和政治的高度的结合，表现在文艺作品的高度真实性上。”因此，必须遵循“时代的政治方向”，坚持“抗日的立场”，去“忠实地反映现实（不是现象），客观地描写现实”，要“提倡新颖，提倡创造，用新的思想、情感、感觉，去和新的事物，新的世界拥抱”。[②]

郭沫若指出：“一般说来，反侵略性的战争，便和人类的创造精神，或文学艺术的活动合拍”，“在进行着反侵略性的保护战的国家中，即在战争期间，必然有一个文学艺术活动的高潮，战争要集中一切力量，而这些活动根本就是战斗机构的一体，战争即是创造，创造即是战争，两者相得益彰，文学艺术便自然有一段进境。”“这种战争的艺术

---

① 杨华：《“拿货色来看”和“文学贫困”论——文学时论之五》，《新华日报》1943年2月27日。

② 艾青：《对于目前文艺上几个问题的意见》，《文艺阵地》第7卷1期，1942年8月25日。

性或创造性，集中了人民的意志和一切的力量，特别是对于文艺艺术家们，使他们获得了一番意识界的清醒，认清了自己所从事的文艺艺术的本质和尊严，在和平时期对于文艺艺术的曲解或滥用，冒渎了文艺艺术的那些垃圾，在战争的烈火中都被焚毁了。”同时，又“使他们接触了更广阔的天地，得以吸收更丰腴而健全的营养，新的艺术到这时才生了根，旧的艺术到这时才恢复了它的气息，新旧的壁垒到这时也才逐渐的化除了”。这样，“作家们增进了他们的自信自觉，这些精神便是可能产生高度艺术作品的母胎”。[①]

其次，现实主义文艺运动在发展中针对文艺工作者的现状，提出了生活原则和战斗原则。

“现在是我们前进一步，用全副心肠去‘贴近’我们人民的时候了。人民不是一本书，生活不是为了搜集资料，生活本身就是目的，生活永远没有疲倦的时候。”必须“以生活的密度为根本去把握生活的深度及广度”。[②]由此，不但可以澄清“进步的世界观是会产生公式主义的”思想误认，进而提高思想觉悟，[③]更能建立起“发自衷心的承认旁人，把人当人，关心旁人的生活态度”，从而体现出“历史的进展不但是在不断加深人的认识，而且是在不断扩大人的心胸——逐步完成真正人性的人”。[④]

然而，正是由于战斗热情的衰落，造成了“冷淡的职业的”“客观主义”及“依据一种理念打造出内容或主题”的“主观主义”，导致了

---

① 郭沫若：《中国战时的文学与艺术——三十一年五月二十七日在中美文化协会演讲词》，《新华日报》1942 年 5 月 28、29 日连载。

② 嘉梨：《人民不是一本书》，《新华日报》1943 年 3 月 17 日。

③ 茅盾：《论所谓生活的三度》，《中原》第 1 卷 2 期，1943 年 9 月。

④ 于潮：《论生活态度与现实主义》，《中原》创刊号，1943 年 6 月。

创作混乱。[①] 所以，文艺工作者“共同的要求”自然就会是——“要求文艺能够有更辉煌的生命，要求文艺能够更强更真地回答民族的需要和人民的需要，要求文艺能够胜利地克服那些病态的倾向，使健康的积极的力量在现实的人生里面更丰满地成长，更勇敢地前进”。这就必须高扬“文艺家的人格力量，文艺家的战斗要求”，“只有提高这种人格力量或战斗要求，才能够在现实生活里面追求而且发现新生的动向，积极的性格，但即使他所处理的是污秽和黑暗，通过他的人格力量或战斗要求，也一定能够在读者的心里诱发起走向光明的奋发”。同时“人格力量或战斗要求都是在现实生活里面形成，都是对于现实生活的反映”，“深入并且献身到现实生活的战斗里面，所谓人格力量或战斗要求不但不会成为抽象的概念；反而能够得到思想的真实和情感的充沛，而且也决不会向个人主义的各种病态的死路走去”。[②]

坚持真实地反映现实，推动自由创造的高潮，促进真正人性的复归，发扬主观战斗精神，也就成为大后方现实主义文艺运动最显著的意识特征，从而使现实主义文艺运动也成为中国抗战文艺发展的最杰出代表。

并非是独尊现实主义，而是要尊重历史。现实主义在20世纪的中国，无论是作为文艺运动还是文学运动都占据了主流地位。这是因为“新文艺的发生本是由于现实人生的解放愿望”，“这种主观精神和客观真理的结合或融合，就产生了新文艺的战斗的生命，我们把那叫作现实

① 胡风：《关于创作发展的二三感想》，《创作月刊》第2卷1期，1943年10月。

② 《文艺工作的发展及其努力方向——“文协”理事会推举五位理事商讨要点，由研究部执笔草成在第六届年会上宣读的参考论文》，《抗战文艺》第9卷2—4期合刊，1944年2月1日。该文的撰稿人实为胡风。

主义”。从“新文艺的历史”看，“在基本的精神上，它总是为了反映民族解放和社会解放的要求，总是在民族解放和社会解放的血的斗争里面献出了自己的力量”。[①]

可见，现实主义文学运动的主流地位，一方面决定于它高度体现出民族解放和社会解放的时代趋向，另一方面决定于它充分满足了抗日战争与民主化进程的政治需要。

在抗战文学大潮的兴起中，“所谓现实主义的文艺者，不仅反映现实而已，且须透过了当前的现实而指出未来的真际”；“我们抗战的结果是自由！这是最显明的也是最无可疑的未来的真际。其次，在长期抗战的火焰中，我们社会中封建势力的残余将必净除，在发动民众力量以保障长期抗战的最后胜利的过程中，社会的主要矛盾很可能自然而然消除去，因而抗战的结果又将是孙中山三民主义真正的全部的实现。而这，就是目前战时文艺透视的远景。遵守着现实主义的大路，投身于可歌可泣的现实中，尽量发挥，尽量反映，——当前文艺对战事的服务，如斯而已。”[②]

回顾历史正是为了现在，我们可以看到抗日战争中现实主义政治功利化的现实合理性如今已成为历史合理性，我们更可以看到大后方文艺工作者于独特体验和自由表达中对战时生活复现的艺术多样化的历史必然性如今将成为现实必然性。

---

① 胡风：《现实主义在今天》，《时事新报》1944 年 1 月 1 日。

② 茅盾：《还是现实主义》，《战时联合旬刊》第 3 期，1937 年 9 月 21 日。

二、大后方的文学传播

如果说1937年7月7日在中国东部城市北平所爆发的卢沟桥事变，证实了中国的抗日战争已经由局部战争转为全面战争，那么，1937年11月20日国民政府迁往中国西部城市重庆，则表明了中国抗日战争的大后方已经由战前的战略预设，最终成为八年战火中的抗战现实。国民政府迁渝是为了坚持长期抗战这一政略与战略相一致的战时需要——这正如《迁都宣言》中所说的那样："国民政府兹为适应战况，统筹全局，长期抗战所见，本日起迁驻重庆。以后将以最广大之规模从事更持久之战斗"，"继续抗战，必须达到维护国家民族生存独立之目的"。[①]所以，大后方不仅仅是中国政治中心由东向西转移的战时区域，同时也是中国文化中心由东向西转移的战时区域，由此促进大后方的战时全面发展。仅仅从大后方文化构成之一的大后方文学这一视角来看，可以说整个大后方的文学发展状态，从战前的几乎滞后中国东部20年，到抗战八年中转而引领中国文学的战时发展，在主导着中国文学现代发展的同时，大后方文学成为中国现代文学抗战时期的主流。

问题在于，如何认定文化中心与文学中心的确是在抗战八年之中完成了由东向西的大后方转换呢？曾经被提出过的判断尺度就是："文化中心以编辑出版事业为标志。"[②]不过，如果过于强调编辑的出版功能，而抽去了出版功能中三位一体的印刷与发行，也就去掉了出版事业的传播可能性。所以，从文化与文学的大众传播来看，较为客观的判断尺度

---

① 《国民政府公报》渝字第1号，1937年12月1日。

② 姚福申：《中国编辑史》，复旦大学出版社1990年版，第410—411页。

应该是文化中心与文学中心，同时也是出版中心，而出版物的质与量无疑成为衡量文化中心与文学中心能否形成的直接标志。

在这样的认识前提下，可以说，从抗战伊始在大后方，开始逐渐出现了重庆及桂林这样两个战时文学中心雏形。然而，最终能够成为大后方文学中心的，到底是重庆还是桂林，抑或两者均是呢？

显然，较之桂林，重庆不仅是战时首都，而且是举国陪都——1940年9月6日国民政府正式设立陪都于重庆——“四川古称天府，山川雄伟，民物丰殷，而重庆绾毂西南，控扼江汉，尤为国家重镇。政府于抗战之初，首定大计，移驻办公。风雨绸缪，瞬经三载。川省人民，同仇敌忾，竭诚纾难，矢志不移，树抗战之基局，赞建国之大业。今行都形式，益臻巩固。战时蔚成军事政治经济之枢纽，此后更为西南建设之中心。恢宏建置，民意佥同。兹特明定重庆为陪都，着由行政院督饬主管机关，参酌西京之体制，妥筹久远之规模，藉慰舆情，而彰懋典”。[①]因此，国民政府明定重庆为陪都之后，每年的10月1日，也就被同时定为“陪都日”。1940年10月1日，在陪都重庆举行了庆祝首届“陪都日”的盛大集会。当天重庆各报纷纷发表社论，《新华日报》社论中首先指出：“明定重庆为陪都，恢宏建置，一由于重庆在战时之伟大贡献，再鉴于重庆在战后之发展不可限量。”《新华日报》社论中最后认为：“把中华民族坚决抗战的精神发扬起来，这是我们庆祝陪都日最重要的意义。”

由此可见，无论是从政治中心的西迁来看还是从文化中心的西移来看，陪都重庆的文学发展空间始终都居于大后方的中心地位，并且延续

① 《国民政府公报》渝字第270号，1940年9月7日。

到抗战胜利之后区域文化与文学的发展之中。然而，桂林不仅未能获得如同陪都重庆同样的文学发展空间，而且在抗战后期曾经一度沦陷，实际上也就导致桂林最终未能成为与陪都重庆相媲美的大后方文学中心，而真正成为大后方文学中心的就只能是陪都重庆，这一点，可以由陪都重庆文学期刊来加以直接判明。

在中国抗日战争全面爆发前的重庆，仅仅是到了1936年底，才创刊了第一个文学期刊《春云》。随着国民政府在1937年底迁往重庆，以《抗战文艺》为代表的一批文学期刊，在重庆陆续复刊、随后在陪都重庆又陆续创刊了一些文学期刊；尤其是在1940年9月，重庆被国民政府明定为陪都之后，迁来陪都重庆的文学期刊逐渐增多，其中较为知名的有《文艺阵地》等。不过，进入抗战后期以来，在陪都重庆涌现出一大批新创刊的文学期刊，仅仅根据重庆图书馆编印的《抗战期间重庆版文艺期刊篇名索引》之中的相关期刊索引统计，整个抗战期间在陪都重庆出版的文学期刊就达到50种之多，其中抗战前期出版了17种，而抗战后期出版了33种，抗战后期出版的“文艺期刊”，大约是抗战前期出版的“文艺期刊”的两倍，更为重要的是，抗战后期在陪都重庆出版的“文艺期刊”，较之抗战前期陪都重庆出版的“文艺期刊”，基本上都是以创刊为主，而不是抗战前期那样的以复刊为主。

这不仅表明陪都重庆已经成为抗战时期大后方文学期刊的出版中心，而且更证明陪都重庆已经成为抗战时期中国文化发展的全国中心。

在这里，仅就抗战时期出版的抗战区文学期刊，尤其是大后方文学期刊这一范围内进行对比性分析。在公开出版的《抗战文艺报刊篇目汇编》之中，可以看到的就是，其中所编入的“抗战文艺期刊”，就收入了抗战区各地出版的60余种文学期刊，尽管并非能够呈现出大后方文学期刊出版的全貌，但是，在陪都重庆出版的文学期刊在其中依然占着主要地位。如果将同样于1984年面世的《抗战期间重庆版文艺期刊篇名索引》，[①]与《抗战文艺报刊篇目汇编》进行对比，[②]就可以看到——《抗战期间重庆版文艺期刊篇名索引》中所收入的陪都重庆出版的“文艺期刊”，在数量上就远远超过《抗战文艺报刊篇目汇编》所编入的陪都重庆出版的“抗战文艺期刊”。

之所以出现这一现象的主要原因，是长期以来在文学期刊整理之中存在着的政治意识形态影响之下，形成了左、中、右三分的整理模式：在对现代文学期刊进行整理的过程之中，一般会排除所谓的右翼文学期刊，而以所谓的左翼文学期刊为主，再兼收所谓的中间文学期刊。所以，《抗战文艺报刊篇目汇编》在汇编入《群众》这样的政治理论刊物的同时，却未能够汇编进类似《民族文学》《文艺先锋》这样一些“抗战文艺刊物”。

事实上，这一“抗战文艺期刊”整理中出现的人为疏漏现象，无疑表明左、中、右三分模式的影响是具有普遍性的，因为即使是在重庆市图书馆编印的《抗战期间重庆版文艺期刊篇名索引》之中，仍然有一些已经馆藏的“抗战文艺期刊”没有能够被编入，比如说在抗战后期出版的《文化先锋》这样的“抗战文艺期刊”。所有这一切，无疑表明了长期以来对于“抗战文艺期刊”的整理工作，还没有能够完全做到尊重历史事实，坚持学术立场，从而更加证明了在现代文学期刊整理之中打破

---

① 重庆图书馆编印：《抗战期间重庆版文艺期刊篇名索引》，1984年版。

② 王大明、文天行、廖全京编：《抗战文艺报刊篇目汇编》，四川省社会科学院出版社1984年版。

左、中、右三分模式，对于当前的“抗战文艺期刊”整理来说，是十分迫切的，要真正做到对“抗战文艺期刊”进行全面而深入的整理，尚需从根本上认识到“抗战文艺期刊”整理的学术性。

这就在于，整理不仅具有史料发掘的重现价值，而且更具有史料梳理的原创价值，因而史料整理在需要重建自身学术规范的同时，更需要的是重估自身的学术价值。只有在进行如此的学术规范重建与学术价值重估的学术性研究过程之中，才可以说包括“抗战文艺期刊”在内的现代文学史料的整理工作，将自然会拥有属于自身的学术性研究的学科地位，简而言之，也就是学术性的史料整理本身就已经是研究。

在这里，首先需要加以指出的是：所谓的“抗战文艺期刊”，主要是指在中国抗日战争时期在以陪都重庆为中心的抗战区，尤其是大后方所出版的文学期刊，这是因为“抗战文艺”不仅仅是与抗日战争紧密相联的战斗文学，而且更是与战时生活息息相关的中国文学。其次需要加以说明的是：陪都重庆的文学期刊，不仅能代表着抗战时期“抗战文艺期刊”出版的战时水平，而且更是以其发表的“抗战文艺”推进着中国文学的战时发展，标明了中国抗日战争时期文学发展的时代主流与现代方向。由此可见，对陪都重庆的文学期刊进行学术研究的必要性与重要性，尤其是对陪都重庆文学期刊进行整理的现实性与紧迫性。在此仅就陪都重庆文学期刊在八年抗战期间出现的阶段性变化进行相关讨论。

从中国抗日战争全面爆发的历史进程来看，出现了抗战前期与抗战后期的阶段性变化，而其阶段性分界点，就是1941年12月8日：随着日军偷袭珍珠港，太平洋战争爆发，中国、美国、英国随之正式对日宣战，第二次世界大战的反法西斯阵营最终形成，中国抗日战争成为世界性的反法西斯主义战争之中不可分离的重要组成部分，与此同时也跨《中国国民党抗战建国纲领》中提出“抗战建国纲领”以来，[①]《抗战文艺》从抗战前期的侧重于文艺服务于“抗战”，转为抗战后期的以“建国”为战时文艺之中心，由此而扩大到以整个“抗战建国”作为战时文学的文化焦点——文学不仅要与民族独立的解放战争有关，也要与民主建国的世界潮流有关，以便包容进整个战时生活。《抗战文艺》的这一办刊宗旨的转换，不仅使其传播范围越来越大，而且也得到了社会各界越来越多的支持，一直出刊到抗战胜利。

较之中华全国文艺界抗敌协会会刊的《抗战文艺》，《文艺阵地》是先后由茅盾、楼适夷等人主编的文学期刊。《文艺阵地》于 1938 年 4 月 4 日在广州创刊，在《发刊词》中就宣称要高扬“拥护抗战到底巩固抗战的统一战线”的大旗，通过文艺的战斗来壮大“民族的解放文艺”。1939 年 6 月迁往上海出刊，遭查禁之后，1941 年 1 月在陪都重庆复刊。应该看到的是，《文艺阵地》在辗转广州、上海、重庆三地的出版过程之中，虽然历经艰辛，但也曾达到过一期发行量超过一万册的发行高潮。尽管如此，《文艺阵地》由于追求文学的专门性，无疑使其在文学市场上的道路越走越狭窄。

1942 年 7 月出刊的第 6 卷第 6 期《文艺阵地》，其上就刊登了《本刊七卷革新启事》，提出《文艺阵地》“愿做到专为从事文艺工作的人们在进修上不可离的伴侣”，转向了文学的批评与译介，尤其是在译介外国文学时，重点译介苏联文学。尽管可以说这一“革新”看重文学自身的发展，尤其是注重文学理论的研究与外国文学的译介，但是从文学

① 《中国国民党抗战建国纲领》，《新华日报》1938 年 4 月 3 日。

市场的需求来看，也就难以避免失去曾经一度较为庞大的读者群，从面向全社会转向面对文艺工作者，自然就会在缩小文学市场消费群体的同时，导致文学期刊本身难以得到来自文学市场的有力支撑。因此，《文艺阵地》在出刊到第 7 卷第 4 期即停刊，随后以“文阵新辑”的名义陆续出版丛刊，一直坚持到 1944 年 5 月。

尽管《抗战文艺》与《文艺阵地》在从抗战前期到抗战后期所出现的阶段性变化，都进行过办刊宗旨的自我调节，然而，是适应战时生活的变化以满足社会的文学需要，还是偏重文学的专门而偏离文学的市场需求，从根本上来看，势必成为决定着文学期刊能否在陪都重庆办下去的一个最根本的原因。

不可否认的是，陪都重庆的文学期刊，从整个数量上来看的确是达到了 50 种，然而，能够从抗战前期一直出刊到抗战后期的毕竟只有少数。因此，更多的文学期刊，或者是仅仅出现于抗战前期，或者是仅仅出现于抗战后期，之所以如此的诸多原因，都应该置于战时生活之中，并且结合文学期刊自身的特点来加以讨论，以便能揭示其阶段性出现的主要原因。在此，仿拟文学期刊整理左、中、右三分模式，选取通常被认为是或左或中或右这样的三类期刊样本，来进行相关讨论。

在抗战前期，1936 年 12 月在重庆本地创刊的文学期刊《春云》，主要是由文学青年创办的同人文学刊物，并且得到来自本地企业所提供的办刊经费资助，显然是可以归入所谓的中间文学期刊这一类了。随着抗日战争的全面爆发，《春云》的办刊水准虽然在来自全国各地的作家的支持下有所提升，但是与其他在陪都重庆复刊的文学期刊相比较，其读者群仍然偏小，难以在文学市场上与其他文学期刊争锋，尤其是随着日本帝国主义飞机对陪都重庆的连续轰炸，陪都重庆市区人口疏散，导致了办刊经费资助的中断。所以，《春云》在1939年4月出刊至第5卷第1期就停刊了。

《七月》在1937年10月由胡风个人创刊于上海，《发刊词》中就提出："在神圣的火线后面，文艺作家不应只是空洞地狂叫，也不应作冷漠的细描，他得用坚实的爱憎真切地反映出蠢动着的生活形象。在反映里提高民众底情绪和认识，趋向民族解放的总的路线。"由此可见，《七月》这一所谓的左翼文学期刊，仍然在延续着"民族革命战争的大众文学"这个一贯的主张，表现出中国抗日战争的全国方向来。

《七月》在1937年10月迁往武汉，1938年底迁来陪都重庆，1941年9月停刊。在陪都重庆复刊后的《七月》，仍然坚持"与读者一同成长"的办刊主张，发表了大量文学新人的作品，先后出版了"七月诗丛""七月文丛"，在以陪都重庆为中心的大后方文坛上产生了较大影响，形成了"七月诗派"。被称为"半同人刊物"的《七月》，[①]之所以停刊，主要与个人筹集办刊经费较为困难有关，再加上胡风还要主持《抗战文艺》研究部的文学理论研究工作，个人精力也相对有限。

1931年在南京创办的《文艺月刊》，由王平陵主编，通常被认为是所谓的右翼文学期刊，抗战全面爆发后，在1937年10月改版为《文艺月刊·战时特刊》出刊。王平陵在改版后的第一期上发表《深入田间宣传的艺术》一文，提出抗战的文艺就是要进行全面的抗战宣传。1937年11月从南京迁往武汉，1938年6月迁来陪都重庆，1941年11月停刊。

《文艺月刊·战时特刊》停刊的原因，如果从《文艺月刊·战时特刊》本身来看，主要是由于越来越偏重文学理论与文学评论，同时又加

① 晓风：《胡风创办〈七月〉与〈希望〉》，载《新文学史料》1993年第3期。

大外国文学译介的分量，而与战时生活直接相关的作品和文章则日渐减少，这就使得《文艺月刊 · 战时特刊》的读者不断减少，而在文学市场上对于《文艺月刊 · 战时特刊》需求也就相应地越来越小，从而在难以为继之中，使《文艺月刊 · 战时特刊》陷入了停刊的市场厄运。

由此可见，即使是按照通常的左、中、右三分模式来看，无论是似乎应算是居中的文学期刊《春云》，还是似乎应算是偏左的文学期刊《七月》，乃至于似乎应算是偏右的文学期刊《文艺月刊 · 战时特刊》，都同样遭遇到不得不在抗战前期停刊的市场命运。所以，从抗战前期陪都重庆的文学期刊停刊的原因来看，则主要是随着战时生活环境的日趋艰难，文学期刊的市场生存尤为困难，特别是办刊经费的缺乏犹如雪上加霜，停刊也就成为它们的共同宿命。

所以，与其说抗战前期陪都重庆的文学期刊具有所谓的政治倾向性，还不如说它们拥有文学期刊的市场自主性。以 1940 年 1 月在陪都重庆创办的《文学月刊》为例，该刊由一群曾经是“左联成员”的年轻中国共产党人组建编辑部，无论是在“民族形式”的论争之中还是在“现实主义论争”之中，《文学月报》都是主动为论争双方提供发表阵地，并且通过对论争进行积极的引导，来促成共识的尽快达成。尽管如此，《文学月刊》在一年以后的 1941 年 6 月，因为专注于陪都重庆文坛上一次又一次的论争而出现经费周转困难，从而不得不最终停刊。

在抗战后期的陪都重庆，以所谓的左、中、右三分模式来审视此时出版的文学期刊中，过去被认为偏于左的应是《中原》，偏于中的应是《时与潮文艺》，偏于右的应是《民族文学》。

1943 年 4 月，《中原》创刊，到 1945 年 10 月停刊。《中原》由郭沫若主编，他在创刊号上发表的《编者的话》一文中，这样写道：“园地是绝对公开，内容是兼收并蓄，只要是合乎以文艺为中心的范围，只要能认为对于读者多少有一些好处，我们都一律欢迎。”所以，《中原》主要刊发有关文学理论研究与外国文学译介方面的文章与作品。这样一来，据说是提升了刊物的所谓文化内涵，然而其结果则是：在曲高和寡之中缩小了本来应有的读者群。因此，不仅不利于《中原》对文学市场的开拓，而且更减弱了《中原》在陪都重庆文坛上本来可能发生的应有影响。

必须指出的是，《中原》由郭沫若亲属所筹办的群益出版社印刷发行，本来看起来是有助于《中原》迅速地扩大社会传播与影响的；然而，群益出版社在出刊《中原》的同时，更是出版了多种文学丛书，并且在抗战后期大量文学丛书出版的市场竞争之中难以胜出，从而挤占了不少经营资金，直接影响到《中原》的按时出刊，其出刊周期显得过长，从创刊到停刊，在整整两年的时间内，仅仅出刊 6 期，这样一来，《中原》不要说是月刊，恐怕是连季刊也算不上。

《时与潮文艺》是 1943 年 3 月创刊的文学双月刊，由时与潮社的孙晋三主持编务。在抗日战争胜利后的 1946 年 5 月停刊。《时与潮文艺》在《发刊词》中提出：“我们相信，一个民族的精神，最明显地表现在它的文学艺术中，所以，要澈底了解我们的世界，我们还需要更深掘到民族灵魂源泉。”这就表明，《时与潮文艺》旨在追求民族精神现代重建之中的中国文学发展。

《时与潮文艺》除了发表较多的有关战时生活的创作作品之外，在文学批评方面比较关注陪都重庆的文学运动，特别是作为陪都重庆文学运动中坚的戏剧运动；在外国文学译介方面，则重点关注欧美文学创作及思潮的当下新发展，从而在吸引众多读者的同时，在文坛上也引发了较大的影响。《时与潮文艺》停刊的基本原因就是：随着抗战胜利之后“复员潮”的泛起，从编者、作者到读者都纷纷离开陪都重庆而重返故里，曾经的市场辉煌荡然无存。

《民族文学》由陈铨主编，创刊于1943年7月，停刊于1944年1月，共出刊5期。这是1942年以来关于“民族文学运动”这一具有对抗性的理论论争在陪都重庆平息之后，“民族文学运动”的理论鼓吹最终走向了“民族文学”创作的刊物发表。《民族文学》的创办目的，自然就是要实现陈铨所提出的以下主张：“中华民族有中华民族的特殊环境与特殊环境下所形成的特殊条件，一定要运用自己的语言和题材去创作，才能成为真正有价值的文学。”[①]

《民族文学》在贯彻这一理论主张之中，即使能够发表一些“真正有价值”的作品，但是，由于《民族文学》坚持其“特殊”的理论立场，并以之作为衡量作品创发表的“特殊”判断基准，致使《民族文学》在偏执个人文学理念之中偏离了中国文学运动发展的战时主流，因而在短短时间内就难以继续出刊。

由此可见，在抗战后期文学发展趋向多元选择之中，陪都重庆的文学期刊在数量增多的同时，能否注重文学自身的价值以满足社会各阶层读者的阅读需要，已经成为文学期刊是生存还是死亡的市场试金石。

当然，这并不是说在抗战后期，陪都重庆的文学期刊没有出现刊物的政治倾向性。问题在于，这样的政治倾向性是否利于文学期刊的生存？事实上，在抗战后期的陪都重庆，已经出现了具有强烈政治倾向性的党派文学期刊。其中的党派文学期刊之一，就是创刊于1942年10月

① 陈铨：《民族文学运动试论》，《文化先锋》第1卷第9期，1942年10月。

10日的《文艺先锋》。同年12月担任中国国民党中央宣传部部长的张道藩，在创刊号上发表《敬致作家与读者——本刊的使命与期望》一文，提出要“加强全国文化界总动员”，以“促进三民主义文艺建设”。这样一来，文学刊物的政治倾向性似乎已经达到了党派性的空前高度。

不过，无论是从《文艺先锋》的作者群来看还是从《文艺先锋》发表的诸多作品来看，在抗战后期，在《文艺先锋》上更多地表现出的是文学期刊应有的文学包容性，从而与抗战胜利以后由“抗战建国”转向“勘乱建国”的《文艺先锋》之间，呈现出明显的办刊差异来。当然，《文艺先锋》为了保持这一文学包容性，不得不将具有党派性的“三民主义文艺”理论与批评，纳入在同时创刊的《文化先锋》之中，由此显现出执政党在推行“三民主义文艺建设”中的良苦用心。

较之文学期刊的出版而言，类似的状况也出现在各类报纸所刊出的文学副刊之中。除了陪都重庆本地出版的《新蜀报》《商务日报》等知名度较高的报纸之外，在全国影响较大的外地报纸如《大公报》《时事新报》等，也先后迁往陪都重庆出版。与此同时，在陪都重庆不仅出版了隶属于国民政府军事委员会的《扫荡报》，更是出版了政党报纸《中央日报》与《新华日报》，以体现出国共合作抗日的举国一致。这就呈现出抗战时期大后方文学运动中文学副刊之所以层出不穷的历史语境来。

1939年1月28日至30日，中国青年新闻记者学会总会在陪都重庆举行了全国报纸期刊展览会，共展出来自20多个省市报纸100多种。就所有这些展出的报纸来看，陪都重庆出版的报纸无论是在影响上，还是在数量上，均占有极大的优势。如《中央日报》《扫荡报》《大公报》不仅出版了重庆版，而且出版了多种外地版。[①] 更为重要的是，在这些

① 郝明工：《陪都文化论》，乌鲁木齐：新疆大学出版社1994年版，第97页。

报纸上涌现了与文学相关的多种多样的副刊，而所有这些副刊可以分为两大类：第一类是部分发表文学作品与文学评论的综合性副刊，在本地报纸《商务日报》上，就先后刊出了《烽火》《中青副刊》《绿洲》《巴山》《锦城》等综合性副刊；第二类是专门发表文学作品与文学评论的专门性副刊，同样在本地报纸的《新蜀报》上，也先后推出了《蜀道》《七天文艺》《新语》《处女地》等专门性副刊，也就是严格意义上的文学副刊。这就意味着文学副刊已经成为与文学期刊同样重要的文学传播阵地。

早就以文学副刊闻名全国的《时事新报》与《大公报》，在陪都重庆出版之时，在困难重重的战时条件下仍然坚持出刊文学副刊的一贯宗旨。在《时事新报》上不仅继续推出堪称文学副刊品牌的《学灯》与《青光》，分别进行文学理论探讨与文学创作批评，还先后出刊《戏剧》《文座》等文学副刊。对于《大公报》来说，除了在短时间内出刊了《战国》这一综合性副刊之外，更是从抗战伊始就出刊《战线》这一文学副刊，到 1943 年 10 月 30 日，在出刊 996 期后停刊，但这“只算告一段落，不是夭折”，为的是“每周改出《文艺》一次”，随后《文艺》在陪都重庆一直出刊到抗战胜利之后。为什么要改出《文艺》呢？其原因就在于《文艺》本是《大公报》桂林版出刊的文学副刊，由于侵略的战火逼近桂林，并于 1943 年 11 月 11 日沦陷敌手，故而《文艺》于 1943 年 10 月 31 日停刊，出刊 298 期。然而，令人不解的是在现有编入文学副刊目录的正式出版物之中，只收入了《大公报》桂林版出刊的文学副刊《文艺》，[①]而没有之后在陪都重庆出版的《大公报》上接着出刊

① 王大明、文天行、廖全京编：《抗战文艺报刊篇目汇编》，四川省社会科学院出版社 1984 年版，第 252 页。

的《文艺》，更不用说出刊时间长达6年的《战线》了。这无疑表明，即便是进行文学副刊整理，在事实上还面临着这样或那样的意识形态遮蔽的种种可能。

由于这样的遮蔽现实地存在着，直接影响到对于同属政党报纸《中央日报》与《新华日报》如何进行文学副刊的整理。就目前的整理现状而言，不仅仅是《中央日报》刊出的文学副刊没有得到应有的整理，即便是《新华日报》出刊的文学副刊也没有得到相应的整理。在《新华日报》上，除了从《团结》到《新华副刊》这一“文化性的综合副刊”之外，文学副刊《文艺之页》也没有整体纳入文学副刊目录之中。[①] 事实上，正是在1942年6月12日出版的《新华日报》第四十八期《文艺之页》，发表了萧军的《对于当前文艺诸问题底我见》一文，首次公开披露了“五月二日由毛泽东、凯丰两同志主持举行过一次文艺座谈会”这一重大事件，至少为重新认识“延安整风”提供了难得的史料。而在《中央日报》上，同样出现了类似《中央副刊》这样的诸多综合性副刊，最为出名的应该是文学副刊《平明》。不过，《平明》之所以出名，当初据说主要是其因为鼓吹“与抗战无关论”，自然也难以被收入任何正式出版的文学期刊目录之中去。当然，在时过境迁的当下，这一历史的误认已经得到澄清，因而《平明》这一文学副刊的整理，理应提上议事日程，至少《平明》对于抗战文学运动，特别是抗战戏剧运动的大力倡导，显然是有利于对中国现代文学战时发展进行历史重估的。

通过对陪都重庆的文学期刊与文学副刊进行的一系列讨论，可以看到的就是：随着抗日战争的全面爆发，从政治中心到文化中心均呈现出

① “重庆《新华日报》文艺专题索引”，王大明、文天行、廖全京编：《抗战文艺报刊篇目汇编》，四川省社会科学院出版社1984年版。

由东向西的中国转移，在出现了大后方的同时也形成了陪都重庆这一文学中心。陪都重庆的文学期刊与副刊，不仅在大后方文学期刊与副刊之中占据了数量上的的优势，而且从抗战前期到抗战后期更是涌现了一大批具有广泛影响的文学期刊与文学副刊，直接标示着大后方文学中心的最终形成。

陪都重庆文学期刊与副刊的战时传播表明：只有在保持文学包容性这一基本前提之下，大后方文学期刊与副刊所显现出来的某种政治倾向性才会具有一定的现实合理性，从而有利于全民抗战与长期抗战。不可否认的是，大后方文学期刊与副刊在战时体制下，除了在获取政治资源的可能支撑之外，只有重视文学期刊与副刊自身在多样选择之中的市场自主性，才有可能真正保障文学期刊与副刊的市场生存，使之能够持续推进自身的发展，最终真正成为大后方文学之中的主导性刊物与副刊，从而成为中国现代文学战时发展中文学期刊与副刊的标志性典范。

第一章

陪都文学的文化特征

一、文学发展的战时性

对于陪都文化与文学，应该如何进行历史与现实相一致的再认识，实际上涉及对于抗战时期重庆的文化地位与文学地位如何进行历史评价的问题，换句话说，也就是陪都重庆文化与文学在抗日战争时期究竟发挥着什么样的现实作用。更为重要的是，对于陪都文化与文学这一区域文化与文学现象的研究，将关系到能否进行抗日战争时期中国文化与文学区域化发展这一研究领域的学术性开拓。因此，陪都重庆文化与文学，有可能成为有关区域文化与文学研究之中的一个中国范例，在为区域文化与文学研究提供具有典范性的现象样本的同时，也为区域文化与文学研究提供具有学术性的理论基点。

在此，一切将不得不从“陪都”一词的语义辨析来开始。在汉语中对于“陪都”与“行都”的区分与运用，可以追溯到先秦时期，并且至少从历史到文学的文本之中得到相关的印证。所谓“陪都”，即“在首都之外另设的一个都城。如周代的洛邑，宋代的建康，李白《永王东巡歌》：‘王出三江按五湖，楼船跨海次陪都’”；而所谓“行都”，则为“在首都之外另设的一个都城，以备必要时政府暂驻。《宋史·黄褒传》：‘出攻入守，当据利便之势，不可不定行都’”。[①] 由此可见，“陪都”与“行都”之间的语义差异，主要在于是否成为“政府暂驻”之地，两者相同之处更在于并非是对于首都的取而代之。当然，一个词的语义往往会随着时代的更替而发生衍变，但万变不离其宗，“在首都之外另设的一个都城”的基本义将是稳定的。

那么，“陪都”的语义发生了什么样的现代衍变呢？当下有关“陪都”的一个英语译名 Temporal Capital，正好提供了一个就其语义衍变而进行辨析的语义用起点。这是因为，如今每当有关陪都重庆文化与文学研究的一些学术论文得以发表的时候，由于要与国际学术规范接轨，于是乎需要一个英语的篇名与摘要及关键词来“陪伴”着。就目前所见到的对于“陪都”英语译名来看，就是 Temporal Capital。只不过，这样的英语译名，从直译的语义来看，不过是“临时首都”。但是，从汉语中对于“行都”与“陪都”的语义区分来看，其基本义倒应该是用以“陪伴”作为一国之正式首都的“另设的一个都城”，也就是从属于国都的具有着与国都相类似的行政功能的预备性质的非正式首都，简言之，就是国都之外的“副都”即“陪都”。在这样的基本语义规定下，“陪都”用英语来硬译，似乎倒应该是“Vice Capital”。一般地说，在一个国家之内，只有在战争爆发的情况下，中央政府被迫迁移，才有可能由于国都的沦陷，促使陪都成为战时首都，即临时国都。由此可见，“陪都”一词的基本义应该是“副都”，而衍生义则是“临时首都”。或许因为

① “陪都”，《辞海（上）》上海辞书出版社 1979 年版，第 1005 页；“行都”，《辞海（中）》上海辞书出版社 1979 年版，第 1823 页。

如此，当年的陪都重庆，其英语译名就是“Provisional Capital”，既是国都之外具有预备性质的副都，又是国都之外的临时首都。

从陪都的基本义来看，一个城市能否成为陪都，往往与其是否成为将发挥全国影响的区域文化中心有关，具有着较高的经济发展速度、较强的政治控制效率、较快的社会意识演变，从而成为民族国家之中与国都相似的、具有较大文化凝聚力的中心城市。不可否认的是，对于国都与陪都的行政性确认，事实上虽然是直接取决于执掌一国政权的执政者，然而，这并不意味着可以任意对一个城市进行这样的行政性确认。一个政府要进行这样的确认，除了必须认可这一城市在全国文化发展过程中所拥有的区域中心地位之外，还必须选择进行确认的时机，而这一时机往往是与国家的政治需要紧密相关的，特别是在面临战争威胁之下，进行从政略到战略的重大调整，从而才有可能确立这一城市在战争之中所可能发挥出来的战时首都的文化功能。这也就意味着只有当一个城市成为区域文化中心之后，才有可能被确认为陪都。正是基于这一前提，无论是作为“副都”的陪都，还是作为“临时首都”的陪都，都是与区域文化中心的这一城市保持着从空间到时间上的阶段性一致。

事实上，对于20世纪的中国来说，仅仅是在抗日战争时期这一历史阶段之中，由执政者基于从政略到战略的现实需要，在抗日战争的局部发生之时就提出必须设立陪都，以有利于进行持久战争，随着抗日战争的全面爆发，在国民政府迁往重庆之后，正式确立重庆为中华民国陪都，来作为战时首都的所在地。显而易见的是，正是战时首都的确立，才将陪都一词所蕴含着的副都与临时首都的语义进行了统一，从而也就赋予陪都重庆文化与文学以战时性这一抗战时期中国区域文化与文学的发展特征。

尽管人们已经习惯于将中国抗日战争时期称作“八年抗战”，不过，中国抗日战争时期的起点，仅仅是从时间上来看，就应该是1931年“9·18事变”，因为从那一天开始，局部战争向着全面战争演变的可能性日渐突出而成为现实性的事实。这就表现在数月之后1932年“1·28事变”的再度爆发——日本帝国主义的侵略战火，已经从关外的沈阳燃烧到关内的上海，直接威胁着国都南京。在1932年1月29日出刊的《中央周刊》上，发表了《外交部对淞沪事变宣言》，就明确指出，“1·28事变”已经导致了“对于首都加以直接危害与威胁”这样的严重后果。第二天，也就是1932年1月30日，国民政府发布《国民政府移驻洛阳办公宣言》，宣布自即日起移驻洛阳办公。2月1日，蒋中正在徐州召开军事会议，商讨对日军事防御；2月6日，国民政府军事委员会成立。由此可见，此时的中国执政者不得不面对这一严酷的战争现实，而如何确立陪都，也就具有了从政略到战略的紧迫性。

1932年3月1日，中国国民党第四届二中全会在洛阳召开。时任国民政府行政院长的汪兆铭在开幕词中指出：“此次会议的第一要义”，就是要决定“我们今后是否仍然以南京为首都，抑或应该在洛阳要有相当时间，或者我们更要另找一个适宜的京都”。于是，会议通过了《以洛阳为行都以长安为西京》这一提议案，议定“以长安为陪都，定名为西京”；“关于陪都之筹备事宜，应组织筹备委员会，交政治会议决定”。3月6日，中国国民党中央政治委员会在议决该提议案的同时，又通过蒋中正担任国民政府军事委员会委员长的任命。这样，从抗日的战略角度来看，设置陪都与行都的现实目的主要是进行持久抗战，这些具体体现在3月10日中国国民党中央常委会通过的《巩固国防长期抗日案》之中。[①]

---

① 中国社会科学院台湾研究所编：《中国国民党全书（上）》，陕西人民出版社2001年版，第441—442页；荣孟源主编：《中国国民党历次代表大会及中央全会资料》下册，光明日报出版社1985年版，第142、156页。

如果从抗日的政略上来看，早在中华民国建立之初的1912年，中华民国临时大总统孙中山就认为："南京一经国际战争，不是一座持久战的国都"，因而主张要在"西北的陕西或甘肃，建立一个陆都"。[①]由此可见，在抗击外来侵略战争的过程中，特别是在中国的军事力量处于敌强我弱的状态下，进行持久战具有着从政略到战略上的理论意义与现实作用。因此，无论是孙中山从理论上第一个提出了持久战的远见卓识，并以在中国内地建立"陆都"的方式来予以实施的具体设想；还是中国国民党、国民政府遵行总理遗训，为了抗日而制定持久抗战与设立陪都的国策，都显现出在政略与战略相一致的政治前提下，在抗日战争时期，在中国大地上陪都重庆的出现，不仅至少是一种难以避免的现实机遇，而且更是一种势必如此的历史选择。

这是因为，对于那些研究中国区域及其城市发展的国外学者来说，重庆早在19世纪末与20世纪初，就已经被他们视为是长江上游地区最大的中心城市了——"在十九世纪九十年代，重庆已经成为地区内外贸易的主要中心，从这个意义上说，整个地区可以看做重庆的最大腹地"。这是因为在此时，"显然，经济中心只要有可能总是坐落在通航水道上，整个中国都是如此"。这样，在中国城市化的现代转型中，较之传统城市的基本文化功能以政治功能为主，现代城市的基本文化功能则是以经济功能为主，尤其对于区域文化中心城市来说更是如此。这就难怪在长江上游地区，虽然在"十九世纪早期，成都已明确成为中心都市，而重庆只不过是个地区都会"，然而，"在十九世纪九十年代，成都和重庆这两个地区大都会的相对经济中心地位，正处于过渡阶段"，以

① 中华人民共和国公安部档案馆编：《在蒋介石身边八年》，群众出版社1992年版，第9页。

至于最终“这两个城市的作用却明确地颠倒过来了”。[①]这就表明，较之成都，此时的重庆在城市化过程中，已经具备了现代城市的基本功能，使之成为长江上游地区的文化中心城市。

随着重庆经济功能的不断发展，首先直接影响到重庆政治功能的相应增长。在辛亥革命爆发以后，重庆蜀军政府率全川之先，于1911年11月22日宣告独立，被各省军政府承认为“四川政治中心”。此后，重庆无论是在“二次革命”中，还是在护国战争与护法运动里，都成为兵家必争之地，随后又成为地方军事势力眼中的一块肥肉，到1935年2月，改组后的四川省政府在重庆成立。随着经济功能与政治功能的上升，重庆又具备了现代城市文化功能之一的意识功能，来推动思想意识从传统到现代的更新。以1919年的“五四”爱国群众运动为起点，不仅组织了重庆商学联合会来推进群众爱国运动的持久进行，而且成立了中国勤工俭学会重庆分会以促动思想解放运动的继续深入。[②]

由此可见，重庆这一长江上游地区的文化中心城市，到抗日战争全面爆发之前，已经具有了经济、政治、意识这三大基本文化功能，从而为重庆最终成为现代区域文化中心城市奠定了坚实的基础。这样，重庆作为长江上游地区的文化中心，显然已经具备了被选择成为陪都的基本条件，而能否成为陪都，还得等待选择的时机。

1932年5月3日，国民政府公布《西京筹备委员会组织条例》；5日，中日《淞沪停战协议》在上海签字；30日，国民政府各机关从洛阳

① [美]施坚雅主编：《中华帝国晚期的城市》，叶光庭、徐自立、王嗣均、徐松年、马裕祥、王文源译，中华书局2000年版，第343、344页。

② 重庆市地方志编纂委员会总编辑室编著：《重庆大事记》，科学技术文献出版社重庆分社1989年版，第38、48、57—63、68—70、141页。

迁返南京。6 月 12 日，国民政府主席林森返回南京。11 月 17 日，中国国民党中央常委会决议中央党部、国民政府及各院部于 12 月 1 日从洛阳迁回南京。12 月 1 日，国民政府迁回南京，并举行还都典礼；25 日，国民政府成立建设西北专门委员会；28 日，中国国民党中央政治委员会议决设立西京市，直辖行政院。至此，20 世纪中国的第一个陪都就出现在西北大地上。

但是，刚刚进入 1933 年，日军在 1 月 1 日挑起“榆关事件”，在两天后攻陷山海关，战火燃起，而战争威胁再度降临。17 日，中国国民党中央常委会决定将故宫重要古物珍品南移，以避免战端突起的可能损失。4 月 10 日，国民政府军事委员会委员长蒋中正在南昌宣称：“抗日必先剿匪，征诸历代兴亡，安内始能攘外。在匪未清之前绝对不能言抗日，违者即予最严厉处罚”；12 日，蒋中正在南昌举行的“军事整理会议”上，又指出“现在对于日本，只有一个法子——就是作长期不断的抵抗”，也就是在军事上进行从第一线到第三线“这样的长期的抗战，越能持久，越是有利。若是能抵抗三、五年，我预料国际上总有新的发展，敌人自己国内也一定将有新的变化，这样我们的国家和民族才有死中求生的一线希望”。[①]这样，在“安内”与“攘外”之间，孰先孰后，固然首先取决于执政当局的集团利益，但也最终决定于抗日战争的中国现状。

随着日本对中国的侵略态势不断扩大，国民政府军事委员会制定的 1935 年度《防卫计划纲要》中，就明确规划“将全国形成若干防卫区及核心，俾达长期抗战之要求”。为了实施这一纲要，1935 年 1 月 12 日，

---

① 中国社会科学院台湾研究所编：《中国国民党全书（上）》，陕西人民出版社 2001 年版，第 442—444 页；木吉雨主编：《蒋介石秘录（下）》，广西人民出版社 1989 年版，第 398 页。

国民政府军事委员会行营参谋团抵达重庆，开始对重庆进行从行政、财政、军事到金融、交通诸多方面的整顿。

1935 年 3 月 2 日，蒋中正首次飞抵重庆这个当时四川省政府所在地；4 日，蒋中正在四川省党务特派员办事处举行的扩大纪念周大会上，发表题为《四川应为复兴民族之根据地》演讲，强调说："就四川地位而言，不仅是我们革命的一个重要地方，尤其是我们中华民族立国的根据地，无论从哪方面讲，条件都很具备，人口之众多，土地之广大，物产之丰富，文化之普及，可说为各省之冠，所以古称天府之国，处处得天独厚。我们既能有了这种优越的凭藉，不仅可以使四川建设成为新的模范省，更可以使四川为新的基础来建设新中国。"[①]这实际上就是从政治的角度承认了重庆的区域中心城市地位，直接影响到国民政府对于如何设立陪都的战时调整。

1935 年 3 月 6 日，中国国民党中央常委会通过《中央地方划分权责纲领》；6 月 18 日，四川省政府决定由重庆迁往成都。10 月 3 日，驻川参谋团奉国民政府令，改组为国民政府军事委员会委员长重庆行营。在 1936 年初制定的《国防计划大纲草案》中，正式确立以四川为对日作战的总根据地，而重庆行营随即成立江防要塞建筑委员会。1937 年 3 月 21 日，成渝铁路开工建筑；4 月 16 日川军退出重庆，中央军随即进驻重庆。[②]

---

① 《防卫计划纲要》，国民政府军事委员会档案，中国第二档案馆藏；国民政府军事委员会委员长行营编：《参谋团大事纪》，1937 年版，第 383 页。

② 中国社会科学院台湾研究所编：《中国国民党全书（上）》，陕西人民出版社 2001 年版，第 449 页；重庆市地方志编纂委员会总编辑室编著：《重庆大事记》，科学技术文献出版社重庆分社 1989 年版，第 141—144、151—152 页。

这样，在抗日战争全面爆发的前夕，以重庆为核心城市的战略大后方已经处于逐渐形成之中，重庆也就自然而然地成为国民政府在抗战时期设立陪都所可能选择的主要对象。因此，随着抗日战争的全面爆发，促成了陪都重庆的出现，不仅是重庆成为中华民国的战时首都，而且重庆也成为中华民国永久之陪都。

1937 年 7 月 7 日，“卢沟桥事变”发生，标志着中国抗日战争的全面爆发。从 7 月 8 日到 13 日，国民政府军事委员会委员长蒋中正，一再电告抗战前方将领，强调“卢案必不能和平解决”，应“运用全力抗战”，并在 31 日发表《告抗战全军将士书》，重申“全力抗战”的国策。8 月 12 日，中国国民党中央常委会决议撤销国防会议及国防委员会，设立国防最高会议，并以国民政府军事委员会为最高统帅部；8 月 13 日，日军进攻上海，国民政府随即发表《自卫抗战声明书》；16 日，国防最高会议常会决议，由国民政府授权蒋中正为三军大元帅，统率全国陆海空军，与此同时，国民政府下达国家总动员令，划全国为四个战区，建立战时体制。9 月 10 日，国民政府通电全国，誓以必死决心，求最后胜利；22 日，中央通讯社播发《中国共产党为公布国共合作宣言》，次日蒋中正发表《对中国共产党宣言的谈话》，从而标志着抗日民族统一战线的最后形成。于是，中国国民党进行相关政略调整，10 月 15 日，中国国民党中央政治委员会议决，以国防最高会议为全国国防最高决策机关，对中央政治委员会负责；11 月 16 日，中国国民党中央常务委员会决议，国防最高会议代行中央政治委员会之职权。这就为抗日民族统一战线的现实发展提供了基本条件。[①]

① 中国社会科学院台湾研究所编：《中国国民党全书（上）》，陕西人民出版社 2001 年版，第 454—455 页。

11月19日，国民政府国防最高会议主席蒋中正在国防最高会议上，作了题为《国府迁渝与抗战前途》的报告，指出："国府迁渝并非此时才决定的，而是三年以前奠定四川根据地时早已预定的，不过今天实现而已。"第二天，国民政府发表《迁都宣言》："国民政府兹为适应战况，统筹全局，长期抗战起见，本日迁驻重庆，以后将以最广大之规模从事更持久之战斗"，"继续抗战，必须达到维护国家民族生存独立之目的"。26日，国民政府主席林森乘船抵达重庆，十万民众齐集码头热烈欢迎。[①]显然，此次国民政府的到来，与数年前迁往洛阳已经大不一样，不是出于一时的权宜之计，而是在战时体制之下，以重庆为战时首都，进行战时文化的重建，从而实现政略与战略相一致的持久抗战这一现实需要。这样，国民政府对于重庆作为战时文化发展的全国中心的确认，已经毫无疑问，因而也就导致陪都重庆的最后设立。

当然，对于陪都的设立，不仅必须考虑到在战时体制下重庆的城市功能是否能够得到不断增强，以保障战时首都的充分发挥作用；而且也必须考虑到在战时体制下重庆的文化资源是否能够相应增长，以保证战时文化重建过程中的诸多需求。所有这一切，都意味着陪都重庆最后设立，必须经过战时体制的全面检验，特别是抗日战争的考验。

战时体制通过对于战时文化各个层面进行指令性控制，形成适应抗日战争需要的特别发展机制：在经济上，转向战时生产，保障经济建设的专门性与针对性，国民政府组建经济部主管战时工业生产，并将重庆定为大后方工业发展的重点基地，从而确立了重庆作为大后方工业中心的城市地位；在政治上，稳定社会秩序，保证行政管理的有效性和连续

① 《国民政府公报》渝字第1号，1937年12月1日。

性，重庆由四川省辖乙种市改为国民政府行政院直辖市，直接促进了中央机关与地方政府之间的联系与督导，有利于市区的扩大与市政建设；在意识上，唤起民众觉醒，保持思想导向的主流性与及时性，国民精神动员总会在重庆成立，“动员全国国民之精神充实抗战国力”，使“国家至上，民族至上”的思想深入人心。①

在战时体制下，重庆的战时文化重建将受到战火的严峻考验。举世闻名的“重庆大轰炸”正是日军对重庆进行“航空进攻作战”的罪恶“杰作”，其目的就是“压制、消灭残存的抗日势力”，“摧毁中国抗战意志”，“迅速结束中国事变”，因而进攻重点就是“攻击敌战略及政略中枢”，“消灭敌最高统帅和最高政治机关”，“重要的政治、经济、产业等中枢机关”，尤其是“直接空袭市民”，“给敌国民造成极大的恐怖”。于是，日机从1938年12月26日开始轰炸重庆，“重庆大轰炸”的持续时间之久，生命牺牲之惨烈，写下了抗日战争史上空前的一页。然而，重庆并没有在大轰炸之中消失，而是以其崭新的面貌显现出不屈不挠的中华民族所创造出来文化奇迹，以至于多次架机轰炸重庆的日军飞行员，也不得不哀叹“重庆轰炸无用”，因为“单凭轰炸，使其屈服是不可能的”。②

在那些抗战时期齐集重庆的作家们眼中，正是重庆大轰炸直接促成了中华民族精神的焕然一新——“火光中，避难男女静静的走，救火车飞也似的奔驰，救护队摇着白旗疾走；没有抢劫，没有怨骂，这是散漫惯了的，没有秩序的中国吗？象日本人所认识的中国吗？这是纪律，这

① 《国民精神总动员纲领》，《新华日报》1939年3月12日。

② ［日］前田哲男：《重庆大轰炸》，李泓、黄莺译，成都科技大学出版社1989年版，第38、59、236页。

是勇敢——这是五千年的文化教养，在火与血中表现它的无所侮的力量与气度”！[①] 更是在大地上出现了这样的“陪都轰炸小景”——“废墟上热腾的从草棚喷出面香，/ 时髦男女的笑声落满污黑座头，/ 生活原没有固定大小，固定尺寸，/ 战争教大家懂得幸福的伸缩性”。[②] 无论是五千年文明所养育而成的民族精神在战时生活中的复兴，还是抗日战争所熏陶出来的乐观态度在战时生活中焕发，都是基于一个共同的信念——抗战到底！——“‘宁为玉碎，不为瓦全。’必须吾人人抱定最大之决心，而后整个民族乃能得彻底解放。”[③]

所以，一切为着抗战到底，让文学服务于抗战已经成为每一个中国作家的最大心愿，而陪都重庆文学运动成为抗战时期中国文学运动，尤其是为大后方文学运动的中坚与核心。这是因为“在这一大块辽阔的土地上，有着四万万五千万的同胞姊妹们，说着同样的言语，用着同样的文字，有着同样的民族性”，“我们相信，我们的文艺的力量定会随着我们的枪炮一齐达到敌人身上，定会与前线上的杀声一同引起全世界的义愤与钦仰。最辛酸，最悲壮，最有实效，最不自私的文艺，就是我们最伟大的文艺。它是被压迫的民族的怒吼，在刀影血光中，以最深切的体验，最严肃的态度，发为和平与人道的呼声”。[④] 因此，陪都重庆文学不仅仅是对于陪都重庆文化进行的文学表达，更是以高扬抗战到底的民族意志为己任，因而显示出中国文学运动的抗战文艺方向。所以，不仅大

① 老舍：《“五四”之夜》，《七月》第 4 集第 1 期，1939 年 7 月。

② 蓬子：《夜景》，《抗战文艺》第 7 卷第 4、5 期合刊，1941 年 11 月 10 日。

③ 蒋中正：《重申抗战到底告国民书》，《中央日报》1938 年 10 月 30 日。

④ 草莱：《中华全国文艺界抗敌协会筹备经过》；《中华全国文艺界抗敌协会宣言》，《文艺月刊》第 1 卷第 9 期，1938 年 4 月 1 日。

批作家从四面八方来到重庆，而且中华全国戏剧界抗敌协会、中华全国电影界抗敌协会，中华全国文艺界协会也纷纷随同国民政府一道迁往重庆，共同推动着陪都重庆文化与文学的现实发展。

在经受血与火的考验的同时，战时首都重庆已经成为民族复兴的全国文化中心，于是，1940年9月6日国民政府正式设立陪都重庆——“四川古称天府，山川雄伟，民物丰殷，而重庆绾毂西南，控扼江汉，尤为国家重镇。政府于抗战之初，首定大计，移驻办公。风雨绸缪，瞬经三载。川省人民，同仇敌忾，竭诚纾难，矢志不移，树抗战之基局，赞建国之大业。今行都形式，益臻巩固。战时蔚成军事政治经济之枢纽，此后更为西南建设之中心。恢宏建置，民意佥同。兹特明定重庆为陪都着由行政院督饬主管机关，参酌西京之体制，妥筹久远之规模，藉慰舆情，而彰懋典”。[①]由此可见，陪都重庆的设立，经历了一个从国民政府暂驻的行都，到国都南京之外的第二陪都，类似从行都洛阳到陪都西安的现实过程，因而这一过程的完成，既与重庆作为战时首都直接相关，更与重庆成为西南重镇关系密切。

这就无疑证明：陪都重庆的设立，首先在于20世纪的重庆早已经成为长江上游以致中国西南部的区域性中心城市，而抗日战争的全面爆发为重庆设立为陪都提供了一次历史契机，从而赋予陪都重庆文化与文学以战时性的基本特征。陪都重庆文化与文学的战时性，一方面展现为抗战时期重庆文化与文学具有的全国文化与与文学发展的中心地位，另一方面又显现为抗战胜利以后重庆文化与文学从全国中心向着区域中心的复归。

---

① 《国民政府公报》渝字第270号，1940年9月7日。

这就充分表明，陪都重庆文化与文学的战时性，从区域文化与文学的阶段性发展来看，表现为陪都重庆的文化与文学的暂时性存在，是与抗日战争相始终的——仅仅是抗战时期的抗战区，特别是大后方出现的一种区域文化与文学现象；而从区域文化与文学的地方文化与文学的基本构成来看，则呈现出陪都文化与文学的永久性存在，为重庆文化与文学的后续发展提供了必不可少的现代基础——陪都重庆文化与文学这一难能可贵的文化与文学的宝贵资源。

二、文学导向的主流性

从区域文化与文学的角度来看，陪都重庆文化与文学在抗战时期的中国文化与文学版图中占据着主流性的地位。这是因为随着抗日战争的全面爆发，中国就被分割为抗战区与沦陷区。

“沦陷区”这一概念的提出，主要是针对 1937 年 7 月 7 日“卢沟桥事变”爆发，日本帝国主义发动全面侵华战争之后，大片国土沦丧日本侵略者之手这一现象，所进行的历史命名。事实上，日军以军事手段占领的中国领土，从 1895 年开始对中国台湾的强占，到 1931 年对中国东北的强占，在显现出从局部发展为全面的侵略战争的整个历史过程的同时，也就提出了一个如何就此现象进行历史命名的现实问题。如果统称为沦陷区，在目前关于“沦陷区”的学术研究之中，至少是将“日据时期”的台湾暂时悬置起来进行另案处理的。更为重要的是，与“日据时期”这一有关台湾的时期命名相对应的，是“抗战时期”这一有关中国的时期命名，从而由于在时间上出现的命名差异将导致命名的难以进行。这就在于，一般所认同的“抗战时期”，就是用来指称从 1937 年到

1945年的“八年抗日战争”，因而就有可能使东北难以完全地被包容进“沦陷区”这一历史命名。尽管已经有人提出将抗日战争的起点延伸到1931年，但是，这不仅涉及如何界定中国抗日战争的时间区划的广狭之争，而且也涉及如何界定第二次世界大战的时间区划的广狭之争。①

问题在于，从区域文化与文学的角度来看，20世纪中国文化与文学第一次出现具有整体性的区域性分化，只能是在“抗战时期”，并且分别在抗战区与沦陷区表现出南北之分的特点——在抗战区主要出现了以重庆为中心的大后方与以延安为中心的边区②；而在沦陷区主要出现了以北平为中心的华北沦陷区与以上海为中心的华东沦陷区。尽管在抗战时期，无论是北平文化与文学，还是上海文化与文学，处于日军军事管制的政治高压之下，但是，在坚守民族文化的基本品质这一根本之上，表现出了高度的民族意识。特别是生活在沦陷区的中国作家面对侵略者的政治高压，顽强而巧妙地表达了对于国人生存状态的不断关注与审视，在进行个人审美观照的过程中，特别注重对于国人心态的深层挖掘与广泛显示，借以促进新文化运动以来民族文化从传统向着现代的持续转型。这样，沦陷区文化与文学在抗战时期的中国文化与文学版图上，自然应占据一个重要的位置，尽管不能占据主要的位置。

与之形成鲜明对照的是，在抗战区，特别是大后方的重庆文化与文学，即使较之同时期的延安文化与文学，在抗战时期整个中国文化与文

---

① 这样，进行沦陷区的历史命名将具有类似的广狭之分：广义上的沦陷区包括了1931年就落入敌手的中国东北，而狭义上的沦陷区则仅仅包括1937年以后日军强占的中国国土。在这里，与抗战区相对应的是狭义上的沦陷区。参见钱理群《总序》，《中国沦陷区文学大系·戏剧卷》，广西教育出版社1998年版；郝明工《陪都文化论》，新疆大学出版社1994年版，第52—53页。

② 抗日时期，中国共产党领导下的根据地，对外均以国民政府边区相称，如陕甘宁边区、晋察冀边区，等等。

学版图上，也仍然是居于主流性地位的。从表面上看，重庆文化与文学能够成为抗战时期中国文化与文学中具有主流性的文化与文学，似乎主要与重庆在抗战时期是国民政府的战时首都，并且被明令为陪都有关，而延安则是隶属国民政府的陕甘宁边区的首府，两者的行政级别相差甚远。[①] 显然，即使是陪都重庆具有着较高的行政级别，也并不一定意味着陪都重庆文化与文学就会自然而然地拥有了主流性地位。只有在陪都重庆从区域文化中心成为全国文化中心的现实状况之中，才有可能使陪都重庆文化与文学在抗战时期成为中国文化与文学的主导与代表，这样，陪都重庆文化与文学的主流性也就具体地体现为主导性与代表性。

当 1940 年 9 月 7 日国民政府明定重庆为陪都之后，每年的 10 月 1 日也就被同时定为“陪都日”。1940 年 10 月 1 日，在陪都重庆举行了庆祝首届“陪都日”的盛大集会。当天陪都重庆各报纷纷发表社论，《新华日报》的社论首先指出：“明定重庆为陪都，恢宏建置，一由于重庆在战时之伟大贡献，再鉴于重庆在战后之发展不可限量。”《新华日报》的社论进而强调：“重庆军民在敌机狂炸被毁的废墟瓦砾场中举行盛大的庆祝大会，当然大家的心里都不需要一种粉饰太平的点缀，而是要表现我们抗战不屈团结到底的铁的意志。所以这一次的盛大示威，应该是中国军民抗战到底的一个大示威，应该是中国军民有决心有勇气斩断一切荆棘奋勇前进的旗帜，我们在暴敌蹂躏后的残砖颓壁之间涌出一股民族正气，来证明日寇狂炸的无聊，告诉了我们的敌人，中华人民的生命财产固然可以被毁，然而中华民族的抗战意志是只有愈炸愈强，愈经痛苦的磨炼愈见高扬的。”《新华日报》的社论最后认为：“把中华民

① 肖一平等编：《中国共产党抗日战争时期大事记》，人民出版社 1988 年版，第 13、38 页。

族坚决抗战的精神发扬起来，这是我们庆祝陪都最重要的意义。”

在这里，《新华日报》的社论中有关陪都重庆与“陪都日”的现实意义的把握，应该说是实事求是的。这就是，一方面通过肯定陪都重庆在战时的伟大贡献与战后发展的不可限量，实际上揭示出陪都重庆所具有的全国文化中心与区域文化中心的双重地位，以及这两者之间的内在关系；另一方面通过宣扬“陪都日”的“最重要的意义”就是“把中华民族坚决抗战的精神发扬起来”，实际上显现出国共合作的思想基础与政治纲领的趋于一致，以及这两者之间的紧密联系。

1937 年 7 月 15 日，《中国共产党为公布国共合作宣言》中就指出：“孙中山先生的三民主义为中国之必须，本党愿为其彻底实现而奋斗”，因而宣布取消暴动政策、赤化运动、土地政策，“取消苏维埃政府，实行民权政治”，“取消红军名义及番号，改编为国民革命军”，从而“求得与国民党的精诚团结，巩固全国的和平统一，实行抗战的民族革命战争”。[①]蒋中正在《对中国共产党宣言的谈话》中表示：“总之，中国立国原则为总理创制之三民主义”，“集中整个民族力量，自卫自助，以抵暴敌，挽救危亡。中国不但为保障国家民族之生存而抗战，亦为保持世界和平与国际信义而奋斗”。[②]宋庆龄目睹“两个兄弟党居然言归于好，重新携着手，为中国民族的独立解放而斗争”，“感动得几乎要下泪”，与此同时，她又呼吁要牢记国共破裂的前车之鉴，做到“真诚坦白合作”，实行“孙先生手定的三民主义政纲”，“完成反帝反封建使命”。[③]由此可见，国共合作建立抗日民族统一战线的思想基础，就是“孙中山先生的三民主义”。

---

① 《中央日报》1937 年 9 月 22 日；《解放周刊》第 1 卷第 18 期，1937 年 10 月 2 日。

② 《中央日报》1937 年 9 月 23 日。

③ 宋庆龄：《国共统一运动感言》，《中央日报》1937 年 9 月 24 日。

1938年3月29日，中国国民党临时全国代表大会在重庆开幕，至4月1日在武昌闭幕，通过了《中国国民党抗战建国纲领》的政纲，4月3日，《新华日报》发表了《中国国民党抗战建国纲领》，而《中央日报》则于7月2日正式公布。《中国国民党抗战建国纲领》由“总则”及“外交、军事、政治、经济、民众、教育各纲领”构成。总则即“（一）确定三民主义暨总理遗教，为一般抗战行动及建国之最高准则。（二）全国抗战力量，应在本党及蒋委员长领导之下，集中全力，奋励迈进”。其余各纲领即为总则之内容在不同领域内的具体实施方案，强调了“全国人民捐弃成见，破除畛域，集中意志，统一行动之必要”，“欲求抗战必胜，建国必成”。

对于中国国民党的“抗战建国”政纲，中国共产党予以了积极响应。1938年10月，毛泽东在《论新阶段——抗日民族战争与抗日民族统一战线发展的新阶段》的报告中指出，中国国民党“有三民主义的历史传统，有孙中山先生、蒋介石先生前后两个伟大领袖，有广大忠忱爱国的党员”，因而“三民主义是抗日民族统一战线与国共合作的政治基础”，而抗战建国的最终目的就是要“建立一个三民主义共和国”；同时，“抗日民族统一战线是以国共两党为基础的”，“抗日战争之进行与抗日民族统一战线的组成中，国民党居于领导与基干的地位”，“两党中以国民党为第一大党，抗战的发动与坚持，离开国民党是不能设想的”；不过，“各党派各阶层政治力量的不平衡，同时在地域分布上也表现这种不平衡。国民党是第一个具有实力的大党，共产党是第二党”，并且“由于有两党的军队，使得抗日战争中两党克尽分工合作的最善责任”。[①]随后，在11月16日通过的《中共扩大的六中全会政治决议案》

① 毛泽东：《论新阶段》，华北新华书店1938年版。

中，重申“中国共产党对于拥护三民主义，拥护蒋委员长、拥护国民政府的诚心诚意”，“对执行三民主义及抗战建国纲领应该采取最诚恳最积极的立场”，以达到“国共长期合作，保证抗战建国大业的胜利，为三民主义的新中国而奋斗”。①

所有这一切无疑都表明，无论是三民主义还是抗战建国纲领，在整个抗战区发挥着程度不等的意识文化主导作用，特别是在以陪都重庆为战时首都的大后方，更是成为具有着主流性的意识文化表现。这就在于，作为区域文化之中最为活跃而又不断变动的文化构成，意识文化不仅成为抗战区与沦陷区之间文化差异的区域标志，而且也成为抗战区中陪都重庆文化与延安文化之间文化差异的现实标志。就此而言，集中地表现在国共两党对于三民主义的理解与抗战建国纲领的实施的并非完全一致上。事实上，正是基于中国共产党所阐释的三民主义与所实行的抗战建国纲领，陪都重庆的红岩嘴13号，在以国民革命军第十八集团军驻渝办事处名义租赁下来之后，不仅成为国民革命军第八路军（不久之后按照战斗序列改称第十八集团军）兼陆军新编第四军的驻渝办事处，中国共产党代表团与中共中央南方局的办公地，更是成为国共两党合作抗日的现实风向标，由此而使中国共产党在陪都重庆的政治影响最终形成一种独特的政治文化——红岩文化，成为陪都重庆文化之中意识文化的一种重要构成，并且在此后成为重庆文化与中国共产党的革命传统相联系的一种稀缺性的政治文化资源。

当然，在陪都重庆，由于战时体制的影响，中国国民党对于三民主义的阐释与抗战建国政纲的实行，不可避免地带有执政党的意识形态偏

① 中央统战部、中央档案馆编：《中共中央抗日民族统一战线文件选编（下）》，档案出版社1986年版。

见，特别突出地表现在文化政策与文艺政策的制定与贯彻之上，具体地说就是推行三民主义文化与三民主义文艺。只不过，无论是推行三民主义文化运动还是鼓吹三民主义文艺竞赛，都是在抗战到底的民族意志与反法西斯主义的时代精神的意识文化主流制约之下进行的，即使是中国国民党在其所制定的文化与文艺政策上有所偏差，但基本上还是为陪都重庆文化与文学的正常发展提供了相对自由的空间与相应的行政保障。

1933 年 9 月 1 日，国民政府行政院令内政部与军政部，要求两部保障新闻从业人员的相关权利，中国新闻界即开始以每年的 9 月 1 日为“记者节”，直到 1944 年 3 月经国民政府行政院核定正式公布为每年一度的记者节。1942 年 9 月 1 日，中国新闻学会在这一天召开年会，以纪念“记者节”并“检讨新闻界的现状和困难”，集中讨论了“对今后中国新闻事业应建立何种制度”，要求保障新闻自由。一方面，对“中国新闻界现势”进行总结：“抗战以来，中国新闻事业经长时间之奋斗，发生剧烈之变化，与抗战形势相配合，成为阵容之主流”；另一方面，要求改进“报纸的单调”：“这需要各报自己努力，把内容弄丰富，同时管理方面把检查尺度放宽，报纸的内容就不会单调了。”[①]1943 年 2 月 15 日，国民政府公布《新闻记者法》，在给予新闻记者以一定法律保障的同时，对于新闻自由也作出了相应的限制。因而在这一年的中国新闻学会的年会上，就提请政府修订《新闻记者法》。[②]仅仅从陪都重庆的新闻事业这一角，就可以看出陪都重庆文化发展的相对自由空间在逐渐扩大。

---

① 宣谛之：《一年来中国新闻界大事记》：陈德铭、周钦岳：《中国新闻界现势一瞥》；王芸生：《新闻的选择与编辑》，《中国新闻学会年刊》1942 年编。

② 《大公报》1943 年 10 月 2 日。

较之新闻自由而言，出版自由更能体现出个人言论自由的现实状况。因此，有人认为“文化中心以编辑出版事业为标志”。[①]但是，如果只强调出版事业中的编辑这一环节，而抽掉三位一体之中印刷与发行这两个环节，事实上也就在强化出版过程中的意识形态控制之余，在忽视市场流通之中而最终失去了出版事业的传播功能，所以难以令人信服。其实，较为准确的表述应该是：文化中心同时也就是出版中心，出版中心的形成与出版事业作为大众传播事业所达到的文化信息交流水平直接相关；文化中心控制着文化信息，出版事业传播着文化信息，正是出版物使二者统一起来。因此，出版物既是信息源的物化形式，又是信息传播的现实手段，出版物的质与量也就具体地决定着文化信息交流的水平。在这样的意义上，可以说只有出版物才是文化中心的标志，因为它能够反映出文化发展的变化来。

根据统计，抗战时期在陪都重庆出版的所谓“渝版图书”至少有4386种之多，而包括商务印书馆、中华书局在内的各类出版机构已经超过100家。当然，战时检查制度对于陪都重庆的出版事业发展是有所影响的，后来有人统计过，抗战期间陪都重庆被查禁的图书达2000多种、期刊200余种。不过，根据当时的中央图书审查委员会的有关报告，这一统计并非完全准确，或者说只有表面上的准确，因为“自廿七十月至卅二年十二月列表取缔之书刊共一千六百二十种”，其中“一千四百一十四种中，经各地查获没收者仅五百五十九种，其余八百五十五种，则虚有取缔之名，而毫无所获”。这与战时检查制度的执行不力有关，更与战时检查制度的不得人心相关，随着抗战胜利的到

① 姚福申：《中国编辑史》，复旦大学出版社1990年版，第410、411页。

来，不仅陪都重庆的出版机构采取了自动拒检不送审的抵制行动，而且国民政府在 1945 年 10 月 1 日宣布，即日起废除战时新闻检察和书刊检察制度，原审查人员全部转移到收复区。[①]

陪都重庆文化与文学在发展过程中，较之陪都重庆文化的发展自由受到执政者的直接行政限制，陪都重庆文学的发展空间显得较为宽松。这一点特别突出地表现在陪都重庆的抗战戏剧运动的蓬勃开展上。这就在于，抗战戏剧的艺术综合性，将其他文学样式与艺术门类之所长集萃于一身，并通过二度创作在舞台上直接诉诸观众，造成了当时涵盖面最大的社会传播效果。特别是抗战话剧，通过重现抗战现实而显现出进行抗战宣传和民众动员的巨大作用，以至于在抗战初期担任国民政府军事委员会政治部部长的陈诚，就有过十个演剧队能“当作十个师使用”之说。所以，在日军偷袭珍珠港以后，世界反法西斯战争全面展开之际，田汉提出将演剧队扩充为一百队，即“一百个‘文化师’”来“有效地争取抗战胜利”。[②]陪都重庆的抗战戏剧运动不仅成为大后方和抗战区的抗战戏剧运动的代表，而且更成为整个抗战时期中国戏剧发展的代表，据不完全统计，“抗战八年”陪都重庆上演的多幕剧就超过 120 部。[③]这样，陪都重庆文化与文学的现实运动中，抗战戏剧充分展示出与主流性相一致的代表性来。

陪都重庆的抗战戏剧运动，得到了国民政府等有关部门的大力支持。1938 年 10 月 10 日，“中华民国”第一届戏剧节在重庆开幕，戏剧

---

① 郝明工：《陪都文化论》，新疆大学出版社 1994 年版，第 213—215 页。

② 田汉：《响应黄少谷先生的号召——扩充演剧队到一百队》，《戏剧春秋》第 2 卷 4 期，1942 年 10 月 30 日。

③ 田进：《抗战八年来的戏剧创作》，《新华日报》1946 年 1 月 16 日。

节演出委员会在召开庆祝大会以后，随即派出由1000余人的演出大军，组成25个演出分队在市区、城郊进行大规模的街头演出，一连三天坚持将抗战戏剧直接送到广大民众面前。从14日到27日，戏剧节演出委员会又组织了“五分票价公演”——五分钱一张门票，固然是为前方将士募捐寒衣，同时也使剧场的大门敞开，向广大民众提供了参与抗战戏剧运动的机会，更为重要的是，也促进了抗战戏剧艺术水平的不断提高，从而有利于抗战戏剧运动的进一步发展。

第一届戏剧节的压轴戏《全民总动员》，是曹禺和宋之的根据抗战初期集体创作的《总动员》一剧改变的，从10月19日至11月1日共演出7场，场场爆满，反映热烈，也就是“因为在不断的艰苦的抗战中，我们相信我们的民族是有前途的”。[①]可以说《全民总动员》的演出成功，是抗战戏剧运动坚持抗战到底这一主流意识的直接成果，使该剧全民动员以肃清内奸敌特，奋勇参军杀敌的主题深入人心，成为名副其实的“全民总动员”的良好开端，促使陪都重庆文化与文学，通过戏剧节以及《全民总动员》这样的抗战戏剧演出，在体现出意识文化的主导性的同时，又显现出抗战戏剧运动的代表性。

第二届、第三届戏剧节虽然由于时时面临日机狂轰滥炸的威胁，因而未能举行规模盛大的演出活动，但仍然坚持进行抗日宣传和民众动员，上演了一批较好的剧作。到1940年9月，仅仅是国民政府行政院教育部审定公布可供演出的剧本，就有80余种。[②]由于陪都重庆每年10月到来年5月常有大雾，俗称雾季，而此时日机在这一能见度恶劣的气候条件下无法进行骚扰。为了保障更好地开展抗战戏剧演出活动，从

① 《中华民国第一届戏剧节·九》，《戏剧新闻》第1卷8、9期合刊，1938年11月。

② 《新民报》1940年9月5日。

1941年10月10日开始第四届戏剧节起，形成一年一度的以抗战话剧演出为主的“雾季公演”，以其公演时间长，演出水平高，社会反响大而著称——“在短短五个月中，竟演出了将近四十出戏。创造了从未有过的成绩。如果我们细细回想过去造成的那种盛况的原因；除了部分应该归功于戏剧工作者的努力与成就之外”，“很重要的条件是当时的客观环境助长了剧运的发展”，包括“引起了政府的重视与统制”这样的因素，[①]有力地推动了抗战戏剧运动在陪都重庆的发展，并且直接影响整个到抗战区的抗战戏剧运动。

1943年2月15日，陪都重庆各报均发表了中国国民党中央宣传部新闻处提供的《抗战以来的话剧运动》一文，对以陪都重庆抗战话剧运动为代表的中国抗战话剧运动进行了总括性的评价：作为中国抗战戏剧运动中坚的中国抗战话剧运动“一直是现实主义的艺术，是服务于革命的艺术”，具体体现在“正面地反映了英勇抗战”“揭发敌寇罪行”“暴露了汉奸的丑态”“描写了后方工业的建设”等方面，更为重要的是在“尽着加速摧毁封建残余的作用”的同时，还描述了“沦陷区人民生活及其艰苦斗争”。正是由于抗战戏剧运动在以陪都重庆为中心的抗战区中蓬蓬勃勃地开展，尽管在1942年10月国民政府社会部以“戏剧节未便与国庆节合并举行”为由，宣布取消每年10月10的戏剧节，但是，此后国民政府社会部又明令确立每年2月15日为戏剧节。

显然，《抗战以来的话剧运动》一文的发表与戏剧节的确立同为2月15日，并非完全是是一种巧合，而是恰恰证实了一个不可动摇的事实：戏剧节的确立，不仅表明陪都重庆的抗战戏剧运动为抗战时期中国

① 章罂：《剧季的过去和现在》，《新华日报》1943年10月21日。

文化与文学的发展做出了巨大的贡献，而且更是证明这一抗战戏剧运动已经体现出陪都重庆文化与文学在这一时期中国文化与文学之中的全国代表性。这就在于，陪都重庆的抗战戏剧以其鲜明而恢弘的民族史诗般的演出，在展示抗战时期中华民族的心路历程的同时，更揭示出中华民族的人格精神的未来方向，从而高度地体现了抗战时期中国文化与文学所能达到的精神高度。

1942年12月21日的陪都重庆，在经过改建后由860个座位增至1000个座位的抗建堂中，开始了《蜕变》的再度演出，一连演出28场，引发了强烈而又广泛的社会反响，不仅报刊上一片盛赞之声，演出该剧的中国万岁剧团也由此获得当局颁发的奖状；而且中央图书审查委员会也在1943年1月，决定对《蜕变》“颁发荣誉奖状及奖金1000元”。[①]较之《蜕变》一剧1940年在陪都重庆大为不同的演出效果，显而易见的是，《蜕变》中所展现的“我们民族在抗战中一种‘蜕‘旧’变‘新’的气象”，已经开始为越来越多人所认同。[②]这就难怪巴金为在陪都重庆出版的《蜕变》剧本所写的《后记》中会这样说：“一口气读完了《蜕变》，我忘记夜深，忘记疲倦，我心里充满了快乐，我眼前闪烁着光亮，作家的确给我们带来了希望。”由此可见，对于民族人格精神重塑的文化需要，无疑是基于这样的中国现实——“抗战非但把人们的外形蜕变了，还变化了他的内质”。[③]

与此同时，这一民族人格精神重塑的文化需要，早已经融入抗日战争的发展过程之中。1943年2月4日在陪都重庆上演的《祖国在召唤》

① 石曼：《重庆抗战剧坛纪事》，《重庆文化史料》1991年第1期。

② 曹禺：《关于〈蜕变〉二字》，《蜕变》，文化生活出版社1941年版。

③ 巴金：《蜕变·后记》，文化生活出版社1941年版。

一剧，更是将人的意识转换与世界反法西斯战争紧密地联系起来，深刻地揭示出在高昂的爱国热情的促动下，人的心灵的复甦，不仅源自对于法西斯侵略者残暴行径的憎恨，而且基于对于固有的生命价值观念的重估，并且将这憎恨的激情与这重估的思考，统一在个人的心灵自忏与觉醒之中："不管我堕落到什么程度，我总还是一个中国人。老实说，这次打仗叫我懂得了许多事情，要是不打仗，我还不知道敌人是这么可恨，祖国是这么可爱呢！"[①]这就从全体中国人的的角度，充分显示了正义战争对于民族人格精神重塑的巨大推动力，尤其是在这一推动之下民族人格精神重塑的普遍意义。

这样，随着中国抗日战争成为世界反法西斯战争的重要一翼，不仅促进了民族意识的高度自觉，而且还促成了经济建设与政治民主的协同发展。陪都重庆在成为工业发展中心的同时，也成为民主运动中心。1942 年 6 月，迁川工厂联合会、中国西南实业协会、国货厂商联合会在陪都重庆联合发表了《工商界之困难与期望》的声明，要求保障经济建设发展的合法权利。1943 年 6 月，在陪都重庆举行的全国第二次生产会议上，工商界人士与当局达成了共识，随后落实的工矿事业贷款总额为 20 亿元（其中公营企业 8 亿元，民营企业为 12 亿元）。这一要求保障经济建设的合法权利的民主运动一直持续到抗战胜利。

与此同时，维护合法权利的民主运动更是直接地出现在对于民主宪政的不断努力之中。1943 年 10 月，国防最高委员会设置宪政实施协进会，周恩来、董必武作为中共代表被指定为其成员。这是一个包括各派政治力量以推行民主宪政的官方机构，先后提出废除图书杂志审查、健

---

① 宋之的：《祖国在召唤》，远方书店 1943 年版。

全地方行政机构等提案。1944 年 1 月 3 日，宪政座谈会在陪都重庆召开，这是一个非官方的包括各党各派与各界著名人士，旨在加快民族进程的松散组织，先后讨论了“自由与组织”“成立联合政府”等问题，进而筹组民族宪政促进会。事实上，实施宪政的关键在于是否尽快“成立联合政府”，否则，“国家前途必要有陷于不幸之境者”。[①]

显然，从经济民主到政治民主，已经成为中国走向现代的必经之路。这样，透过陪都重庆这一抗战时期中国的民主窗口，已经展现出中国文化与文学未来发展的可能方向。正是因为如此，陪都重庆文化与文学在拥有了抗战区文化与文学的核心地位的同时，也获得了抗战时期中国文化与文学的中心地位，从而以其主导性与代表性显现出抗战时期中国文化与文学的主流性发展。

三、文学蕴含的地方性

八年全面抗战，既是抗战时期中国区域文化与文学现象形成的基本条件，也是抗战时期中国区域文化与文学现象存在的时间界限。正是因为如此，对于陪都重庆文化与文学来说，在全面抗战八年中从区域文化中心到全国文化中心的长足发展，首先体现出战时体制对于文化与文学的区域发展的推动作用，并且赋予陪都重庆文化与文学以战时性特征；其次表现为战时首都对于文化与文学的区域发展的促进作用，同样赋予陪都重庆文化与文学以主流性特征。然而，无论是战时体制，还是战时首都，对于重庆文化与文学所发挥的阶段性作用，仅仅是显示出区域文

① 郝明工：《陪都文化论》，新疆大学出版社 1994 年版，第 173—176 页。

化与文学形成与存在的时间之维，揭示了区域文化与文学现象何以出现的现实原因，而区域文化与文学产生的历史原因，理应到区域文化与文学形成与存在的空间之维来寻求。

区域文化与文学形成与存在的空间之维，在事实上也就是区域文化与文学现象得以发生的地理边际，具有着从行政区划到人文地理的两极，因而呈现出区域文化与文学的实存空间，并且分别展现为区域文化与文学的地区性与地方性。具体地说，由于行政区划往往会随着政治体制的变动而出现地理边际的波动，因而区域文化与文学的地区性呈现出动态的性质。而人文地理由于自然环境的限制而保持地理边际的稳定，因而区域文化与文学的地方性呈现出静态的性质。在这一动一静之中，最为活跃的意识文化因子与最为稳固的民族文化因子，将有可能分别透过行政区划与人文地理的中介作用，在地理边际的趋于重合之中进行逐层交融，从而促成了区域文化与文学在实存空间的阶段性出现，成为民族国家文化与文学发展版图中具有着历史意义的独特现象。

陪都重庆文化与文学之所以得到重庆这一命名，也就在于重庆不仅是一个行政区划的命名，而且也是一个人文地理的命名。一方面，在重庆这一地区性命名出现的前后，其行政区划的地理边际，历朝历代处于或大或小的波动之中；另一方面，在重庆这一地方性命名出现之后，其人文地理的地理边际，从古至今保持着自然天成的稳定。只是在抗战时期，陪都重庆的战时首都地位为重庆提供了行政区划波动的战时条件，而陪都重庆的自然地理环境为重庆创造了人文地理稳定的战时基础，随着重庆被明定为陪都，陪都重庆的地理边际也就表现为地区性与地方性相一致的重合，陪都重庆的地理边际实际上就是如今的重庆主城区，并且促成陪都重庆朝着国际性的现代大都市方向发展。

现今屹立在重庆闹市中心的“解放碑”，就是抗战时期建立的“精神堡垒”，也就是抗战胜利以后重建的“抗战胜利纪功碑”，上面所镌刻的《抗战胜利纪功碑碑文》一文中，这样赞曰：其一，“国民政府西迁入蜀，重庆建为陪都，巍然系中华民族命运之枢机，为国际观听所瞩目”，“亚洲之战争既与欧洲合流，中国逐自独立作战之孤军进而为民主阵线远东之一翼”，“在此八年之中，国际舆论，目重庆为战斗中国之象征，其辉光实与历史同其永久”；其二，“虽敌方之陆海军力限于夔门，而空军之战略袭击则集中于重庆”，“然重庆以上百万之市民，敌忾越强，信心愈固，财力物力之输委，有过于自救其私，实造民族精神之峰极”，“重庆之所以无忝为陪都，不仅以其地理形势使然，亦此种卓越之精神有以副也”；其三，“重庆承四大河流之汇，上溯四江达康黔滇青，下循扬子东通于海”，“重庆将进为新中国工业经济至重心，大西南之吞吐港”，“十年之后，将见大桥横贯两江，二千平方公里，二百万市民之大重庆涌现华西，以西南之财富，弼宗国之繁荣”。一言以蔽之：“后世史家循流溯源，深究中国复光之故，将知重庆之于国家，时不止于八年战时之献效已也。”

由此可见，正是在陪都重庆，全民抗战到底的民族意志与重庆人勇于牺牲的人文底蕴，建铸了重庆大地上这一无坚不摧的反法西斯正义战争的时代“精神堡垒”，在赋予陪都重庆文化与文学以内外一致的整体性精神构成的同时，更是为中华民族的全面复兴，奠定了战时根基与展示了未来方向。正是因为如此，陪都重庆文化与文学，作为抗战时期出现的区域文化与文学现象，其意义不仅在于揭示了陪都重庆文化与文学具有着超越时间界限的可能性，而且更是在于展现了陪都重庆文化与文学具有着超越空间界限的现实性。这一超越地理边际的现实性，一方面表现为陪都重庆文化与文学的陪都气象，扩大了陪都重庆文化与文学在抗战区的地区性影响；另一方面表现为陪都重庆文化与文学的山城意象，扩张了陪都重庆文化与文学在全国的地方性反响，从而使陪都重庆文化与文学的地方性得到趋于完整的战时体现。

陪都重庆作为战时首都，在战时体制的推动之下从区域文化中心转换为全国文化中心，使重庆由一个内陆城市迅速地向现代大都市发展，成为抗战时期抗战区中唯一的一个人口超过百万的大城市，以工业中心、行政中心、动员中心的文化优势，使重庆在较短的时间内走向了城市功能在经济、政治、意识各个层面上的全面转型。这样，陪都重庆的确立，也就意味着重庆已经完成了从战时首都到现代都市的战时文化整合，为抗战时期重庆文化与文学能够发挥陪都气象奠定了坚实的基础。

一般地说，战时体制将通过对战时文化各个层面进行指令性控制，促使战时文化在适应战争的需要中形成特别的发展机制。抗战时期中国文化的战时机制，在陪都重庆具体表现为城市功能的现代化：在经济功能上，为了适应转向战时生产、保障经济建设的需要，国民政府组建经济部主管战时工业生产，将重庆定为大后方工业发展的重点城市，确立了重庆的工业中心的文化地位。仅仅是到 1940 年，内迁大后方的工厂共 425 家，其中迁往重庆为 243 家，从而推动了重庆工业的飞跃式发展，形成了具有兵工、机械、冶金、采矿、化工、电器、建材、能源等重工业，纺织、烟草、食品、造纸、制革、印刷等轻工业，并以军用生产为核心的较为完备的工业体系，这一工业体系的形成，不仅以重工业为主，而且更是以公营资本为主，强化了公营企业在兵工、冶金、化工等行业中的主导地位，有力地支持了抗日战争的进行。[①]

随着抗战时期重庆第一次升格为直辖市，而国民政府又明定为陪都，在政治功能上，为了保证行政管理的有效性与连续性以稳定社会秩序，驻重庆的国民政府各机关对重庆行政进行必不可少的督导，有利于市区的扩大与市政建设。例如，国防最高委员会过问重庆市政府日常行政工作，行政院批准重庆市政府制定的法令法规，内政部参与重庆市地方自治。这不仅使重庆成为抗战区城市发展的表率，而且也使重庆加快向现代大都市过渡，以奠定重庆这一全国文化中心的行政基础。

特别是在日机大轰炸的威胁之下，重庆市政府奉国民政府令动员全市机关、学校、商店疏散到市郊。重庆市政府成立紧急疏散委员会负责疏散市民，而中国国民党中央党部与国民政府各机关组成迁建委员会决定各单位迁建。这样，通过疏散区与迁建区的建立而扩大了市区，促使重庆的城市化进程在最短的时间内完成。被称为重庆市文化区的沙坪坝，就是由疏散区划归为重庆市政府辖区，形成了由数十家大中型企业、各级行政机构、近20所大专院校和几十家医疗单位为主体的现代城市小区。北碚在划为迁建区以后，也由战前的乡村建设实验区改变成为具有一定现代市政基础，公共设施较为齐备，城市环境较为优美的卫星城市。[②]

更为重要的是，随着陪都重庆在经济功能与政治功能上的不断发

① 《经济部的战时工业建设》，《资源委员会公报》1944年第4卷第4期；李紫祥：《抗战以来的四川工业》，《四川经济季刊》1943年第1卷第1期。

② 重庆市地方志编纂委员会总编辑室编著：《重庆大事记》，科学技术文献出版社重庆分社1989年版，第173—175页；隗瀛涛：《近代重庆城市史》，四川大学出版社1991年版，第467—470页。

展，其意识功能也得到了空前的扩张，以发动广大市民积极参与抗日，保持思想导向的主流性与民众动员的及时性。正是由于在陪都重庆出现了众多人民团体，充分体现了《中国国民党抗战建国纲领》的有关精神——“发动全国民众，组织农工商学各职业团体，改善而充实之，使有钱者出钱，有力者出力，为争取民族生存之抗战而动员”。到1944年，陪都重庆的人民团体共257个，其中职业团体为167个，社会团体为90个；会员人数达154898人，其中职业团体会员113901人，社会团体会员40997人，从每一团体会员平均人数来看，陪都重庆居于全国各省市首位，会员人数约占全市总人口的15%，由此可见陪都重庆民众动员的组织水平之高。[①]

不容忽视的是，陪都重庆所达到的较高民众动员水平，与各人民团体总部大都设立在陪都重庆有着紧密的联系。这不仅有助于陪都重庆人民团体发动并举行形形色色的动员活动，而且通过陪都重庆的动员示范而直接影响到整个抗战区。1939年5月1日，重庆1万余工人为庆祝“五一”国际劳动节举行集会和游行，[②]当天晚上7时，国民政府召开国民精神总动员宣誓大会，会后10万余人参加了火炬游行，显示了陪都重庆人民团体为坚持抗战到底而作出的积极努力。在这里，民众动员水平绝非是一个可以用“万”为单位进行统计的数字显示，而正是一个由各种人民团体为连接点，并具体体现为社会行动的民众动员组织过程的程度显现。所以，在陪都重庆开始的国民精神总动员运动对于整个抗战区来说是具有示范作用的。

① 社会部统计处编：《全国人民团体统计》第5、7页。

② 重庆市地方志编纂委员会总编辑室编著：《重庆大事记》，科学技术文献出版社重庆分社1989年版，第179页。

事实上，自从1939年2月7日国民政府成立国防最高委员会以来，3月11日国民政府设立隶属于国防最高委员会的国民精神动员总会，并于12日颁布《国民精神总动员纲领》及《国民精神总动员实施办法》，从而掀起了以国民精神总动员运动为标志的抗战区民众总动员——“国民精神总动员，有国民人人所易知易行之简单明显之三个共同目标，为国民精神所当集结者，当首先标扬之，即（一）国家至上民族至上，（二）军事第一胜利第一，（三）意志集中力量集中是也”。[①]这三个共同目标的实质，就是使全体国民知道必须动员起来，全力以赴将抗战进行到底。同时，这也是符合抗日民族统一战线的现实需要的。

因此，1939年4月26日，中国共产党中央委员会在《中央为开展国民精神总动员运动告全党同志书》中，认为“这些都是根本正确的”，在一一予以重申之后，指出“国民精神总动员，应成为全国人民的广大政治运动，精神动员即是政治动员”，“只有经过民主方式，着重宣传鼓动才能推动全国人民，造成压倒敌人刷新自己的巨潮”。[②]几天之后的5月1日，延安也与重庆一样，举行了各界“国民精神总动员”暨庆祝“五一”国际劳动节大会，在大会演讲中，毛泽东又一次重申了《国民精神总动员纲领》所提出的三个共同目标，在带头高呼“拥护蒋委员长，拥护国民政府，拥护国民党与共产党合作”，“拥护国民政府，拥护国民精神总动员”的同时，更倡导“艰苦朴素的工作作风”和“坚定正确的政治方向”，提出“从今天起，全国国民都要真正实行三民主

① 中国社会科学院台湾研究所编：《中国国民党全书（上）》，陕西人民出版社2001年版，第458页；《新华日报》1939年3月12日。

② 《群众》周刊第3卷第1期，1939年4月。

义”。[①]

这无疑表明，抗战到底的思想导向，在已经成为广大民众的爱国主义集体意识根基的同时，也成为国共两党的三民主义意识形态基石。所以，国民精神总动员运动不仅仅是民众动员与政党合作的社会运动，而且更是将陪都的政治效应扩大到文化的各个领域，尤其是文学这一领域中去的现实运动，正如《国民精神总动员纲领》中所说的那样——“至于文化界，言论界，著作家之人士，更望省察国家安危民族盛衰之责任”，“接受精神总动员之要旨，而为共同之奋斗”。[②]这样一来，陪都重庆文学运动无疑将承担起前所未有的的动员重担，来激发出陪都气象的全部文化能量。

文学运动较之民众动员之中其他类型的运动，虽然在运动规模与动员效果上难以与后者相媲美，但是就文学运动所能够达到的对于民众意识转换的传播影响的广度与深度来看，后者则是难以望其项背的。诚如冯玉祥所言：“打仗不但要外部健康，还要内部健康才能和敌人拼命，而文艺是使人内部健康的。”[③]这已经成为全体文学工作者团结战斗的共同心愿，于是，1938 年 3 月 27 日在武汉成立的中华全国文艺界抗敌协会，从一开始就提出文章下乡、文章入伍、文章出国的战斗口号，以“中国化”“战斗化”“通俗化”的创作，来激发广大农民和士兵的“抗敌的情感”，与此同时，又要“以全力有计划地介绍中国抗战文艺到欧美各国去”。移驻重庆之后的中华全国文艺界抗敌协会，更是在 1939 年 2 月专门设立了通俗读物委员会、国际文艺宣传委员会，以适应新形势

---

① 《国民精神总动员的政治方向》，《群众》周刊第 3 卷第 3 期，1939 年 5 月。

② 《国民精神总动员纲领》 《新华日报》1939 年 3 月 12 日。

③ 《全国文艺界空前大团结》，《新华日报》1938 年 3 月 28 日。

下民众动员的需要。[①]

1939年3月22日，国民政府军事委员会下设的战地党政委员会成立，以加强后方与战地的全面联系，自然也将国民精神总动员纳入其中。[②]4月18日，中华全国文艺界抗敌协会第二届常务理事会举行第一次会议，决议组织作家战地访问团，让陪都重庆文学的影响借国民精神总动员运动的东风，在大后方与各个战区中更加扩大，使陪都气象能够充分地在整个抗战区得到体现。据老舍《欢送文协战地访问团出发》一文中所记载，由于日机的“狂炸重庆”，“想以精神总动员为主题写个剧本”，以演剧的收入来资助作家战地访问团出行的计划落空，于是，中华全国文艺界抗敌协会“改向战地党政委员会接洽”，“得到了战地党政委员会三千五百元的帮助而骤然成功”。

这正如《作家战地访问团告别词》所说：“我们十三个人是中华全国文艺界抗敌协会第一次派出的笔部队——或者因为目的在敌后方，即叫笔游击队”，“所以，我们负有沟通战地和后方的责任”，“我们要将后方人民在蒋委员长领导之下对抗战的坚决与团结的巩固，以及各线最近的胜利的情形，敌方之狼狈，传达给战地士兵与民众，使他们能够更好地和整个局面配合起来”；“我们还沟通敌后方和国际作家的联系”，“把中国的消息，尤其是战地直接消息向国际作家宣传，把国际作家对中国抗战的同情告诉我们的战士，也是我们不敢忽略的责任”。[③]

① 《怎样编写士兵通俗读物》《出版状况报告》《会务报告》，《抗战文艺》第1卷第5期，第4卷第1期，第3卷第8、9期合刊。

② 中国社会科学院台湾研究所编：《中国国民党全书（上）》，陕西人民出版社2001年版，第459页。

③ 《抗战文艺》第4卷3、4期合刊。

作家战地访问团的整个战地行，在由全体成员集体日记的“笔游击”中一一展现：《川陕道上》《陕西行记》《在洛阳》《汉奸和红枪会代表的谈话》《中条山中》《王礼锡先生的病和死》。这些前往战地访问来自陪都重庆的作家，表现出前所未有的坚毅和勇敢，付出了血的代价乃至生命的牺牲，也因此而获得巨大的收获——他们发现“士兵同志，绝不是过去那样鲁莽、粗野，而是今天大时代的中的军人”，“有丰富的抗战知识和经验，有浓厚的国家民族意识。问不短，说不穷，这真是有素养有教育的新军人”，他们还发现农民参加了“各种民众的组织”，“不论是老的、小的、男的、女的，都可以告诉你许多他们如何参加各种组织，怎样上前线，跟随军队打仗，以及一切生活中的细事和敌人的残暴情形”。[①]

作家战地访问团的整个战地行以团长王礼锡的因病去世而中止，但是，作家战地访问的意义，不仅在于促进了抗战文学运动从以陪都重庆为核心的大后方向战地的全面展开，使抗战文学创作与抗战现实进程更加紧密地联系起来，从而推动抗战文学更好地为抗战服务；同时，也通过展示战地军民艰苦卓绝而又充满必胜信念的战斗与生活情景，以铁的事实来回答国际人士所提出的“中国人民在日本占领区（自然，他们所谓的占领区是连游击区在内）是否快活”这样的问题。正如王礼锡在日记中所写的那样：“我想到敌人后方去把敌后方我们的活动告诉一切国际人士，使他们知道日本占去的领土，仅是点的，至多是线的，绝不可能是面的，中国人民在日本占领区是快活的，因为他们仍然生活在中国的统治之下，这就是答案。”

① 《汉奸和红枪会代表的谈话》，《抗战文艺》第5卷第6期；“笔游击”载《抗战文艺》第4卷第5、6期合刊，第5卷第1—6期，第6卷第1期。

由此可见，以陪都重庆为中心的抗战文学运动，在中华全国文艺界抗敌协会这样的全国性专业协会的指导下，在服务于抗战的各种民众动员活动中，在从大后方到战地的抗战区之中发挥着巨大的影响。这就难怪王礼锡在离开重庆之时，会依依不舍地在日记中这样写道："暂别了，重庆！雄伟的大江，秀丽的嘉陵，像一双秀丽的玉腕，日夜拥抱着你。敌人可以从高空来侵袭，可是千重山，万重水，数万万人民血肉的长城，保护着你。"[①]显而易见的是，重庆那两江怀抱半岛的独特地貌，以其雄伟秀丽深深打动了王礼锡的心。

只不过，此时王礼锡眼中的重庆尚处于从区域文化中心向着全国文化中心的现代发展过程中，因而也就意味着抗战前重庆的水码头形象，正在向着抗战中重庆的山城意象进行人文地理的转换。早在19世纪末20世纪初，凭借着川江这一黄金水道，就成为长江上游经济中心的重庆，逐渐由传统城市的"江州"重庆向现代城市的"山城"重庆缓慢走去，而地方军事势力的长期争夺，使得这本来就缓慢的城市行走更显得步履艰难，致使城市化无法完全实现，造成了重庆文化与文学滞后于沿海沿江的诸多城市。抗日战争导致了全国文化中心的从东向西的转移，重庆文化与文学获得了迅速发展的契机，赋予重庆的山山水水以现代特质，不仅川江继续作为拱卫重庆的一道天堑，而且重庆周边的群山更是成为战时首都的天然屏障，为山城意象的凸显，提供了得天独厚的地理条件。

随着重庆在抗战时期第一次成为直辖市，尤其是国民政府明定重庆为陪都，为重庆形象中山城意象的凸显，提供了一次千载难逢的机遇。

① 《王礼锡日记——记"作家战地访问团"》，《作家战地访问团史料选编》，四川省社会科学院出版社1984年版。

重庆市区的扩大使重庆的行政区划与人文地理之间的地理边际达到了重合，其地理标记就是环绕重庆的群山。更为重要的是，抗战时期的人口大迁徙，对于山城意象的凸显来说，具有举足轻重的现实作用。

这是因为，即使是湖广填四川的大规模的传统移民，也不过依然是使重庆在保持着水码头的传统城市格局之中，艰难地向现代城市突围。到抗日战争全面爆发前夕，全市47万人口之中，加入袍哥的竟有7万人左右。[①] 同时，城市化所必需的教育体系远非完备，第一所大学的重庆大学迟至1929年才创办，因而不仅在重庆难以形成城市化所需要的开风气之先的知识阶层，而且也导致整个人口教育程度水准的低下。所以，整个社会心态呈现出守旧的姿态，特别是女子缠脚的陋习盛行，以至于直到抗日时期的1939年，还要由重庆市政府发布《禁止妇女缠足条例》，来进行脚的“解放”。

抗战时期的大移民，使陪都重庆的人口在8年间突破了百万大关，奠定了现代大都市所必须的人口基础。更为突出的是，外来移民的教育程度一般来说比较高，相应地促动了陪都重庆人口教育程度水准的上升，与此同时，在内迁高校的推动下，陪都重庆形成了结构合理的现代教育体系，加上国民政府大力推行国民教育制度，使学校教育向社会教育的方向发展。这就促使陪都重庆的文盲人口比例大幅度下降，据1945年1月的统计显示，全市104.8万人口中，文盲人数为全市总人口的32.02%（其中包括4.21%的教育程度未详者），不到陪都重庆人口的1/3。更为重要的是，人口教育程度的改善，促进了陪都重庆的社会科层化，突破了战前重庆上层社会与下层社会相对峙的封闭格局，一些需要

① 隗瀛涛：《近代重庆城市史》，四川大学出版社1991年版，第389、427页。

较高教育程度的行业，如商业、工业、交通、公务、自由职业，等等，其从业人员已经达到全市总人口的48.97%，接近陪都重庆人口的一半。[①]

这就表明，陪都重庆的市民阶层已经开始形成，自然也就加快了陪都重庆向着现代大都市发展的步伐。更为重要的是，随着抗战时期的大移民，为陪都重庆文化与文学注入了来自全国各地的多种多样的文化成分与文学元素，促使重庆这一区域文化中心获得了全国文化中心所必需的丰富而多样的文化构成。特别是所谓“下江人”到来，更是成为全国文化中心从东向西转移的人口标志，直接表现为重庆方言由四川方言的一个地方分支，转为与之相并列的地方方言。比较而言，在重庆成为战时首都之后，重庆方言由于接纳了广为流行的江浙“官话”，特别是国语的全面影响，其地方方言的特性已经有所减弱，而较趋近于国语。这就为陪都重庆文化与文学的发展创造了必不可少的语言根基，不仅有利于陪都重庆文化的群体累积，而且有助于陪都重庆文学的个人表达。

由此可见，抗战时期的大移民，首先是加快了重庆的城市化进程，促进了重庆文化与文学的现代转型；其次是为重庆带来了多元化的文化与文学因子，推动了重庆文化与文学的全面发展，从而赋予陪都重庆文化与文学的人文地理内涵以现代性与多样性相并重的时代新质，山城意象由此而凸显。山城意象不仅是对于陪都重庆的现实性写照，而且将是对于现代都市重庆的历史性观照，在突破抗战时期的阶段性封闭的同时，所展示的正是重庆城市化在时间开敞之中所呈现出来的空间形象——重庆形象的两大构成之一的山城意象。不可否认的是，山城意象的凸显正是从陪都重庆开始的，并且首先出现在陪都重庆文学的个人创

① 《本市教育程度》《本市人口职业分配》，《重庆要览》1945 年版，第 17、18 页。

造之中，由此而显现出陪都重庆文化的丰厚累积。

无论是老舍的《鼓书艺人》从横向交融的文化层面上来展现山城意象的文化包容广度；还是梁实秋的《雅舍小品》从纵向挖掘的文化层面上，来显现山城意象的文化蕴涵深度，都同样是以个人表达来给予山城意象一个有意味的形式，分别从不同角度来对山城意象的文化意蕴进行大力呈现。从两者的社会传播与个人阅读的接受效果来看，相形之下，《鼓书艺人》更多的是表达出对于陪都重庆的某种难以排解的个人回忆，或许能够成为仅仅是关于陪都重庆文化的一次文学记忆；而《雅舍小品》则更多的是传达出有关陪都重庆的某种可以扩散开来的集体追思，已经能够成为由陪都重庆文化而引发的一种文学怀乡。这也许就是为什么《鼓书艺人》即使被搬上银幕，其文学反响也难以与《雅舍小品》相媲美，虽然它们都同样呈现山城意象的文学之花。

这无疑就表明，越是能够体现出山城意象所蕴含着的历史文化意味的纵深感的文学创作，其文学魅力就可能超过那些侧重于山城意象所包容着的现实文化意义的横切面的文学创作。那些以陪都重庆的人和事为艺术反映对象的话剧剧本，从早先创作的《雾重庆》《重庆二十四小时》，到后来创作的《山城故事》《重庆屋檐下》，已经从偏重于陪都气象的文学渲染，逐渐倾向于山城意象的文学传神，并且在舞台上演出之后产生了较大的社会影响，尤其是《重庆屋檐下》，在 1943 年到 1944 年的第三次雾季公演中，引起了一次又一次的对号入座者的干涉，以致发展到对簿公堂的地步，因而引发了关于该剧是否具有真实性的激烈论争。①

---

① 石曼：《重庆抗战剧坛纪事》，《重庆文化史料》1991 年第 2 期。

尽管如此，所有这些标明与“重庆”或“山城”有关的话剧创作，由于注重对于陪都重庆进行直接的生活观照，在轰动一时之后，随着时过境迁，结果依然是默默无闻，更不用说那些基本上与陪都气象直接相关的文学创作了。山城意象的文化内涵与文学魅力超过陪都气象的文化内涵与文学魅力，也就在一定程度上证实：陪都重庆文化与文学的地方性较之地区性，更能够在深层次上体现出陪都文化与文学的区域性来。在这样的意义上，可以说只有那些既能够产生地区性影响，又能够引发地方性反响，具有着陪都气象与山城意象双重文化内涵的文学创作，才有可能使个人表达在完整地体现出陪都重庆文化与文学的区域性的同时，去超越时间与空间的双重限制，融为中国现代文化与文学在区域发展之中的重庆形象。

第二章

陪都诗歌的多样选择

一、震撼人心的诗歌

1937 年 12 月 16 日，重庆的第一个现代诗歌刊物《诗报》试刊号，伴随着抗战的隆隆炮声在中国大地上的回荡而诞生。正如《诗报》的发刊词《我们的告白》中所说："诗歌，这短小精悍的武器，毫无疑义，对抗战是有利的，它可以以经济的手段暴露出敌人的罪恶，也能以澎湃的热情去激发民众抗敌的意志"，与此同时，抗战更需要"强化诗歌这武器，使它属于大众，使它能冲破四川诗坛的寂寞"。[①]这就表明，现代诗歌不仅要成为激励抗战到底的精神武器，而且也要为满足大众而坚持咏唱。然而，重庆诗坛的寂寞并没有因为《诗报》的出现而立即冲破，《诗报》反而因战时审查而很快消失。

这就难怪一些本地诗人要离开重庆，不过，仍然要坚持诗歌的个人呐喊。何其芳在《成都，让我把你摇醒》中进行了这样的激情宣泄："这时代使我想大声地笑，/ 又大声地叫喊"，因为"敌人抢去了我们的

① 李华飞：《〈诗报〉创刊五十年》，《重庆文史资料》第 29 集。

北平、上海、南京，/无数的城市在它的蹂躏之下呻吟”，“于是谁都忘记个人的哀乐，/全国的人民连接成一条钢的链索”，与此同时，“我像盲人的眼睛终于睁开，/从黑暗的深处看见光明”。这样，当追求光明离开重庆而奔赴延安的诗人重新回到重庆以后，除了写出讽刺诗《笑话》（后改名为《重庆街头所见》）之外，直到抗战胜利之后的1946年2月，才写出了《新中国的梦想将要实现》（后改名为《新中国的梦想》），来欢呼光明的即将到来。①

也许，诗人何其芳的离去，当时就对其他诗人的咏唱有着这样或那样的影响。从曹葆华的《题未定》之中，传来了这样的呼应：“大炮声震醒了许多人，却撼不动古老的都市”——“成都，这民族最后的根据地”。②不过，至少从客观上看，有助于拓展诗人咏唱的个人视野，为重庆诗歌增添了几分来自大西北的清新与自然、粗犷与奔放。于是，在他的《西北牧羊女》中，不仅出现了有着“不饰脂粉/鲜如苹果的圆脸”的“西北牧羊女”，而且更展示出离别中的期盼：“当你半回头/看长长的山峡里/曳过了多少骡车/驮着寒衣/向天外送去。”③这样，少女的离别情怀与民族命运的紧密相联，自然也就超越了个人的小天地，在天真妩媚之中显出激昂向上的另一面来。

---

① 《何其芳文集》第1卷，人民文学出版社1984年版。何其芳既是重庆本地诗人，更是中国现代诗人。只不过，自从他在抗战初期离开重庆到延安去之后，极少写出与陪都重庆相关的诗作，仅仅是在抗战之前，尤是在他写诗之初，写出了大量以自己家乡的风土与风物为抒发对象的诗作。由此可见，何其芳既与重庆文学的现代发展有关，又与其保持着阶段性的疏离。参见中国大百科全书总编辑委员会编《中国文学》编辑委员会、中国大百科全书出版委员会《中国大百科全书·中国文学》第1卷，中国大百科全书出版社1986年版，第244页。

② 曹葆华：《题未定》，《文艺阵地》第3卷第2期，1939年5月1日。

③ 曹葆华：《西北牧羊女》，《国民公报》1940年7月6日。

这样，仅仅是在重庆的《新华日报》上，就不仅发表了《敬礼，守卫国土的老妈妈》，来歌唱太行山手持红缨枪的老妈妈们，[①]而且也发表了《边塞吟》，来歌唱察哈尔草原上浴血奋战的蒙古族英雄，[②]更发表了《夜过秦岭——赠别西北》，通过反复的吟唱来表达这样的离别之情："难以忘怀啊！/那坚实的黄土地，/和坚实的战斗伙伴们。"[③]所有这些的短唱与长歌，虽然都是直抒胸臆的颂歌，但是，对于大西北军民坚持抗战到底的执着信念与牺牲精神的高度颂扬，在震撼着每一个身在重庆的读者与诗人，大西北的崇山峻岭、广阔草原、黄土地，开始闯进他们的心灵深处。

诗人的聚散离合，是中国现代诗坛上最常见的现象，而抗日战争无疑加快了这一分分合合的进程。在重庆，既有着本地诗人的离去，更有着外地诗人的到来，而有关重庆形象的个人吟唱无疑已经成为重庆诗歌发展中的一种有意识的选择，并且呈现出由两相对照到意境融通这样循序渐进的艺术创造来。

在《雨》的飘洒之中，"看不见山顶的古塔/层峦中现出苍茫的云海"这样的雨中山城，与"柳丝摇曳在湖边/芭蕉声搅碎旅人情怀"这样的故园情景，在鲜明的诗意对峙之中凸显出来的，"是饥寒交迫的流亡者之哀呼/长空里一两声雁唳"。[④]而在《芦花》的纷飞之中，身在战时首都重庆的流亡者那思乡之情，正是通过"芦花白透河塘"之后"夜沉沉，雁南归"的追忆，来唤起"少年流落在远方"的离乡背井之

---

① 袁勃：《敬礼，守卫国土的老妈妈》，《新华日报》1938年12月27日。

② 戈茅：《边塞吟》，《新华日报》1939年11月6日。

③ 李嘉：《夜过秦岭——赠别西北》，《新华日报》1940年12月30日。

④ 苏吉：《雨》，《新蜀报》1938年9月30日。

痛。[①] 应该说，无论是重庆形象之中的山城意象，还是重庆形象之中的陪都气象，在这些外地诗人的吟唱中已经开始或明或暗地在诗情抒发之中得到了初步的表达。

对于本地诗人来说，对于重庆形象的个人吟唱，已经开始将山城意象与陪都气象融为一体："远山模糊，江边流娓着白雾 / 纤纤的柳枝闪起了嫩绿 / 爆竹里传来雄壮的《义勇军进行曲》。"这就是《听，那峰峦》之中闪现出来的一个完完整整的重庆形象，一个抗战豪情高万丈的充满活力的重庆形象——"这是群绿竹一样的年轻行列 / 从山城，挺拔的去到祖国的原野"，"嘉陵江畔轮船的汽笛长鸣 / 山风波荡着海潮般的欢声 / 江水，也蓝澄澄的漾出多情"。如此明朗欢乐的重庆形象，烘托出如此慷慨激昂的抗战豪情，尽管战士们出征之时要告别自己的妈妈、告别自己的妻儿，可是，为着真正安乐的家庭，为着不再荒芜的田园，必须高举抗战的大旗，"听，那峰峦，那峡壁，远远回应着军歌 / 船身东去了，可是——/ 抗战的炮火却燃烧着每个人的心窝"。[②]

有战斗就有牺牲，散文诗《燃烧与埋葬》进行着诗意的呐喊，在祖国儿子的生命燃烧中，"我们要继续这光荣的战争"；在祖国母亲的怀抱里，"一个英勇兄弟死了，在他自己的岗位上"。[③] 战士的牺牲，迎来了后方的安宁，而后方的人民也同样以努力的奉献，来解除前方战士的疲乏与饥寒。《嘉陵江上》一开始就诉说"从山国腹脏里奔泻而来的嘉陵江"，传送着"田园并没有荒芜"的喜讯来告慰前方将士，飞驰着"扯满风帆的粮艇"来确保前方将士的坚持战斗，所以，难怪全诗最后会发

① 孙望：《芦花》，《国民公报》1939 年 11 月 30 日。

② 李华飞：《听，那峰峦》，《新蜀报》1939 年 3 月 17 日。

③ 丽尼：《燃烧与埋葬》，《国民公报》1939 年 8 月 15 日。

出这样的赞美："嘉陵江上孕育着无上的光辉的希望。"[①] 嘉陵江是联系着前方与后方的生命线，而嘉陵江畔的战时首都重庆，正是抗战大后方的心脏。陪都气象透过山城意象隐约可见。

无论是外地诗人还是本地诗人，随着抗日战争的持久进行，都面临着同样的选择：为了抗战到底而坚持歌唱。正是拥有了共同的选择，诗人彼此之间的战斗情谊与日俱增。《打马渡襄河——寄风磨》一诗中进行了这样的赠答："七百里风和雪，/ 我向东方，/ 打马渡襄河。/ 你从枇杷坪，/ 写诗来送行，嘱我——/ 赶着春天去，/ 去丰收一个秋天。"[②] 无论是上前方，还是在重庆，千里同心为抗战，彼此之间只留下激励与思念。

战友兼诗友的情怀浮现在《怀念》中：以"我在地之南 / 你在天之北 / 你惦记着我 / 我惦记着你"始，而以"我在低吟 / 你在高飞 / 我在 / 地南 / 你在 / 天北"终，其间借助"你是那健走的白马""那浪头搏斗的海燕"与"我是那受伤的毛驴""那晚潮退下的涸鱼"的反复对比，[③] 来抒发内心的羡慕与遗憾，表达出奔赴前方的渴望。不过，即使是离开重庆上前方要做到轻装上阵，那也并非易事——"从此摆脱这儿女的私情，/ 不留守巴蜀的山景"——"春不远了，/ 江南三月天；/ 看敌人总崩溃！/ 看健儿跃马立功"！[④] 这是从《春来歌大地》之中传出的告别壮歌。

所有这些在重庆发出的吟唱，表现出全民抗战的斗志高涨，从重庆

---

① 沙白：《嘉陵江上》，《国民公报》1939 年 9 月 9 日。

② 吕建：《打马渡襄河——寄风磨》，《中国四十年代诗选》，重庆出版社 1987 年版。

③ 光未然：《怀念》，《新蜀报》1940 年 2 月 22 日。

④ 朱亚南：《春来歌大地》，《国民公报》1940 年 5 月 20 日。

到西北，从前方到后方，从南方到北方进行了诗歌视野的现代拓展，与此同时，重庆形象的内外两面也分别在诗情抒发中浮现出来，趋向山城意象与陪都气象的诗意融合。不可否认的是，所有这些吟唱，往往是以心灵告白的方式进行诗情的个人宣泄，虽然降低了诗歌接受的门槛，却又促使诗歌创作走向诗味的淡薄与诗意的单薄。于是，诗人们在重庆面临着诗情抒发的新选择。

能否通过对传统诗歌营养的汲取来促进现代诗歌吟唱的多姿多彩呢？《怀旧别曲》进行这样的个人尝试，“城楼边，/ 箫鼓滴出金马的悲鸣”与“唱一声——起来！/ 不愿做奴隶的人们！”之间，[①]企图进行诗与歌的古今缝合，在难能可贵之余，留下了诗艺的生硬缝隙。这种诗艺的生硬，稍后在《哀杜鹃》中得到某种程度上的缓解，能够以杜鹃花替代杜鹃鸟，来化用“杜鹃啼血”的传统意象，进行这样的吟唱：“我哀杜鹃，/ 我哀杜鹃，/ 我哀国家的金钱，/ 我哀人民的血汗！”[②]由此来控诉卖国贼与倭寇的罪恶。只有当直白转向委婉，才有可能增多现代诗歌的个性色彩，所以，依然还是那古往今来一体的月光、荒店、行人……不过“一壶土味的水酒，/ 醉去八百里的疲劳，/ 一床金黄的稻草，/ 好编织旅途的长梦”，[③]无疑赋予《荒店》一诗较为醇厚的诗味与较为新鲜的诗意。

这一变化出现在从抗战前期到抗战后期的重庆现代诗歌发展之中，也无疑从一个侧面折射出陪都的现代诗人们，在1941年前后所进行的关于个人吟唱的新选择。

---

① 康陈珠英：《怀旧别曲》，《国民公报》1939年3月29日。

② 冯玉祥：《哀杜鹃》，《冯玉祥诗选》，四川人民出版社1982年版。

③ 程康定：《荒店》，《诗前哨》丛刊1944年第2辑。

在 1941 年 2 月 28 日的《新蜀报》上，发表了晓莺的《唱下去》一诗，其中发出这样的呼唤："为真理而歌罢！ / 直到旭日照到山头，/ 而大地开满花朵。"这就是为坚持抗战而唱下去，这就是为献身抗战而唱下去，这将意味着可能的牺牲。到了 1941 年 10 月，于是出现了《假如，我死了》中的反复吟唱："假如，我死了，我死了，/ 为了我的碧绿的碧绿的府河，/ 和淡蓝淡蓝的梦泽湖，/ 姑娘，你莫悲伤，莫悲伤！"……"假如，我死了，我死了，/ 请为我立一块很小很小的石碑，/ 碑上刻着：一个年轻人为祖国而战死！ / 姑娘，你莫悲伤，莫悲伤！"……[①] 在一唱三迭的咏叹之中，诗情抒发开始进入荡气回肠与幽远深长交融的境地。

这就难怪一年后，同样在 1942 年 2 月 6 日的《新蜀报》上，会出现禾泥的《醒后》这样的诗意抒发——"儿时的梦"与"苦涩的快乐"交错缠绕——"眉月无言瞅着江水 / 我浸浴在晚风里 / 忆想到故乡流水的低唱"……"然而归期呢 / 很深的 / 很远的 / 像无底的海"。从此时的江水到彼时的流水，延伸为未来的海水，绵延不绝的怀乡情呈现为水的传统意象在当下流荡。

当然，在诗意抒发之中，出现了更多更多的个人创新。在《新叶》中，"羞涩的娇小的新叶"不仅是"春天的襁褓"，而且是"生命的象征"，更是美的化身："我彷佛看见你坐在红色的帆里 / 漂浮在蓝色的天空的泡沫里了。"[②] 而在《四月的风》之中，"四月的风"，吹来了像晚霞一样"鲜红美丽"的山桃花，也吹出了像"江流一样宽畅"的好心情，"四月的风 / 低唱在茫茫的夜空"，"星儿""月亮""我"都"沉醉在你

---

① 晏明：《假如，我死了》，《诗丛》1943 年第 1 期。

② 左琴岚：《新叶》，《诗垦地》1942 年第 4 辑。

的呼唤里”。[①]

春天的叶，春天的风，激动着诗人的想象，不由得去追忆春天的由来。在迎来抗战胜利的1945年，出现了《六行——赠梅》一诗，外来现代诗风吹拂着“梅”这一中国传统意象，由此展开了个人创新的任意挥洒，在坚贞里熔铸牺牲的奉献，从牺牲中唤起理想的追求，诗意充盈的诗境升腾到哲思的高度——“多少阵杂沓的音响，掠过你身旁，/一片玉瓣，是一滴生命，/剥落了生命，你召来燕语和莺啼。/感谢你在我心里投下温馨与希望，将我从苍白的国度带向绿色世界，/而你却在绿色的世界里凋谢”。[②]

仅仅由此，就可以看到从抗战前期到抗战后期，重庆现代诗歌发展之中，诗人进行多样化的个人选择的一个侧面。如果承认这样的个人选择的存在事实，那么，保障诗人进行这样的个人选择的现实条件，又是什么呢？

虽然可以说，在由文化中心而出版中心的陪都重庆，通过大量报刊与出版物的市场发行，就这样为天南地北的中国诗人，为生活在重庆的中国诗人，尤其是为战火之中诞生的青年一代诗人，提供了舒展个人诗才的社会传播舞台。当然，对于重庆现代诗歌发展来说，仅仅是重庆提供了诗人施展才华的广阔而多样的社会传播，还是远远不够的，因为这只是重庆现代诗歌发展的传播前提。所以，在这样的社会传播舞台上必须有振奋人心的诗人出场。当这样的诗人一旦到场，就可能在展示出他们创作中的个人选择的同时，促成其他诗人开始在自己的创作中进行个人选择，从而以其合力直接推动着重庆现代诗歌的发展不断向前。这就

① 沈慧：《四月的风》，《新华日报》1942年4月24日。

② 曹辛之：《六行——赠梅》，《最初的蜜》，文化艺术出版社1985年版。

需要从集体到个人的诗艺示范，而历史老人无疑是偏爱重庆的，为诗人们提供了这样的机遇。

1938年底迁渝的《七月》，从1939年7月在重庆复刊到1941年9月停刊，集聚了一大批青年诗人，由此而形成七月诗人群。从1942年到1944年，南天出版社出版“七月诗丛”，吹生了青年诗人们的诗集——孙佃的《旗》、亦门的《无弦琴》、冀汸的《跃动的夜》、邹荻帆的《意志的赌徒》、绿原的《童话》、鲁藜的《醒来的时候》，以及胡风编辑的青年诗人合集《我是初来的》；另外也推出了成名诗人的诗集——艾青的《北方》、田间的《给战斗者》、天蓝的《预言》，显示出七月诗人群的创作实力。1944年12月《希望》在重庆创刊，该刊在抗战胜利后迁往上海，于1946年10月停刊，继续为七月诗人群的稳固与壮大提供了有效的保障，促使七月诗人群完成了诗歌流派的转换，成为抗战爆发以来中国诗歌发展中声名最著的诗歌流派，这就是七月诗派。

七月诗人群对于重庆现代诗歌发展的现实影响从不断扩大转向日益深入，实际上是与七月诗派的形成保持着高度的一致的。1939年9月在《七月》第4集第3期上，钟瑄发表《我是初来的》一诗，预示着七月诗派的青年诗人以“黎明”追求者的欢唱形象出现在重庆诗坛上——“我是初来的/我最初看见/从辽阔的海彼岸/所升起的无比温暖的，美丽的黎明”——“黎明照在少女的身上/照在渔民的身上”，激发起民族意识在觉醒中不断地高扬。这就难怪胡风在编选七月诗派14位青年诗人合集的时候，会借用“我是初来的”进行命名。1942年4月牛汉以谷风这一笔名发表了《山城与鹰》，表现出诗人与诗作在同步成长：“鹰飞着，歌唱着：/‘自由，便是生活呵……’”，“于是山城在罪恶的雾中/哭泣着远古的生命底悲哀/以后，山城却在鹰底歌声的哺育下/复活了，而鹰是山城生命的前哨……”[①]

由此可见，从看见民族解放的黎明，到歌唱文化复兴的自由，诗歌创作中所展现出来的理想追求在个人吟唱中，进行着从简单到繁复的意象转换，由单纯的倾诉转为多重的对应，实际上已经促成诗意蕴涵的扩张与深化，与此同时，诗情抒发的方式与手段更趋向个人选择的多样化，从而构成了七月诗人群进行诗艺示范之中从诗思到诗形的两极。

仅仅从七月诗人群所运用的诗歌体裁来看，抗战之初，在七月诗人群中就出现了诗歌吟唱由短而长的变化，从 1938 年 4 月艾青写出《向太阳》这样的抒情长诗，到 1938 年 5 月天蓝写成《队长骑马去了》这样的叙事长诗，展示出抗战时期中国诗歌发展的新动向来。毫无疑问的是，七月诗人群以抒情长诗创作著称，创作了大量佳作：《春天——大地的诱惑》（彭燕郊）、《渡》（冀汸）、《神话的夜》（绿原）、《风雪的晚上》（鲁藜）、《终点，又是一个起点》（绿原）……并且也进行叙事长诗的不断尝试，如《纤夫》（阿垅）、《火把》（艾青）等。与此同时，还创作出系列性短诗的组诗，如《延河散歌》（鲁藜）、《跃进》（艾漠）、《季候风》（冀汸）、《耕作的歌》（杜谷）、《六歌》（阿垅）、《英雄的诗没有写完》（冀汸）等，以及寓言诗《小牛犊》（彭燕郊）、《给哥哥的信》（邹荻帆）、《穗》（冀汸）与讽刺诗《犹大》（阿垅）、《他们的文化》（化铁）等。

特别值得一提是小诗的创作，不仅有着《蕾》中对于生命初绽的憧憬：“一个年轻的笑 / 一股蕴藏的爱 / 一坛原封的酒 / 一个未完成的理想 / 一颗正待燃烧的心”；[②]而且有着《陨落》中对于生命奉献的赞颂：“流星

① 《诗星》第 2 集第 4、5 期合刊，1942 年 4 月 1 日。

② 邹荻帆：《蕾》，《意志的赌徒》，南天出版社 1943 年版。

是映照着爱者的晶莹的泪珠 / 带着听不见的声响落的 / 落了，落了，几千年后的人间 / 闪着它不灭的生命的光”；[①] 更是有着《泥土》中对于生命价值的沉思：“老是把自己当作珍珠 / 就时时怕被埋没的痛苦 / 把自己当作泥土吧 / 让众人把你踩成一条道路。”[②] 在这里，可以看到在战时生活中诗歌对于生命张扬所能达到的个人极致，显示出七月诗人群通过同中有异的个人吟唱，已经能够在诗思与诗形之间趋向高度的和谐。

显而易见，正是七月诗人群以其充满青春活力而多姿多彩的创作，为抗战时期的中国诗人，特别是重庆诗人进行了集体性的诗艺示范。不过，随着抗日战争全面爆发，成名诗人也先后来到了重庆，无论是七月诗人群一员的诗人艾青，还是自成一格的诗人臧克家，均以激情洋溢而各有侧重的创作，为抗战时期的中国诗人，特别是重庆诗人进行了个体性的诗艺示范，从而与七月诗人群一起，为重庆现代诗歌在抗战时期的发展，以及抗战胜利以后的发展，提供了难能可贵的诗艺资源。

首先是艾青的到来。艾青直到 1940 年 5 月才到达重庆，不过，艾青在前往重庆的途中所写成的长达千行长诗《火把》，6月在重庆的《中苏文化 · 文艺专号》上发表之后，引发了一场论争，而论争的焦点就是：《火把》是不是基于现实生活而又塑造出新女性形象的得意之作？如果说《火把》是抒情长诗，里面出现了关于“我”这样的人物与情节大量虚构，如果说《火把》是叙事长诗，里面又出现了关于“我们”这样的抒情主人公过多的激情宣泄。那么，《火把》是不是果真在“指示私生活的公众化”的同时避免了“公式化”，自然就会引起针锋相对的说法，也许，如何看待《火把》的诗艺新贡献，倒应该是如艾青自己所

① 曾卓：《陨落》，《曾卓抒情诗选》，中国文联出版公司 1988 年版。

② 鲁藜：《泥土》，《希望》第 1 集第 1 期，1945 年 12 月。

说的：“我尝试运用变化多端的手法，场景也一幕一幕的有所变换。”至少从艾青自己的评论中，可以看出《火把》应该是叙事长诗，只不过他本人是习惯于写抒情长诗的，因而《火把》中出现“我”与“我们”的并置，也就不足为怪。[①] 因此，至少可以说，艾青虽然仅仅在重庆停留了半年多，到 1941 年 2 月就离开了重庆，[②] 但是，对于抒情长诗与叙事长诗应该如何写，倒是进行了一次影响颇大的个人示范。

其次是臧克家的到来。臧克家是在 1942 年 8 月到重庆的，直到 1946 年 6 月才离开重庆，整整在重庆生活了 4 年。刚到重庆的藏克家就发表了完成不久的，自称是“五千行的英雄史诗”《范筑先》。这是因为，处于危难中的中华民族需要新的民族英雄来激励民族精神的更生，犹如古树绽放新花，而抗日战争催生了英雄的辈出。在臧克家看来，“人的花朵，先后开放了许多，而范筑先，是这些人花中灿烂的一朵”。于是乎，《范筑先》在期刊上连载之后，在重庆出版单行本时，被臧克家改名为《古树的花朵》。这不仅证明英雄史诗《范筑先》的中国诞生，需要以抗日战争的真人真事为原型，而且更说明英雄史诗《古树的花朵》的重庆出版，需要确立民族精神更新之中的理想文化人格。臧克家能够率先写出抗战以来最长的叙事长诗，也就在于他自己早已写过“报告长诗”《走向火线》《淮上吟》，并且完成了从《向祖国》到《他打仗去了》等六篇叙事长诗，因为“写长诗特别需要气魄和组织力”，只

① 杨匡汉、杨匡满：《艾青传论》，上海文艺出版社 1984 年版，第 131—135 页；郝明工：《陪都文化论》，新疆大学出版社 1994 年版，第 160 页。

② 显而易见的是，已经成名的中国现代诗人在抗战时期到陪都重庆来的，虽然不光是艾青一人，但是对于陪都诗歌创作的个人影响，艾青的短暂停留无疑是产生了某种轰动效应的。参见中国大百科全书总编辑委员会《中国文学》编辑委员会、中国大百科全书出版委员会编：《中国大百科全书·中国文学》第 1 卷，中国大百科全书出版社 1986 年版，第 6 页。

有通过艰苦的创作大有可能获得。臧克家不仅在到重庆之前写成的英雄史诗《古树的花朵》中，而且在到重庆之后写成的爱情史诗《感情的野马》中，都同样表现出这样的“气魄与组织力”，[①]从而以其对战时生活进行的史诗吟唱，进行从英雄史诗到爱情史诗的个人示范。

应该承认，七月诗派的抒情长诗在重庆发表之后，立即出现了众多诗人在创作上的回应，随后涌现了大量的抒情长诗，较为优秀的诗作有：《春》（常任侠）、《持久坚强冷静》（徐迟）、《旷野的悒郁》（江村）、《因为我爱……》（炼虹）、《哭亡女苏菲》（高兰）、《雅歌》（黎焚薰）、《受难者之歌》（方敬）、《骆驼和星》（朱健）、《白鸟颂》（程铮）、《全世界光明了》（怀湘）等。

不过，当艾青、臧克家到重庆以后，叙事长诗的创作才开始兴旺起来，最为突出的诗作是《射虎者及其家族》（力扬），其他较好的诗作有：《小御河》（葛珍）、《问妈妈》（胡来）、《渔村之夜》（沈寄踪）、《缝衣曲》（高兰）、《爸爸杀日本强盗去了》（罗泅）、《这里的日子莫有亮》（沙鸥）、《大石湖》（邵子南）、《卖唱的盲者和一个流浪的孩子》（白岩），等等。此外，在组诗的创作上也出现了一些较好的诗作：《冬天》（周为）、《秋歌》（孙跃冬）、《高粱熟了》（鲁丁）、《火雾》（王亚平）等。

在寓言诗的创作上，出现了这样一些较好的诗作：《拟寓言诗五章》（金克木）、《水牛赞》（郭沫若）、《昆虫篇》（丽砂）、《夜》（屈楚）、

---

① 孙晨：《臧克家传》，山东大学出版社 2000 年版，第 216、232 页。臧克家在陪都重庆一直生活到抗战胜利之后才离去，因而他对于陪都诗歌创作的个人影响，较之艾青更为广泛与深入。参见中国大百科全书总编辑委员会《中国文学》编辑委员会、中国大百科全书出版委员会编：《中国大百科全书·中国文学》第 2 卷，中国大百科全书出版社 1986 年版，第 1220 页。

《火把的歌唱》（应光采）、《短章，暴风雨时作》（冯雪峰）、《七月》（张晴）、《生活》（张凡）、《蜘蛛》（朱訊）、《夜的死敌》（斐然）、《老妓女》等。而讽刺诗的创作上，则出现了如下一些较好的诗作：《所见》（肖漫若）、《手牵手的》（芮中占）、《胡逖》（长虹）、《骗子颂》（童燧）、《在劳军大会》（令狐令得）、《致北方》（刘岚山）、《“天窗”》（木人）、《一幅难民写照图》（苹平）、《标准青年的自画像》（湛卢）、《他是一个中国人》（萧扬）等。

在小诗的创作上，较早出现的是《历史与诗》（徐迟）、《绿色的春天》（山莓）、《星云集》（丽砂）、《敌后小诗》（庄言）、《拉纤夫》（丹丁）、《小土屋》（白堤）、《小诗两首》（禾波）等，其中大多数是咏物或纪事的。直到《三代》（臧克家）中“孩子 / 在土里洗澡 / 爸爸 / 在土里流汗 / 爷爷 / 在土里埋葬”，以生命的哲思融入“泥土的歌”，[①] 震撼着诗情抒发之中的个人吟唱，小诗的创作才显得更加精粹而富有神韵。如《晨星》（王亚平）、《拾取温暖者》（文纲）、《低唱六章》（晏明）、《十行小唱》（方渐）、《红叶集》（文季）、《诗二首》（笠菁）、《算命者》（沈纹）、《盲者》（白堤）、《渔夫》（沙鸥）、《怀旧集》（甘永柏）、《花束》（钟辛）、《乡村》（林薇）、《河 · 船 · 桥》（木人）、《雨季》（陈敬容）等。

所有这些在重庆出现的抒情长诗、叙事长诗、组诗、寓言诗、讽刺诗、小诗，都在展现出诗歌视野拓展的同时，从外地诗人到本地诗人，从成名诗人到青年诗人，经过了诗情表达的个人选择之后，显示出较为开阔的诗思与较为完备的诗形之间的一致来。从抗战以来中国诗人在重

---

① 臧克家：《三代》，《泥土的歌》，今日文艺社 1943 年版。

庆已经发表的诗作来看，对于重庆形象进行诗意表达的诗作当不在少数，同样也是通过诗思与诗形之间相一致的个人选择，来进行陪都气象与山城意象的个人吟唱。

战时首都的重庆，已经成为全民抗战的精神支柱，“我向你默祝着珍重，/你天空多雾的/中国的玛德里呵”！这是发自《离渝小唱》中的吟唱，因为，“我要着上戎装，/加入英勇的一群，/守卫祖国，/守卫你——/中国的玛德里”！[①]重庆不仅与国际反法西斯主义的正义战争联为一体，而且更是成为中国抗日战争坚持到最后胜利的后方基地，在同样的流血牺牲之中，竭尽全力支撑着抗战到底。

于是，无论是《运输队》从后方为前方送去了“弹药箱，/面粉袋，/还有，/温暖的棉背心，/甜蜜的慰劳信”；[②]还是《背夫》“寸寸的步履，寸寸的艰辛”，“负载着煤炭的重压，/让熊熊的炉火感激你，/负载着军械的重压，/让辽远的战争解放你”。[③]已经承担起如此历史使命的重庆，在被明定为陪都之后，更是成为来自沦陷区那些颠沛流离的人们，尤其是来自白山黑水的流亡者的新家。这就爆发了《家》中的“齐声呐喊”：“打回我们的老家。”[④]

陪都重庆在日机的狂轰滥炸之中，已经失去了无数的生命，然而，一旦漠视生命的价值，无疑也就会导致毁灭生命的同样罪恶，显现出陪都重庆现实的负面来。于是，《罪恶的金字塔》中发出了这样的抨击——“只有愤怒，没有悲哀，/只有火，没有水。/连长江和嘉陵

① 郭尼迪：《离渝小唱》，《中国诗艺》复刊第2期，1941年7月。

② 蒲汀：《运输队》，《新蜀报》1940年9月6日。

③ 方敬：《背夫》，《行吟的歌》，文化生活出版社1948年版。

④ 管火陵：《家》，《新蜀报》1940年9月21日。

江都变成了火的洪流，/ 这火——/ 难道不会烧毁那罪恶砌成的金字塔么？”[①]不过，正如《更夫》面对“发着使黑夜痉挛的声音，/ 刺拨丧家失业者的心灵”的同时，“催促着睡眠的人们起来！ / 去迎接心声的朝阳”。[②]由此可见，即使是陪都气象曾经有过阴霾的遮蔽，毕竟还是能够稳固全民抗战的信念。

所以，对作者蓬子来说，不仅坦然地看到《夜景——陪都轰炸季小景之一》，发现“废墟上热腾腾的从草棚喷出面香，/ 时髦男女的笑声落满污黑左头。/ 生活原没有固定大小，固定尺寸，/ 战争教大家懂得幸福的伸缩性”；更是惊喜地见证《奇迹——陪都轰炸季小景之二》，领悟“燕子筑巢也没有这般容易，/ 得衔泥衔草挣扎在风里雨里，/ 一条街瓦砾，纵横着烟火气味，/ 这才第五天都建起新的房子”。[③]所有这一切都表明——陪都重庆并没有在轰炸中消失，反而在轰炸中屹立，只要人们经受住战火的锤炼，就完全有可能创造出前所未有的人间奇迹！所以，《他俩》中的“他俩是在防空洞里认识的”——“恐怕敌人也完全没有想到过吧？——/ 他们的屠杀和破坏的炸弹 / 竟变成了 / 使得有情人终成眷属的媒妁！”[④]

如果说陪都气象是重庆形象中战时生活的地域性表层，那么，山城意象就是重庆形象中战时生活的地方性深层。正是山城的雾和嘉陵江的水，成为建构山城意象的基本要素。

山城的雾是“灰黯而浓重的雾”，《灰色的囚衣》为它定下了这样的

① 郭沫若：《罪恶的金字塔》，《蜩螗集》，群益出版社 1948 年版。

② 蒲汀：《更夫》，《新蜀报》1940 年 11 月 25 日。

③ 《抗战文艺》第 7 卷第 4、5 期合刊，1941 年 11 月 10 日。

④ 任钧：《他俩》，《后方小唱》，上海杂志公司 1944 年版。

意象底色，“葱郁的茂林晦暗了，/碧绿的山岩霉湿了，/旷阔的田野/在死寂的雾层里沉沉地睡了”，“生活在山国的人民”，渴望“太阳，这山国美丽的稀客，/将用她千万支纤长的金手/撩起这人间灰色的囚衣”。[①]在这里，雾与太阳，也就成为黑暗与光明，囚禁与解放的象征，成为个人吟唱中对举的山城意象，尽管雾的意象底色由灰向白转换。在《雾》中，“雾/——白茫茫的雾”，“盖住了树木，房屋/山岗，河流……”，“遮断了璀灿的阳光/人们的视线/所有的道路……”不过，“弥天的浓雾/会带来一个大晴天/紧跟着沉闷的雾季来的/将是春天的美丽和明朗”。[②]这就是《重庆的雾》所引发的内心渴望：“阴沉的雾就要消退了！/在它的后面会出现一轮红辉的太阳！”[③]

嘉陵江的滚滚波涛，当能引起“我的家在东北松花江上”似的乡愁与斗志，《嘉陵江上》回荡着思乡的情怀：“如今我徘徊在嘉陵江上，/我仿佛闻到故乡泥土的芳香。/一样的流水，一样的月亮，我已经失去一切欢笑和梦想。/江水每夜呜咽的流过，/都仿佛流在我的心上”；同时也激荡着战斗的意志：“我必须回去，/从敌人的刺刀丛里回去；/把我打胜仗的刀枪，/放在我生长的地方！”[④]

嘉陵江的滚滚波涛，又能引起对于“生和死并没有什么距离”的叹息与悲愤，《嘉陵江之歌》倾诉着如此沉重的感叹与质疑：“生命是多么狭窄而迅速啊！/生活不是更为艰辛吗”，因为生生死死一瞬间就是嘉陵江船工的命运。由此，只能在无比的悲哀之中进行了这样的愤怒回

① 江村：《灰色的囚衣》，《新蜀报》1940年12月7日。

② 任钧：《雾》，《为胜利而歌》，国民图书出版社1943年版。

③ 丹茵：《重庆的雾》，《民主周刊·增刊》1945年第1期。

④ 端木蕻良：《嘉陵江上》，《中国民歌集》，文汇书店1942年版。

答——“嘉陵江是美丽/还是忧郁的呢？/嘉陵江是悲哀的！嘉陵江是悲哀的”！[①]

嘉陵江的滚滚波涛，更能引起有关“一个民族的生存或沦亡”的沉思与感悟，《我徘徊在嘉陵江上》唤起了从“空袭警报，/像恶狼的嚎叫”，到“疯狂的警备车，/叫人见了就心跳”的种种沉重而又沉痛的记忆。滔滔奔涌的记忆来自残酷的战争，来自严酷的现实，于是，“我徘徊在/嘉陵江上/我懂得我心里，/为什么充满忧伤”。[②]

山城的雾作为意象构成是惨淡的单一，而嘉陵江的水作为意象构成是浓烈的多变，这就为山城意象提供了从单一到多变的构成形态，使之具有了变幻莫测的寓意性。如果说陪都气象不乏阴霾的缠绕，那么，山城意象也不乏阴沉的充斥，这就使从抗战前期转向抗战后期的重庆形象染上了阴森的色调，与重庆形象的明朗形成鲜明的对照。

《别雾重庆》中离开重庆的理由，仅仅只有一个：“只怨这里太冷，/留不住人，/让人们追寻/另外的春！”[③]而在《山城的侧面》中，“一片浓雾”遮住山城“破烂的侧面”，而山城就像“舱底破漏的海船/正迷失在雾海里/渐渐靠近雾海的险滩里”。[④]并非仅仅是冷酷而险恶的雾遮蔽了重庆，江水也流淌着惨不忍睹的人间悲剧。在《弃婴》中，一个婴儿被抛弃在江岸上小巷的墙角边，在“一块破破烂烂的布片遮盖”下，在过路人不加理睬的冷眼中，只有“街头的野狗夹着尾巴蹑行而来，几只乌鸦在空中困惑地盘旋着……”[⑤]婴儿如此不幸，大人也同样不幸。在

---

① 高兰：《嘉陵江之歌》，《高兰朗诵诗》第2集，建中出版社1944年版。

② 李一痕：《我徘徊在嘉陵江上》，《往日诗选》。

③ 高咏：《别雾重庆》，《战时文艺》1941年第1卷第1期。

④ 吴视：《山城的侧面》，《华西晚报》1944年12月10日。

⑤ 邱晓崧：《弃婴》，《遗忘的脚印》，1944年版。

嘉陵江上游的煤矿重镇白庙子，“冬天的嘉陵江啊！/清得像苦难的眼泪，/那样悄悄地，那样不尽地/从白庙子流下来”，这就出现了《白庙子》里所描画的悲惨的一幕：“白庙子是一个黑色的国度，/在那里矿工们弯着腰干活，/在阴暗幽深的洞底，/掘取他们黑色的生活。”①

重庆形象就是在战时日常生活的流逝中，被逐渐抹上了冷酷而险恶、冷漠而凶险的阴森色调，使陪都气象黯然失色。所以才会出现《不是我们的城》中从憧憬到绝望的发现：“像一只停泊在寂寞里的小船，/拍击着希望的水花，/从远方，我低唱着水花似的歌，/来到这被人们称赞的山城”，而“山城的道越踏越不平”，证明它“不是我们的城”！②问题在于，无论在现实中，还是在诗歌中，“我们”都是普普通通的大多数，而失去了这样的“我们”的陪都重庆，也就失去了它继续存在的真正价值。

无论是重庆形象的阴森，还是陪都气象的阴霾与山城意象的阴沉，实质上是基于战时生活的负面现实。从重庆现代诗歌发展的角度来看，在诗歌视野扩展的前提下，从诗歌蕴涵的厚积到诗歌体裁的多变，都是离不开对于战时生活的整体性表达的。可以说，正是通过对战时生活正负两面的诗意表达，尤其是对重庆形象从明朗到阴森的个人吟唱，重庆现代诗歌的发展才走上了多样选择的道路。

---

① 夏渌：《白庙子》，《春草诗丛》第3集，1945年版。

② 蒂克：《不是我们的城》，《诗丛》第2卷第1期，1945年版。

二、心潮澎湃的抒情长诗

自从抗战的烽火在全国各地燃烧起来，现代诗歌中的抒情长诗创作就显得格外突出，并且一直延续到抗战胜利以后。所以，抗战时期的中国抒情长诗，尤其全国文化中心陪都重庆的抒情长诗，更是以其令人耳目一新的创作成就，在中国现代诗歌发展过程中占有着一个非常醒目的位置。不可否认的是，抒情长诗的创作贯穿着整个抗战时期的始终，进而标示出中国现代诗歌的发展趋向；更为重要的是，抒情长诗的创作出现了从抗战前期到抗战后期的变化，不仅抒情的生活基础在继续扩大与加深，而且抒情的艺术方式也在不断汲取与创新。

对于陪都重庆的抒情长诗创作来说，七月诗人群发挥着引领的直接作用，首先是艾青以“太阳之歌”的大胆抒情震撼着整个诗坛，无疑成为众所瞩目的焦点——全诗分为“我起来”“街上”“昨天”“日出”“太阳之歌”“太阳照在”“在太阳下”“今天”“我向太阳”，共九大乐章的太阳颂歌——在“太阳向我滚来”的基调上回旋起“我向太阳”倾倒的颂扬。

这就是为什么《向太阳》一开始就要引用“旧作《太阳》”作为序诗，以“太阳向我滚来”进入具有想象张力的重叠与升腾的反复咏唱：“我起来”——“我打开窗 / 用囚犯第一次看见光明的眼 / 看见了黎明 /——这真实的黎明”；到“街上”——“早安呵”——“举着白袖子的手的警察”“挑着满箩绿色的菜贩”“穿着红色背心的清道夫”“棕色皮肤的年轻的主妇”；在“昨天”——“我曾经狂奔在 / 阴暗而低沉的天幕下的 / 没有太阳的原野 / 到山巅上去 / 伏倒在紫色的岩石上 / 流着温热的眼

泪 / 哭泣我们的世纪”——“现在好了 / 一切都过去了”。在这里，有关今昔变幻的无限感慨，正是因为太阳升起之后黎明的真正到来，而阳光初照的人间，是如此色彩斑斓，使无限感慨植根在人生之中。然而，面对昨天的悲泣，是因为我们生活在没有太阳的世纪，于是，渴望新世纪如同太阳升起那样的到来。

于是再引用“旧作《太阳》”，将“太阳出来”与“城市从远方 / 用电力与钢铁召唤它”并置，太阳即现代城市来作为新世纪到来的现代意象。这样，“日出”就意味着现代城市将带来“我们的世纪”的更新——“宽阔地 / 承受黎明的爱抚的城市 / 我看见日出 / 比所有的日出更美丽”。所以，“太阳之歌”要放歌“太阳比一切都美丽”——不仅一切伟大的艺术家，如惠特曼、梵高、邓肯都“从太阳得到启示”，而且“它使我想起”法国、美国的革命，博爱、平等、自由、民主，《马赛曲》《国际歌》，华盛顿、列宁、孙中山“和一切把人类从苦难里拯救出来的人物的名字”。由此可见，新世纪的到来，与现代思想的传播是分不开的，与现代革命的实行是分不开的，所以，“太阳之歌”在“太阳是美的 / 且是永生的”，这样的高度赞颂中结束。

抗日战争就是将现代思想与现代革命融为一体的正义战争，“太阳照在”中国，“太阳的眩目的光芒 / 把我们从绝望的睡眠里刺醒了”，从此，“看我们 / 我们 / 笑得像太阳”！已经觉醒起来的中国人民，“在太阳下”进行着艰苦卓绝的抗战，“我们爱这日子 / 不是因为我们 / 看不见自己的苦难 / 不是因为我们 / 看不见饥饿与死亡 / 我们爱这日子 / 是因为这日子给我们 / 带来了灿烂的明天的 / 最可信的音讯”。显而易见，正是这种在正义战争之中完成中华民族的现代复兴的博大胸怀与崇高境界，体现出激情抒发之中现实性支撑的最大限度。

告别“昨天”来到“今天”，“我听见太阳对我说 / ‘向我来、/ 从今天 / 你应该快乐些呵……’”所以，“我感谢太阳 / 太阳召回了我的童年”。在这里，“我”已经扩展为“我们”，“新生的日子”将开始于我们“原始的，粗暴的，健康的运动”，这就是全民抗战到底。“我向太阳”奔驰，“我对我所看见所听见 / 感到了从未有过的宽怀与热爱 / 我甚至想在这光明的际会中死去……”①

这就表明，“我向太阳”之中的我是我们的大我，已经不同于“太阳向我滚来”之中的我这一小我，显现出民族解放战争的抗日战争对于《向太阳》抒情基调的定位影响。这一影响主要是源自诗人自己对于祖国母亲的真爱，正如《我爱这土地》中用“嘶哑的喉咙歌唱”出来那样：“为什么我的眼里常含泪水？ / 因为我对这土地爱得深沉……”②

《向太阳》是艾青在抗战之初的力作，特别是将“太阳”作为新世纪的现代意象，以朝阳升起唤起中华民族觉醒的激情歌唱，不仅具有抗日的宣传影响，而且拥有抒情的典范作用，无论是对于七月诗人群的抒情长诗创作，还是对于其他诗人的抒情长诗创作，都进行了一次成功的个人示范。因此，有必要重新评价《向太阳》的抗日宣传与抒情典范的双重价值。

当然，《向太阳》也有着不足之处，除了抒情有时过于直白以外，还出现了诗句的复沓有时到拖沓的现象，比如说“在太阳下”一章中对于抗战之中的“我们”所进行的赞颂，与此同时，为了避免激情抒发的突兀感，采用加括号的诗句来插入，如“(远方 / 似乎传来了群众的歌声)”“(歌声中断了，她们向行人募捐)”，显得多少有些生硬。不过，

① 《艾青诗选》，人民出版社 1955 年版。

② 《艾青诗选》，人民出版社 1955 年版。

出现这样一些不足，也许是激情宣泄的个人局限，尤其在抒情长度较长的情况下，也许更为明显。

至少有这样一个例证，1938 年 4 月完成《向太阳》一诗的 4 年之后，艾青在 1942 年 7 月 8 日的《新华日报》上，又发表了《给太阳》一诗，在抒情长度缩短的前提下，实际上成为浓缩《向太阳》一诗精华的再创之作，展现了诗人对于“太阳”意象进行的长期精心锤炼，从而以个人创作表明：抒情长诗从抗战前期到抗战后期，的的确确是出现了创新性的变化。

1939 年的春天，彭燕郊写出的《春天——大地的诱惑》，就是一首比《向太阳》更长的抒情长诗，从“大地解冻了 / 春天来了”的欢欣鼓舞开始，引发出“一个爱梦的幼小者”的无限遐想，进入“为可爱的大地”要“热衷于战斗”的宣誓，对“帝国的占领军”吹响“嘹亮的冲锋号”，因为“离开了战斗，我的生命就等于零”，因为“春天是我们的 / 春天是我们的”，于是，“我将用颤抖的声音 / 去告诉每一个亲人 / 一个确实的消息 / 我将这样地去说焦我的嘴唇 / ‘春天来了 / 胜利来了 / 我是来报信的！’”[①] 由于诗人在抒情过程中尽量克制情感以避免无意中的可能放纵，因而在张弛有序的激情释放之中，诗情抒发直到最后才达到高潮，再加上春天来了所隐含着胜利来了的寓意，也随同诗情抒发高潮的到来而揭晓，不仅成为“大地的诱惑”，而且实际上更成为一种诗意的诱惑。

从《向太阳》到《春天——大地的诱惑》，抒情长诗的诗情抒发向抗战现实不断地逼近，因而在《渡》一诗中，出现了有关前方与后方的诗情抒发也就不足为怪：“我们一直不停地走向河……”，河的此岸是

① 彭燕郊：《春天——大地的诱惑》，《七月》第 7 集第 1、2 期合刊，1941 年 9 月。

"十二月的风"呼啸着的，荒凉得没有人烟的战场，只剩下"被拆毁了的"渡船"搁弃在沙滩上"，而我们已经弹尽粮绝，"我不相信 / 我不相信为我所热烈地爱恋着的河流 / 就这样 / 隔绝了我所同样热烈地爱恋着的两岸"！因为，在河的彼岸，我们将"把一切兑换自由东西 / 重新准备好"。于是，此岸的我们对于"渡船"的呼喊，得到了来自彼岸的呼应："这与自己兄弟的声音呵！"[①]前方与后方血肉相连，通过"渡"的感受来尽情渲染战士在此岸的此景此情，以及对彼岸的企盼。

在后方的土地上，已经出现了这样的快乐与希望，在《风雪的晚上》发出——"我爱北方的雪 / 我爱这没有穷人痛苦的北方的雪"，雪就是寄寓着希望的诗歌意象，通过"纯洁像羔羊的雪"，"美丽像海边贝壳的雪"，"轻飘像浪花的雪"，"透明像水晶的雪"，"形体像白蔷薇的雪"的反复吟唱，抒发了迎来希望的快乐与迎接快乐的希望的激情，雪将"装饰着我们的山"、树林、河流、田野，"装饰着我们人民走向自由和幸福的道路"。[②]在这里，诗情抒发已经通过雪这一诗歌意象由静到动的变化，来得到延伸，并且由前方拓展到后方，随着抒情长诗扎根在整个战时生活之中，也就拥有了从悲愤的倾诉到欢畅的吟唱这样宽广的抒情基调。

这一抒情长诗从抗战前期到抗战后期的变化，在一个诗人的创作中也许显得更加鲜明。绿原在 1941 年写成的《神话的夜》中，"荒凉"的夜是"凄凉"的，甚至可能是"苍白"的，不过，"战斗常从夜间开始"，就会有"新鲜的生命""从梦谷爬出来""从夜间蒸发出来"，[③]

① 冀汸：《渡》，《跃动的夜》，南天出版社 1941 年版。

② 鲁藜：《风雪的晚上》，《希望》第 1 集第 4 期，1946 年 4 月。

③ 绿原：《神话的夜》，《童话》，南天出版社 1941 年版。

因而“神话的夜”充盈着愤怒中的憧憬。而在1945年写成的《终点，又是一个起点》中，等待了“从一九三七年七月七日到一九四五年八月十五日，共计八年零八天”，“人民响应/胜利！”，只要“德谟克拉西的实践！/而用一种/今天流的汗与昨天流的血可以比赛一下的工作”，[①]所以，“终点，又是一个起点”融铸着欢乐中的追求。

随着《七月》在重庆复刊，七月诗人群的创作影响也将直接扩散开来。在常任侠的《春》一诗之中，就可以看到对于彭燕郊的《春天——大地的诱惑》一诗从诗歌意象到抒情方式的个人汲取：从“春所踏过的地方”都“立刻从寒冷中解放了”开始，到“我用我的希望变成许多歌曲，/将永远为你大声歌唱”而结束。[②]当然，对于七月诗人群的诗艺示范的个人回应，各有不同。江村在《旷野的挹郁》之中，将艾青的《旷野》一诗中的诗歌意象——“薄雾在迷蒙着旷野”，[③]更加生动而活泼地具体化为：“雾/迷濛住田舍/迷濛住村路/是黑夜/在旷野扫过/扬起的尘土呵”，[④]使之具有了更大包容度。随着意象包容度的扩大，抒情也就更加生活化，因而与战时生活，尤其是陪都重庆的战时生活的联系更加紧密，显现出从汲取到创新的个人努力来。

于是，《持久坚强冷静》一诗抒发了“我从远远的海外归来”的激情——“我经过了炮火连天的战场，/经过了铁蹄蹂躏的敌后方，/阳光底下安静的城市，/月亮底下秀丽的村庄，/现在踏进了陪都重庆，/抗战的堡垒，文化的中心/今晚和同志欢聚一堂”。不过，“美丽的感情”面临着与“健康的理智”的个人对话，因为只有经受住长期抗战的现实

---

① 绿原：《终点，又是一个起点》，《又是一个起点》，上海青林诗社1948年版。

② 常任侠：《春》，《新蜀报》1940年3月18日。

③《艾青诗选》，人民出版社1955年版。

④ 江村：《旷野的挹郁》，《国民公报》1941年3月18日。

考验，接受“持久坚强冷静”的情感锤炼，才能够最终迎来“全中国的文化开花”。[①]显然，诗人在重庆必须承受诗情抒发与战时生活之间可能发生的个人情理冲突。随着抗战的持久进行，从抗战前期到抗战后期，不仅是重庆诗人的个人感受更加爱恨交集，而且重庆诗人的个人吟唱也更加新颖响亮。

于是，《因为我爱……》一诗，宣扬“爱一切我所爱的”，而“我最爱的/是那闪灼着的一朵朵血花，/以及/无数闪亮的心/和冻得通红的手脚”——普通士兵与普通百姓这样的人，人的抗争已经成为个人抒情的主要内容[②]；而在《哭亡女苏菲》之中发出了这样的悲叹——“唉！歌乐山的青峰高入云际！歌乐山的幽谷埋葬着我的亡女”，在长歌当哭之中，“我要走向风暴，/我已无所系恋，/孩子！/假如你听见有声音叩着你的墓穴！/那就是我最后的眼泪滴入黄泉！”[③]骨肉情已经在声声哀歌之中溶入民族情，个人抒情的精神境界在抗战风暴中升腾。

即使是战时生活，也总是离不开恋歌的吟诵，这才是全部的人的生活。《雅歌》一诗通过借鉴圣经的“雅歌”，以吟诵少女的“眼睛真好看，/这么大，这么亮”，其中所要传达的，正是对生活在大后方的“农家少女”那一缕不绝的情思：“让我告诉你一点爱情和春季的秘密”，从而透过那双“会说话的眼睛”，来倾听战时生活中“悲哀而真挚”的个人心灵。[④]与此相仿，《受难者之歌》化用了同样源自圣经的典故，来抒发一个民族的崇高情怀——“我们被芒茨刺破的带血的双足/经历着小的村庄与大的城市”——“苦难的洪水/淹没不了我们生命的方舟”，

① 徐迟：《持久坚强冷静》，《最强音》，白虹书店1941年版。

② 炼虹：《因为我爱……》，《红色绿色的歌》，大地书局1947年版。

③ 高兰：《哭亡女苏菲》，《高兰朗诵诗》，建中出版社1949年版。

④ 黎焚薰：《雅歌》，《文艺杂志》第2卷第5期，1943年10月1日。

因为抗战到底的“伟大的理想”，已经“把我们紧紧结合起来”。[①] 由此仅见外来文化与文学的影响之一斑。

这样，在临近抗战胜利的日子里，《骆驼和星》一诗抒发了抗争者的骆驼对于希望之星的无比渴求；[②]《白鸟颂》中颂扬崇高而伟大的无名白鸟以自己生命的奉献来延续所有生命，[③] 从而分别以仿拟神话与传说的方式，来言说人间真情的永存。正是在这样的真情的激荡之中，迎来了反法西斯主义的正义战争的最后胜利。正如《全世界光明了》一诗中所歌唱的那样：“东方的人民，/ 西方的人民，/ 今天同时看到了解放的光明，/ 今天同时听到了自由的钟声，/ 法西斯的末日到了，人民的世界已经降临！”[④] 于是，胜利的放歌显现出抒情长诗进行欢唱的最高点。

三、人生追溯的叙事长诗

叙事诗在现代诗歌中早已出现，不过，叙事长诗出现于抗日时期，却是现代诗歌发展的新动向。促成叙事诗由短到长一个最直接的原因就是：诗人以诗歌的方式来进行有关战争生活的纪实报告，于是在抗战前期出现了以“报告长诗”为主的叙事长诗的创作。进入抗战后期，叙事长诗由战争生活转向对于战时生活的史诗吟唱，于是，叙事长诗的生活视野扩大，包容进战时条件下的日常生活，而“英雄史诗”的出现，则表明了抗战时期的叙事长诗，已经开始向着民族史诗的方向发展。

---

① 方敬：《受难者之歌》，《受难者的短曲》，星群出版社 1948 年版。

② 朱健：《骆驼和星》，《希望》第 1 集第 1 期，1945 年 12 月。

③ 程铮：《白鸟颂》，《文艺先锋》第 4 卷第 4 期，1944 年 4 月。

④ 怀湘：《全世界光明了》，《新华日报》1945 年 8 月 10 日。

七月诗人群在抗战之初就开始了叙事长诗的创作尝试。《队长骑马去了》一诗的序言中这样写道："为纪念 W.F.D. 而作，他在晋西南从溃散的匪军中缔造了一支很好的游击队，可是却给奸人诱过黄河谋害了。这支部队随即落在坏人手里。"全诗就记叙了游击队从"溃散"中"缔造"到"队长骑马去了"后"失败"的经过——从"我们曾经是 / 散漫的 / 溃退的 / 劫掠的一群！"开始，到"今天却有另一种人 / 领导我们打硬仗 / 使我们遭受失败"结束。以纪实性的叙事，显现出《队长骑马去了》的"报告"特征。

与此同时，对于队长如何骑马去了只进行了简单的交代："黄昏的时候，/ 你独自个儿去了，/ 骑马过黄河去了。"因为随着队长"骑马去了，/ 一个月还不见回来"，这样，"队长骑马去了"之后如何，实际上也就成为无人知晓的秘密，并且没有进行虚构，由此也表现出《队长骑马去了》的"报告"特征。当然，《队长骑马去了》毕竟是诗歌的叙事，诗意充溢在叙事之中，并且不乏抒情性的怀念，通过"队长！ / 呵，回来！"的首尾重叠，不仅在叙事开始时传出这样叩问："我们 / 一千个心在想，/ 一千双眼睛在望，/ 你呀！ / 你什么时候回来？"而在叙事结束时给出这样的回答："正当现在我们改编的时候，/ 知道你永不回来了！"从而以悲痛入骨的诗句来作为全诗的结尾——"你想单骑渡黄河，/ 黄河有不测的风波，/ 你奈黄河何？"[①]由此而委婉地传达出诗人的"纪念"之意。

这一叙事长诗的个人尝试证明：叙事长诗在叙事过程中并不排斥抒情，关键在于叙事长诗中的抒情不能并置于同样的地位，乃至压倒叙

① 天蓝：《队长骑马去了》，新文艺出版社 1953 年版。

事。这一点，也许对于出现于抗战前期的报告长诗来说，显得更为重要。艾青从1939年到1940年所写成的《吹号者》《他死在第二次》《火把》等诗，除了具有着“报告”的特征之外，在叙事之中抒情与叙事趋向并置，结果使这些诗作难以发挥艺术示范上的更大创作影响，尽管这些诗作一时间能产生抗日宣传的较大社会反响。这就表明，叙事长诗之中的抒情，必须保持艺术的节制，并且尽可能地将抒情融入叙事之中。

对此，老舍在报告长诗《剑北篇》中进行了个人尝试。以记游诗的形式来报告去西北战地进行慰劳的所见所闻与所感所思，凡是所经之地，无论是名山大川还是城市乡村，都在景与情互相结合之中展开记叙。《剑北篇》的第七章，即以“宝鸡火车站”为题，“那火车的汽笛忽长忽短”，引发“我”从“七七抗战”爆发后，从青岛到武汉，直至“走入巴蜀的群山”的历程回忆，由此再回到当下：“可是，在今天，/在渭河上微风的夜晚，/我又听见，/像久别的故乡的语言，/那汽笛，甜脆的流荡在山水之间！/隔着泪，我又看见，/那喷着火星，吐着浓烟，/勇敢热烈的机车跃跃欲前。”[①]在声声汽笛中进行从回忆到现实的记叙，而此景此情在一韵到底的吟诵之中，又如一幅幅图画似的历历在目。

当然，记游诗毕竟不是叙事诗，而记叙也不能等同于叙事，再加上要进行抗战宣传，因而《剑北篇》偏重于记叙的写景与抒情，在进行报告个人行程的同时也抒发个人感受，实际上成为关于沿途风光与沿途感触的个人报告。也许是出于个人对于小说创作与诗歌创作的努力区分，《剑北篇》每一章都是在选择某一韵脚的前提下分别进行一韵到底的吟诵，接近民间曲艺的演唱特点。不过，这样的押韵固然有利于诗歌的上

---

① 老舍：《剑北篇》，文艺奖助金管理委员会出版部1942年版。

口吟诵，未免也显得多少有些单调，更为重要的是，对于诗歌的叙事在无意之中妨碍了从记叙向着叙事的转换。长达 27 章 3000 多行的《剑北篇》所展示出来的不足，除了种种个人原因之外，[①]主要还是与抗战前期叙事长诗的“报告”特征直接相关。当然，《剑北篇》的出现，至少表明叙事长诗随着诗歌视野的扩大，诗歌长度也逐渐趋于长。

这就意味着，后方的生活景象进入叙事长诗，已经成为陪都重庆现代诗歌发展的新动向，于是，在 1941 年 11 月就出现了《纤夫》一诗，来展现嘉陵江上：“一条纤绳维系了一切 / 大木船和纤夫们 / 粮食和种子和纤夫们 / 力和方向和纤夫们。”与此同时，“纤夫们自己”在嘉陵江上不屈不挠地逆流而上，完成了“一个集团”的整体造像。这就是——“偻伛着腰 / 匍匐着屁股 / 坚持而又强进！ / 四十五度倾斜的 / 铜赤的身体和鹅卵石滩所成的角度”；这更是——“而到了水急滩险之处 / 哗噪的水浪强迫地夺住大木船 / 人半腰浸入洪怒的水沫飞漩的江水 / 去小山一样扛抬着 / 去鲸鱼一样拖拉着 / 用了 / 那最大的力和最后的力”。其实，这不过是——“而那纤夫们 / 正面着逆吹的风 / 正面着逆流的江水 / 在三百尺远的一条纤绳之前 / 又大大地——跨出了一寸的脚步！……”所要表达的正是民族危亡之间“人底意志力”——“一寸的前进是一寸的胜利啊”。[②]

如果说《纤夫》的出现，表明七月诗人群对于战时生活的个人关注，并且在山城意象的个人显现中进行有关重庆形象的叙事，那么，七月诗人群基于战时生活的个人吟唱，直接为叙事长诗在重庆开拓了进入叙事想象空间的自由之路，这就是始于有关“母亲”的歌唱。

---

① 关纪新：《老舍评传》，重庆出版社 1998 年版，第 325—328 页。

② 阿垅：《纤夫》，《无弦琴》，南天出版社 1942 年版。

在1939年冬创作的《母亲》一诗中，通过抗日军人的儿子对生前害怕兵这种“生物”，在抗战爆发前5年就已经去世的母亲所进行的回忆，来展示母亲那勤劳艰辛而又凄凉不幸的一生，“但受难者奔突流离/更甚于母亲生前的痛苦悲凄”，因而违背母亲的意愿穿上军装去抗日，也正是为了最后能够“脱下你曾不喜悦的军服”。[①] 而在1941年1月创作的《母亲》一诗中，是由儿子阅读母亲从“远方的来信”开始，思念在抗战之中失去家园而颠沛流离的母亲，来展开对于母亲“不幸而悲苦的遭遇”的回忆，盼望着胜利之日的团聚。[②] 在同样创作于1941年初春的《献给母亲的诗》中，是儿子在想象母亲如何为支持抗战而辛勤劳动的动人情景，离开了生活在后方的母亲已经3年，而3年来“为了更多的人需要更多的麦粉，/你更疲劳了啊……”[③]

这样，母亲的形象在七月诗人群的笔下，已经贯穿了抗战的爆发前后、抗战的前方与后方，成为历经苦难而又坚韧不拔的祖国母亲的生动写照，因而既是所有战斗在抗日前线上的儿子们的母亲，更是坚持抗战的每一个中国人的母亲。这样，关于母亲的叙事长诗自然也就在重庆引起程度不同的回应，不过，七月诗人群对于母亲的个人吟唱，主要是从儿子的角度来进行的，而进入抗战后期以来，重庆诗人所创作的关于母亲的叙事长诗，则注重从母亲的角度来进行个人吟唱，尤其是从大后方的日常生活层面上来进行相关的个人吟唱。

首先，《小御河》一诗中的母亲，是一个长年在小御河边靠洗衣为生的洗衣妇。母亲的出场选择了“桃红柳绿”的阳春二月，无论是太平

---

① 雷蒙：《母亲》，《国民公报》1940年1月25日。

② 曾卓：《母亲》，《曾卓抒情诗选》，中国文联出版公司1988年版。

③ 邹荻帆：《献给母亲的诗》《邹荻帆抒情诗》，长江文艺出版社1983年版。

年间还是在战争年代，“但她还是一样 / 弓着腰洗衣裳 / 不过那时候年轻一些 / 洗多了还不觉得 / 腰痛 / 手酸”，这就是终年辛劳的普通母亲的日常生活，而母亲与抗战之间的联系，仅仅是用“洗衣妇的儿子呀 / 当兵在前方”来点出，[①]由此而道出母亲辛辛苦苦洗衣，实际上是以自己的力量来默默地支持着抗战的进行。这样，母亲的形象在如实描写之中显得丰厚起来。

其次，《问妈妈》中的母亲，是一个独自抚养着幼小儿子的游击队员的妻子。通过儿子“小狗子”一连串自己有没有爸爸的追问，尤其在追问中以“你说”的方式来写出妈妈心中的一段痛苦的经历——你说自从“鬼子来了”，“爸爸就当了游击队员”，你说爸爸先来信说“像期待着秋收，/ 我期待着战斗”，又来信说“想念着你，/ 想念着孩子”，“你说你还回了信的，/ 说‘稻长肥了 / 小狗子也长肥了’”，如今的妈妈已经无法通过“你说”来回答儿子的追问，[②]而是一味地保持着沉默，而无言之中也许包藏着莫大的痛苦——自己失去了丈夫，儿子失去了爸爸。于是，母亲的形象在“问妈妈”的天真追问之中显得凝重起来。

最后，《缝衣曲》中的母亲，是一个与女儿一道为前方战士“缝着寒衣”的母亲。一边是，“母亲为了她的衰老而忧郁，/ 纫上了针便是一声叹息，/ 因此又添上几根白发”；一边是，“缝啊！缝啊！迅速地缝下去 / 快为你缝起这寒衣，/ 为的天明就寄到前方去”。母亲是平凡的，“她拿起了棉花，/ 又翻转了寒衣，/ 她铺进去的是白发？ / 还是棉絮？”母亲又是伟大的，“她理不清她的千头万绪，/ 她滴着她那崇高而圣洁的眼

① 葛珍：《小御河》，《高原流响》，《诗垦地》第 4 辑。

② 胡来：《问妈妈》，《国民公报》1942 年 11 月 3 日。

泪；/那泪珠闪耀着正义的光辉，/她把它也一起缝了进去！”[①]紧紧围绕着深秋夜、油灯下缝寒衣的特定场景，来刻画出母亲对于战士的那份发自心底的爱，与那份坚信抗战胜利的决心。所以，母亲的形象在融情于景的“缝衣”之中显得高大起来。

母亲的形象在叙事长诗中的出现，在预告着关于一个民族的史诗性叙事的时代已经来临，因而臧克家以英雄史诗《古树的花朵》的创作，标志着进入抗战后期以来，叙事长诗从报告长诗转向叙事史诗的发展趋势。仅就臧克家自己来说，来到重庆之后就根据自己的战地生活，创作了爱情史诗《感情的野马》。这是从仅仅有八行进行爱情咏叹的一首小诗中生长出来的，长达3000余行的叙事长诗《感情的野马》，前者已经赋予后者以这样的心灵内核与叙事命名：“开在你腮边的笑的花朵，/它要把人间的哀愁笑落，/你的眸子似深海，/从里边我捞到了失去了青春。/爱情从古结伴着恨，/时光会暗中偷换人心；/我放出一匹感情的野马，/去追你的笑，你的天真。”[②]

抗战时期，对于追求爱情的全过程进行史诗性的个人吟唱，无疑是需要叙事才能的，这就是感情的野马需要与叙事的野马并驾齐驱。幸运的是，臧克家进行过叙事长诗的个人创作，并且完成了从报告长诗到英雄史诗的个人转换，实际上已经完全具备了这样的叙事能力，因而能够将短短的一首情诗，植入自己的生命历程来得到奇异的叙事生长，成为抗战时期关于爱情追求的唯一长诗；与此同时，基于战时生活真实基础上的爱情追求，不仅具有强烈的个性色彩，而且赋以爱情追求一种现代

① 高兰：《缝衣曲》，《高兰朗诵诗》，建中出版社1949年版。

② 臧克家：《感情的野马》，当今出版社1943年版。

情怀，展现出对爱情理想进行战时追求的巨大包容度。因此，《感情的野马》的史诗性是不言而喻的，对于爱情史诗的确认必须通过认真的阅读来展开。

然而，即使在《藏克家文集》里面也难以寻觅《感情的野马》存在的踪影。这是为什么呢？或许诗人在写完《感情的野马》之后，曾经进行过这样或那样的反省，基本上是自认在抗战中毕竟还有比追求爱情更重要的民族解放重任，放纵“感情的野马”将有害于抗战的进行。这样一种评价野马式的个人感情的宣传尺度，必定要影响到评价“感情的野马”进行诗歌奔驰的艺术尺度，因而对《感情的野马》进行有意或无意的个人遮蔽，也就可以理解。其实，诗人在进行叙事的当初，就出现了文本中的自相矛盾：在抗日战争的年月中，沉溺于一己感情的野马奔腾，已经使得男主人公难以自拔，倒是女主人公显得更为冷静更为决断——“她并没有骗我，/ 也没有骗她自己，/ 她追去了，追一种 / 比爱情更有价值的东西”。[①]

无论如何，《感情的野马》的问世，与《古树的花朵》一起，对叙事长诗在重庆的创作产生了直接的影响，提供了从英雄到爱情的叙事空间这样的个人选择的可能性。如果说在《渔村之夜》一诗之中，“中国渔娘”以生命搏杀“皇军队长”，在流血牺牲中迎来歼灭敌人的胜利，[②]那么，在《爸爸杀日本强盗去了》一诗之中，爸爸为“杀日本强盗”，不得不让失去了母亲的年幼儿子独自去逃难，[③]都同样显现出中国男男女

① 藏克家：《感情的野马》，当今出版社 1943 年版；孙晨：《臧克家传》，山东大学出版社 2000 年版，第 253—260 页。

② 沈寄踪：《渔村之夜》，《国民公报》1942 年 1 月 26 日。

③ 罗泅：《爸爸杀日本强盗去了》，《商务日报》1943 年 9 月 23 日。

女坚持抗战的决心与意志。这一点在《大石湖》一诗中更是直接展现为群情振奋的战斗场面。[①]

当然，除了战争生活以外，日常生活也进入了叙事长诗：在《这里的日子莫有亮》一诗中，正是透过发生在大后方乡村中百姓家婚礼上的惨剧，来揭示“人命比狗命贱”的残酷事实，[②]进而在《卖唱的盲者和一个流浪的孩子》一诗中，展示乡村生活的本真：本是陌路相逢的盲者与孩子，终于能够相濡以沫——“在生疏的人群里 / 他们是需要直相依靠，直相安慰的 / 患难和长期的流浪 / 使他们再也分离不开”；而在乡间流浪着卖唱的盲者和孩子，终于受到人们的欢迎——“那歌声是诱人的 / 它不停地诉说着 / 中国人民的无止尽的悲哀 / 和流传几千年的 / 广阔地散布在民间的美丽故事”。[③]

这就表明，战时生活不幸的原因，既有来自社会的，也有来自个人的，不过，生活的根本源于民族文化之中。

因此，《射虎者及其家族》就是通过一个普通农民的家族变迁史，来展现民族文化所孕育着的顽强生命力：“射虎者 / 射杀了无数只猛虎 / 他自已却在犹能弯弓的岁月 / 被他的仇敌所搏噬”，不过，“他的遗嘱是一张巨大的弓 / 挂在被炊烟熏黑的屋梁上 / 他的遗嘱是一个永久的仇恨 / 挂在我们的心上”。即使是“我们”不再拿起弯弓，“找住了镰刀和锄头”，可那“永久的仇恨”依然牢牢种在心头，成为世世代代生活下去的内在驱力。所以，以“农民的子孙”自视的诗人，就是通过对家族历

① 邵子南：《大石湖》，《新华日报》1945 年 3 月 3 日。

② 沙鸥：《这里的日子莫有亮》，《文哨》第 1 卷第 1 期，1945 年 5 月 4 日。

③ 白岩：《卖唱的盲者和一个流浪的孩子》，《文哨》第 1 卷第 1 期，1945 年 5 月 4 日。

史的显现，“抓着我的笔”来进行自己的复仇。[①]

当然，在1942年完成的《射虎者及其家族》一诗的最后，诗人发出了这样的心灵叩问：“可是，当我写完这悲歌的时候/我却在问着我自己/‘除了这，是不是/还有更好的复仇武器？’”正是在其后写成的《射虎者及其家族续篇》里，诗人进行了这样的回答：所有的人都在“做着一个多好的梦”——“这是被压迫得过久的人们/在仇恨的日子/哭泣得太久，哭泣得太久/想用这温暖的梦来拭去泪痕”。所以，“永久的仇恨”正是推动进行“多好的梦”成为现实的民族文化动力，因而抗日战争成为民族仇恨感召下进行民族复兴的文化重建过程，于是，“这是一个梦呵/但是由于他们底血汗的灌溉/他们底‘勤劳’和‘忍耐’的培养/十年之后，这梦也成为现实”。[②]

从《射虎者及其家族》到《射虎者及其家族续篇》，通过对由捕猎到农耕的家族史进行绵延不绝的当下叙述，实际上已经成为关于民族文化重建的民族史诗，它所要表达的“永久的仇恨”既是家族更是民族的，家族的仇恨由此而与民族的仇恨血肉相连，最终凝结为促成“多好的梦”能够梦想成真的民族文化动力，不过，无论是家族的好梦还是民族的好梦，都必须经过长期进行“血汗的灌溉”，才能够成为民族文化现实，否则，将永远是一个“温暖的梦”。

① 力扬：《射虎者及其家族》，《文艺阵地》第7卷第1期，1942年8月30日。

② 力扬：《射虎者及其家族续篇》，《诗文学》第1辑，1945年2月。

第三章

陪都小说的史诗建构

一、力求真实的小说

1936 年底，在重庆创刊了第一份地方性的文学月刊《春云》，以发表小说为主。[①]《春云》的出现，对于重庆文学来说，不仅证实重庆现代文学创作已经完成了从业余到专业的过渡，而且也为重庆现代文学在抗战时期的发展，尤其是小说的发展提供了不可缺少的本地文化资源。一年之后的 1937 年 12 月，《春云短篇小说选集》出版，其《序言》中就这样写道："本刊成立至今，恰好一年。所贡献社会者，与拥有全国读者的权威刊物相较，所发生的影响，所取得的成果，远不及他们。但，在四川这个环境中，却算得是文艺战线上一名坚强的战士，不管别人的侮誉，我们，总本着时代的需要而努力。"[②]

这就表明，重庆小说的现代发展，仅仅依靠本地青年作者的创作努

① 《春云》于 1939 年 4 月出版了第 5 卷第 1 期后停刊，共出 25 期，每期约 5 万字，发表小说近百篇。参见李华飞《〈春云〉文艺始末》，《抗战文艺研究》1983 年第 2 期。

② 《春云短篇小说选》收入小说 10 篇，约 8 万字，计 124 页，由《春云》月刊编辑部编辑，重庆春云社发行，今日出版合作社总经售。

力，是远远不够的，还需要与整个中国小说的现代发展紧密地联系起来，于是乎也就需要强化与外地成名作家之间在创作上的全方位联系。要做到这一点，必须在彼此之间形成面对面的文学交流，通过以外地作家为中介汲取来自重庆以外的中外文学的现代影响。正是抗日战争的全面爆发，提供了一个有利于迅速展开全面交流的历史契机，促成了陪都重庆的小说发展突飞猛进，展示出中国现代小说区域发展的时代高度。

尽管《春云》作者群中的一位作者被认为是创作了抗战全面爆发以来第一篇与抗战有关的小说，这就是李华飞在1937年7月23日写成的《博士的悲哀》。《博士的悲哀》所要“暴露与讽刺”的，主要是一些国人固有的奴才意识经过所谓留学美国的洋化之后的种种表现，并且在抗日战争所引发的爱国热潮之中的个人心理畸变，因而导致这个甘做亡国奴的“博士的悲哀”结局。所以，《博士的悲哀》不同于1938年4月发表的《华威先生》，后者所进行的“暴露与讽刺”，是直接“速写”某些中国官僚自视抗战领导中心的卑劣心态，与企图压制民众抗日且又包而不办的丑恶行径，从而引发了由国外到国内的普遍关注。事实上，这一普遍关注的发生自有其内在的深刻而多样的中外政治原因，而且一直左右着对《华威先生》的文学史评价。[①]

这就表明，抗战时期的中国小说创作，从一开始就要求能够发挥宣传抗战与艺术审美这样的双重功能，因而小说作者被迫进行如同老舍当时所说的，“既是艺术的，又是宣传的”两难选择。在抗战爆发之初，从全国小说创作来看，的确出现了宣传抗战压倒了艺术审美的公式化写作现象，致使小说创作流于所谓的抗战八股式的抗战宣传。不过，面对

① 苏光文主编：《抗战时期重庆的文化》，重庆出版社1995年版，第98、99页；钱理群、温儒敏、吴福辉著：《中国现代文学三十年》，北京大学出版社1999年版，第495—497页。

要宣传还是要艺术的两难选择，对于《春云》作者群来说，或许正是因为他们生活在中国西南部的抗战区大后方，虽然无时无刻不在感受到战火的袭来，并且在风云变幻之中常常会有感而发，但毕竟保持了小说叙事之中对战时生活进行艺术审美的如实描写，尚未转向为宣传抗战进行急救章式写作的小说“速写”。

所以，《春云》作者群中的另一位作者金满成，在同样收入《春云短篇小说选》的《中日关系的另一角》中，展现了从良心出发来爱国的中国人的英雄行动，顶着国人眼中既娶了日本老婆又同日本人经常打交道这样的汉奸嫌疑，偏偏要用自己的生命来唤醒那些没有丧失良知的日本士兵放下杀人的武器，从而就显现出抗日战争的正义性与侵略战争的非正义性对于中日两国关系的可能影响来。由此可见，《春云》作者群从抗战伊始，就能够以比较开阔的眼光来关注战争风云，不仅要揭示出抗战时期生活在大后方的国人可能存在着亡国奴心理的精神表现，而且更显现出抗战时期战斗在前线的国人企盼中日两国人民共同反对侵略的精神追求。

当然，《春云》作者群进行如此的小说创作，并不能证明重庆现代小说在进入抗战时期之际，就已经达到了小说创作的全国水平，恰恰相反的是，不过表明了中国小说创作在抗战之初艺术水准的普遍下降，即使是中华全国文艺界抗敌协会所主办的《抗战文艺》，由于在《发刊词》中“强调文艺国防”，因而所发表的小说中，也有很大一部分作品是宣传抗战的成分超过艺术审美的要求。这就证明，拥有所谓权威地位的文学刊物，如果仅仅着眼于文艺服务于抗战，而放弃对于文学审美的艺术追求，也会在有意与无意之中促成宣传与艺术的二元对立的创作局面的出现。实际上，对于小说创作来说，如此二元对立往往会导致个人创作在小说的失败与小说的成功之间来来回回地波动。这一点，在抗战时期来到重庆的外地作家的个人创作之中显得尤为突出。

在抗战时期来到重庆的外地作家，尤为具有代表性的是茅盾、巴金、老舍、张恨水等人。这不仅是因为他们在抗战之前的中国文坛上都已经是知名作家，在重庆进行的小说创作无疑会扩大重庆现代小说在全国乃至全世界的文学影响；而且更是因为他们在重庆进行小说创作的成败得失，恰恰能够体现出抗战时期重庆现代小说发展的一般趋向来：从宣传抗战的小说报告文学化的个人失败基点上，开始转向艺术审美的小说史诗化的普遍成功，由此才有可能通过个人创作来促进重庆现代小说的战时发展。

茅盾自从在抗战之初匆匆中断了“报告小说”《第一阶段的故事》之后，再一次暂时放弃了“腰斩”长篇小说的习惯，在香港终于写成并发表了《腐蚀》。《腐蚀》的创作虽然与重庆没有任何直接关联，不过，为了证明其是来自生活的纪实性作品，茅盾在小说中是以“小序”的形式来标明日记体的《腐蚀》源自重庆某防空洞中发现的一本日记；与此同时，在《后记》中也承认之所以要给予女主人公以“自新之路”，也就在于“在当时的宣传策略上看来，似亦未始不可”。[①]这样，坚持小说创作既要纪实又要宣传的茅盾，要继续进行长篇小说的个人创作，也就难免陷入了自设的困境，于是，在 1942 年 12 月来重庆之前，茅盾在桂林不得不“腰斩”了《霜叶红似二月花》，而到重庆之后还是要对《锻炼》一再自行“腰斩”。反倒是茅盾在重庆创作的短篇小说能够摆脱纪实与宣传的双重限制，一方面写出了源于圣经旧约的《参孙》，在故事

① 茅盾：《〈腐蚀〉后记》，人民文学出版社 1954 年版。

新编的叙事之中激励与敌偕亡的英雄气概，另一方面又写出了来自战地生活的《报施》，在好心好报的虚构之中推崇为国奉献的平凡英雄，从而面对战时生活来进行与抗战有关的小说叙事。[①]只不过在现有的中国现代文学史的研究论著之中，无论是专论还是教材，对于茅盾所写出的似乎与陪都重庆有关的长篇小说《腐蚀》往往给予过高的评价，其实这不过是一种浮于表象的误认，实际上源于茅盾缺乏与陪都重庆战时生活紧密相关的个人感受。因此，如何认识茅盾对陪都小说发展的个人影响，理应从他此时的小说创作来加以重新把握，而不是囿于其文学盛名而导致偏见的文本延续。

巴金到重庆之前，在上海已经成功地完成了“激流三部曲”中的《春》与《秋》的创作，此后离开上海来往穿行于昆明、桂林、重庆之间，写成了自认为是失败之作的长篇小说《火》三部曲，并且在从第一部到第三部的所有《后记》中，都一再指出《火》的写作失败，最大的原因就是自己要从宣传出发来进行小说叙事。于是，汲取了《火》的写作失败教训的巴金，终于能够下定决心结束长期的单身流浪生活，在1944年5月结婚之后，从贵阳到重庆长住。在重庆，巴金凭借自己所熟悉的战时生活，先后完成了中篇小说《憩园》和《第四病室》的写作，成为其小说创作再度走向成功的起点。这就在于，无论是《憩园》对“激流三部曲”反封建主义主题的不断深化，还是《第四病室》对大后方战时生活的亲历性展示，这些写成并发表于重庆的中篇小说，在促使巴金小说重新保持创作个性的独立性的同时，更是促成了长篇小说《寒

① 参见中国大百科全书总编辑委员会《中国文学》编辑委员会、中国大百科全书出版委员会编：《中国大百科全书·中国文学》第1卷1986年版，第520页。

夜》的开始创作，巴金由此而再次进入了小说创作的高峰期。[①]

如果巴金没有在陪都重庆度过较长时日并迎来中国抗战的最后胜利，也许也就不会写出能与《家》相媲美的《寒夜》，而人们往往比较忽略在陪都重庆的战时生活对于巴金个人生命历程中的至深影响这一点，而更多地去论及《寒夜》所牵涉到的城市生活之中的政治表象。

1938 年 8 月，老舍随同中华全国文艺界抗敌协会总会从武汉迁来重庆，1946 年 2 月，老舍接受了美利坚合众国国务院赴美讲学之邀请，离开重庆出国，其间整整在重庆生活了近 8 年。老舍不仅像茅盾一样，腰斩过从 1938 年初开始写作的长篇小说《蜕》，而且也像巴金一样，在 1943 年写出了自认为是失败之作的《火葬》。与此同时，从 1939 年到 1942 年，老舍还留下了一段长达 4 年的小说创作的空白。之所以会出现这样的个人创作现象，也许正如老舍自己在《我怎样写〈火葬〉》中所说的那样："它的失败不在于它不应当写战争，或是战争并无可写，而是我对战争知道得太少"，因此"我应当写自己的确知道的人与事。但是，我不能因此将抗战放在一旁，而只写我知道的猫儿狗儿"。[②] 事实上，老舍在 1943 年重新开始小说的写作之时，不仅写了与战争有关的《火葬》，而且还写了与大后方生活有关的一些小说，从短篇小说《一筒炮台烟》到中篇小说《不是问题的问题》，对中国人的文化人格重建进行了前瞻性的审美观照。也就在这 1943 年 11 月，老舍的家人从北平辗转逃难来到重庆，这就使得老舍能够了解并体验到日军占领下的北平市

① 巴金：《火》第一部后记，重庆开明书店 1940 年版；《火》第二部后记，重庆开明书店 1941 年版；《火》第三部后记，重庆开明书店 1943 年版。参见《中国大百科全书·中国文学》第 1 卷，中国大百科全书出版社 1986 年版，第 13 页。

② 老舍：《我怎样写〈火葬〉》，《火葬》重庆出版公司 1944 年版。

民的生活，从而进行《四世同堂》的创作。[①] 除了对古都北平的市民生活“的确知道”之外，老舍毕竟在重庆生活了八年，对于流亡到陪都重庆的北平市民的日常生活也同样是“的确知道”，所以，在美国讲学期间，老舍创作了长篇小说《鼓书艺人》。

老舍的《四世同堂》第一部《惶惑》，就是从 1944 年 11 月 10 日开始在《扫荡报》上连载，后由上海良友复兴图书公司在 1946 年出版单行本。在陪都重庆长达 8 年的战时生活，不仅使老舍能够更加深入地去体味中国文化人格的正负两面，而且也使老舍能够更加开阔地去感受平民百姓战时精神面貌的区域演变，从而使其小说视野得到空前的拓展并进入个人创作的第二次高峰。这就有必要对老舍与陪都重庆有关的小说创作进行重新评价。

张恨水与老舍相似，从 1938 年底到重庆，到 1946 年初离开重庆，在重庆也生活了 8 年之久。从张恨水初到重庆发表的短篇小说《证明文件》来看，带有浓厚的报告文学色彩，描写了一位“纯粹的艺术家”的教员张竞存先生如何被委任为游击支队长的经过，随后发表的中篇小说《巷战之夜》（又名《冲锋》《天津卫》）则叙述了张竞存先生如何率领部下与天津军民一起，与日寇浴血奋战的经历，同样也带有纪实报导的特点。这就表明，作为报人的张恨水所进行的夫子自道式的小说创作基点，已经从社会言情的通俗小说转向与抗战有关的纪实小说。不过，等到对大后方生活熟悉之后，张恨水以报纸副刊连载的方式，从 1938 年 12 月到 1941 年 4 月在《新民报 · 最后关头》陆续发表了《八十一梦》，尽管《八十一梦》被人视为长篇小说，但事实上不过是名为长篇而实为

---

① 参见《中国大百科全书 • 中国文学》第 1 卷，中国大百科全书出版社 1986 年版，第 365 页。

短制的系列短篇，在故事新编的效仿之中，对以陪都重庆为文化政治中心的大后方，进行从官场到商场的官商一体统统加以现形的寓言式叙事，其政治讽喻的社会反响引发了有关当局的暗中干预，致使“八十一梦”梦断于第十四梦，而对《八十一梦》的文学史评价也往往据此而论，似乎没有更多地看到它在艺术上的浮躁与粗糙。梦断之后，从1941年5月到1945年11月，张恨水随即在《新民报·最后关头》上连载《牛马走》（1957出版时改名为《魍魉世界》），以章回体小说的形式来揭示在“中华官国”如何转变为“中华商国”的过程之中，在为金钱奔忙的国人与为民族解放效力的国民之间，所呈现出来的从日常行为到文化心态的种种差异，从而成为对于抗战时期大后方生活的一个侧面上的暴露与讽刺。[①]

较之其他通俗小说作家，张恨水之所以能在一些中国现代文学史教材中享有一席之地，主要是因为对其在陪都重庆发表的小说进行政治化解读所导致的。实际上，应该将张恨水在陪都重庆的小说创作置于中国文学的现代发展过程中来加以重新审视，由此而对现代中国的通俗文学进行文学史的再次定位。

抗日战争全面爆发以来，在重庆生活过的外地作家为数不少，或者是长期居留，或者是暂住一时，对于他们所写作的众多小说来说，较能引人关注的就是他们笔下的重庆形象。

首先是在重庆生活的所见所闻进入了他们的小说视野，尤其是重庆独特的山川景象与城乡风貌成为小说描写的对象，从《山下》（萧红）那奔流的嘉陵江，到《过年》（茅盾）逛到的精神堡垒；从《南温泉的

---

① 参见中国大百科全书总编辑委员会编：《中国文学》编辑委员会、中国大百科全书出版委员会编：《中国大百科全书·中国文学》第1卷，中国大百科全书出版社1986年版，第1232页。

疯子》（草明）居住的南温泉，到《春》（徐訏）袭来的乡间小店，显露出重庆生活对外地作家进行小说创作的外在直接影响。其次是在重庆生活的所感所思融入了他们的小说叙事，特别是重庆当下的战时境遇与抗战氛围激发出小说创作的热情，日机狂轰滥炸重庆不仅引出了揭露大后方征兵弊病的《在其香居茶馆里》（沙汀），而且进入了表达日本人民反战情绪的《梅子姑娘》（谢冰莹）；远离重庆奔赴前线不仅留下了坚持抗战到底的《婴》（梅林），而且传达了祖国高于一切的《遥远的爱》（郁茹），表现出重庆生活对外地作家进行小说创作的内在间接影响。能够将重庆形象的内外两面影响融合起来的外地作家，并且在小说叙事中呈现出抗战以来重庆小说所达到的史诗高度的，可以说是巴金的《寒夜》与老舍的《鼓书艺人》。

较之外地作家，本地作家主要是在重庆成长起来的年轻一代作家。在这些青年作家之中，既有着土生土长的重庆籍作家，也有着随着流亡潮而来的外省籍作家。抗战时期的重庆生活不仅为他们进行小说创作提供了必不可少的个人动机和现实契机，促成他们开始去描写战时生活的方方面面；而且更是为他们进行小说叙事打开了前所未有的个人眼界和历史视野，促使他们去追溯中国文化的根根底底，从而以他们自己的独特视角，来观照抗战时期复杂多变的国民灵魂：城里人与乡下人，尤其是市民、农民、工人、艺人、船夫、纤夫、官员、职员、教员、演员，在众多人生角色扮演之中，从南到北又从西向东的全中国男男女女的内心世界，通过战时生活中人生场景的不同放大，所能展现出来的——人性的错位与张扬，人心的延宕与决断，人情的压抑与膨胀，人格的颠倒与追求——从文化意识到文化心态的不同层面上进行民族复兴那曲折而复杂的全过程。

对于抗战时期重庆出现的土生土长的青年作家来说，他们浸润在生于斯长于斯的本地文化之中，重庆形象内化为进行小说叙事中个人动力，在描写重庆战时生活的的同时，更是将审美的生活视野扩大到整个中国乃至整个世界，他们中较为突出的是刘盛亚。[①]刘盛亚不仅在南京、北平读过中学，而且到德国留过学，因而先后写出了揭露德国法西斯主义专制暴行的《小母亲》，展现北平京剧女演员在抗战前后悲剧生涯的《夜雾》，最后又写出在沦落中张扬女性本色的城市女性传奇的《地狱门》，小说叙事的视线从外向内地收敛，重庆形象内在影响也就越来越浓厚地在小说中彰显，从而也就表明个人生活视野的开阔总是离不开重庆形象这一个人生活的根。

对于抗战时期流亡重庆而成长起来的青年作家来说，他们被迫离开故乡而长途跋涉，重庆生活给予他们以希望与绝望并存的双重感受，重庆形象在引发了小说叙事的个人欲望的同时，更是激发小说叙事的个人批判，他们中尤为突出的是路翎。[②]从下江人的少年路翎成长为重庆人的青年路翎，在失学与失业的生活窘迫之中开始了小说的书写，从《“要塞”退出以后》到《卸煤台下》，流亡生活的印象逐渐为重庆生活的现实所替代，而从《饥饿的郭素娥》到《财主底儿女们》，对于原始生命强力的女性追溯转向现代文化人格的青年重塑，由此而显现出已经不断渗入小说之中的重庆形象，小说叙事的挖掘从现实表象向着历史底蕴的深入，从而也就表明进行个人文化批判需要展开由重庆到故乡的文

---

① 重庆市市中区文化艺术志编纂委员会编：《重庆市市中区文化艺术志》，文化艺术出版社1990年版，第303页。

② 中国大百科全书总编辑委员会《中国文学》编辑委员会、中国大百科全书出版委员会：《中国大百科全书·中国文学》第1卷，中国大百科全书出版社1986年版，第490页。

化寻根。

随着抗日战争的全面爆发，无论是本地作家还是外地作家；无论是成名作家还是青年作家，他们在重庆所进行的小说创作不仅促动了重庆现代小说的迅速发展，在全面展现战时重庆生活的叙事之中，促使重庆形象得以融入中国现代小说的审美视界；而且更是促成了中国现代小说的正常发展，在完整显现战时中国生活的叙事之中，促发了民族文化反省以进行国民精神的审美重建。因此，完全可以这样说：抗日战争全面爆发以来，尤其是抗战时期的重庆现代小说，在表明重庆现代小说进入空前繁荣的发展阶段的同时，也拥有了中国现代小说在这一时期中的主导地位，从而使重庆现代小说成为抗战时期中国现代小说发展的全国典范。

这首先就在于，抗战时期的重庆现代小说不仅重视进行与抗战有关的小说叙事，而且也同样注重展开与战时生活相关的小说叙事，进而在对战时生活进行的小说叙事之中，更为明显地表现出小说纪实与小说传奇的分野来，扩大了小说叙事的想象空间与审美视界，不再局限于战争风云的事件性纪实，而是充分展示战争阴云笼罩之下的理想性传奇。从《风萧萧》（徐訏）到《北极风情画》《塔里的女人》（无名氏），无论是波澜起伏的间谍生涯与爱情角逐，还是如风似烟的异域恋情或本土悲情，所展现的无非是从沦陷区到抗战区，青年男女之间的情感战争即使是在血与火的战火之中，仍然能够超越战火的浓浓硝烟而化为战时文化条件下的个人生活追求。

如果说，对于《风萧萧》这样的小说传奇能够得到从社会传播到文学史的一致认同，那么，《北极风情画》《塔里的女人》所引发的从社会传播到文学史的不同评价，主要原因就在于《风萧萧》是以中日间谍活动来作为情感战争的叙事线索，而从《北极风情画》到《塔里的女人》，男女之间的恩恩怨怨，则是越来越远离甚至脱离了抗日战争这一当下的叙事场景。由此可见，小说叙事是否与抗战有关，之所以能够成为从现实到历史的一种评价标准，也就在一定程度上折射出小说传奇的评价难度实际上要大于小说纪实的文学史现况。尽管如此，必须指出的就是，以小说纪实为主的小说叙事是抗战时期重庆现代小说的基本特点之一。

这其次就在于，抗战时期的重庆现代小说在小说叙事中趋向小说纪实，一开始是由于受到了文学服务于抗战这一战时需求的直接影响，对抗日战争的战争进程与战争场面进行全面的纪实描写。不过，通过小说叙事成为有关战局与战况的如实报道，即使是达到了小说正面宣传抗战的目的，但也削弱了小说艺术审美发展的文本基础。随着抗日战争的持久展开，小说叙事从满足现世性的正面宣传开始逐渐转向现实性的艺术审美。

1940年底，中华全国文艺界抗敌协会征求抗战长篇小说进行评选，《春雷》成为被评选出来的两部佳作之一。《春雷》的作者正是从重庆的报纸上看到有关“江南我人民自卫均极为活跃”的报道，在“调查实细”之后，通过艺术虚构来如实“表现日寇和汉奸的暴行，表现故乡人民的苦难和斗争”。因此，《春雷》实现了这样的小说叙事目的：“故乡的无名英雄的这段事迹表扬于世界，不致湮没，或能予别地方的战士一点鼓励。”故而《春雷》很快就被改编为话剧《江南之春》在各地演出，扩大了小说文本的艺术影响。[①]

① 郴瘦竹：《春雷·楔子》，《春雷》，江苏人民出版社1986年版。《春雷》经马彦祥改编为话剧《江南之春》，于1941年10月起，由中国万岁剧团在陪都第一次雾季公演中首演，并连续演出多场。

《春雷》从现实出发的小说虚构，不仅打破了拘泥于事件报道的小说叙事的宣传困境，而且更是成为预示着小说纪实进入小说叙事的史诗追求的一声艺术春雷。从此以后，无论是成名作家，还是青年作家，纷纷着眼于整个战时生活，进行着更为广泛而又更为深入的小说纪实，于是，小说叙事的史诗追求终于成为心灵史诗的小说现实。这样，抗战时期的重庆现代小说在进行史诗建构的同时，为中国现代文学提供了现代小说的典范之作，代表着抗战时期中国现代文学发展的艺术高度。

二、挖掘人性的中短篇小说

抗战以来的重庆中短篇小说在叙事之中出现了两个值得注意的倾向：第一，从抗战初期对于战争风云的特别关注逐渐转向对于战时生活的全面关心，到抗战后期也就展现出越来越宽广的审美视野与越来越丰富的叙事题材；第二，由抗战初期对短篇小说创作的推崇逐渐转向中篇小说创作的大量涌现，到抗战后期也就显示出越来越多样的个人叙事与越来越自由的艺术创新，从而在相辅相成之中趋向小说叙事的史诗性追求，在表现出重庆现代小说进入战时大发展的同时，更是体现出抗战时期中国现代小说发展的方向。

《荒村之火》应该是抗战初期重庆小说创作中比较出色的一篇短篇小说。小说中不仅选取了日寇占领之下，中国人由开始的表面屈从到最后的以死抗争这一转变过程，来展示中国人民抗战到底的决心，而且更是通过对敌我双方在战争状态下的不同心理感受，来揭示日军偶然流露出来的厌战难以掩盖其凶残的兽性，而中国人表面的屈从则无法掩盖其顽强的斗志，正是这一战争心态的中日差异从根本上显现出抗日战争的正义性，尤其是中国人民抗战到底的坚定信念。

所以，小说一开始就渲染了一场“大规模火葬”式的大屠杀所造成的恐怖气氛：“一股阴森的鬼气，散布在这死城的每一角落，凄风彻骨，扬起破瓦的积雪，地上的血迹，砍断了头颅的残尸，因为失去慈爱的母亲，在极度恐惧中冻死的婴儿……”这是日寇铁蹄践踏之下中国沦陷区的一个活生生的现实缩影。面对如此战争惨状，一些日军士兵产生了厌战的情绪，而日寇用来对付它的竟然是命令汉奸组织“慰劳院”。

小说对于汉奸的描写没有简单化，而是通过一个对话的场面，生动地画出维持会长一方面尽量维持，另一方面又全力保命的汉奸嘴脸：向日寇反映日军奸杀中国妇女，遭受日寇打骂之后，为保住自己性命不得不在三天之内完成组织“慰劳院”的任务。随后又通过维持会长带领日寇到自己故乡葛家村抓中国妇女的罪恶行动，又将小说叙事引向了中国人火山爆发般的反抗。这样，汉奸的出场，实际上成为小说结构上的叙事连接点：战火从城中燃烧到乡村，必然引起引起更为惨烈而普遍的抗争。

尽管葛家村的村民们已经下定决心进行抗争，“决定把年轻的妇女设法躲避，壮丁队握持武器，潜伏在村的四周，把守着要道和桥梁，必要时，并联络邻村的壮丁队，助长他们的声势”。但是，村民们对于日寇的残忍还没有亲眼目睹，同时又是把日寇视作当年的“长毛”，以为只要“举行敬神谢鬼的盛典”这样的欢迎，就可以避免日寇的蹂躏。可是，维持会长面对村民的质问，在良心发现之中的茫然失措，反而促使日寇的兽性大发，对前来欢迎的村民们大打出手，残杀村民。于是，“愤怒点燃了荒村的烽火”，从老头子到壮丁，从男人到女人，都奋不顾身地冲上去，“广阔的原野，沸腾着杀鬼子的声音”。这是一场空前悲壮的战斗，“鬼子兵终于在无数的草鞋的脚底，被踏成了泥浆”。

不用说，村民们不仅在前赴后继之中付出了巨大的生命代价，而且还要以焚烧自己家园的行动来表示与日寇抗争到底的决心——“决定在同一个时间一齐放火”，因为“他们决不愿在人家的旗帜下做顺民，他们宁愿在青天白日的旗子下做一个无家可归的难民”。[①]这也许可以说是《荒村之火》所带有的某种人为的抗战宣传色彩，不过，通过小说叙事所展示的正是中国人民宁死不屈抗战到底的坚定信念，只有在这样的信念支撑下，才有可能迎来抗日战争的最后胜利。

《荒村之火》对于战争场景的过程展示，达到了相当高的艺术水准，以其如此短小的篇幅完成了对于战争本身的多方面纪实性描写，实际上也就表明了小说叙事在抗战时期发展的可能方向来。所以，在《马泊头》中自然会写出乡下人在面对侵略战争袭来，从恐惧转向愤怒这一中国民众的普遍觉醒过程，[②]从而显示出在坚持抗战到底的同时进行民众动员的必要性。应该看到的是，民众动员的目的就是抗日战争必须成为全民抗战的正义之战，然而，全民抗战的现实之中也存在着一些不和谐的怪现状。因此，在《乔英》中，采用正邪人物两相对照的多种写法，在揭示出抗战热潮之中的少数“荒淫无耻者”的丑恶嘴脸的同时，颂扬了无私奉献的爱国女性的崇高精神，[③]使小说叙事达到人心挖掘的深度。

由此可见，短篇小说的纪实对象已经从沦陷区转向抗战区，而处于抗战大后方的重庆也开始进入小说叙事的视野。具体而言，也就是从在重庆进行抗日战争的小说纪实，已经转向将重庆包容进战时生活的小说

① 王平陵：《文艺月刊》第2卷第9、10期合刊，1939年1月1日。

② 青苗：《马泊头》，《七月》第4集第4期，1939年12月。

③ 梅林：《乔英》，文献出版社1942年版。

叙事之中，毕竟战争仅仅是战时生活的一个重要组成部分。所以，《逝影》中的主人公在回忆故乡多年来死水一样平静的生活，是如何被抗战的炮声打破的同时，更是认为抗战是镕铸民族的大熔炉，而自己的老师就是以个人的牺牲来唤起民众的普通英雄。尽管这一回忆是由“山城重庆的灰雾”之下生命的跃动而引发的倒叙，但是，主人公房间中出现的“那盆暗绿色仙人掌”，以其倔强的形象象征着抗战意志的普遍存在。[①]在这里，重庆形象，特别是山城意象成为小说主题显现的叙事背景。

不过，在《南温泉的疯子》之中，讲述了重庆南温泉的一个善良而愚笨的本地男人，如何在妻子的哄骗与虐待之中成为疯子的故事。这个来自重庆战时生活中的不幸故事，与仙境一般的南温泉形成强烈的对照，而敌机的不时轰炸，更是在赋予疯子的行为以喜剧性的同时展露出疯子生存的悲剧性。[②]小说对于南温泉的仙境越是进行渲染，反倒越发凸显了疯子的人生悲剧。小说叙事本来应该到此为止，可是，小说的结尾偏偏要引向“逼人发疯的社会”的结论，这也许跟外来作家的作者急于在小说中对重庆人的生活评头论足有关，而忽略了本地风土人情对于重庆人的生活的固有影响。尽管存在着种种难以尽如人意的地方，但是，重庆的山光水色能够直接融入小说文本，毕竟促成了山城意象在重庆小说叙事之中从隐隐约约到越来越鲜明的浮现。

较之在现有文学史著上默默无闻的《荒村之火》，《在其香居茶馆里》则是抗战小说中颇为轰动的代表作，[③]特别是这一小说的讽刺锋芒直指大后方征兵制度的弊端，尤为受到诸多文学史家的青睐。在此姑且不

① 无名氏：《逝影》，《国民公报》1940年8月12日。

② 草明：《南温泉的疯子》，《今天》，光华书店1947年版。

③ 沙汀：《在其香居茶馆里》，《抗战文艺》第6卷第4期，1940年12月1日。

论《在其香居茶馆里》的政治批判性质，仅就其艺术水准而言，应该承认的确是达到了小说讽刺艺术的战时高度，尽管讽刺的锋芒过于外露而不够内敛，致使小说文本的蕴涵不够深厚。不过，《在其香居茶馆里》的小说讽刺，不仅基于大后方战时生活的真实事件，而且与重庆的战时生活有关。据作者回忆，这是他将当年在重庆“跑警报”时听到的真实故事写成了小说。[①]正是因为《在其香居茶馆里》的生活真实性不容置疑，其小说讽刺的意味才有可能显现出长久的艺术魅力。

有关大后方征兵制度的弊端成为整个抗战时期小说叙事揭露的政治现象，直到抗战胜利之后发表的《互替的两船夫》，仍然是在展现重庆本地的船夫无辜被抽壮丁，还得加上一顶又一顶的政治帽子，以至于当壮丁倒成为一条逃脱迫害的“光荣”之路。[②]这样，小说除了写出船夫的愚昧之外，更强化了现实生活中的政治险恶。除此之外，同样在全民抗战的战时生活环境中，还有可能会出现一些投机分子，利用动员民众的机会来谋取个人私利，只不过，这些投机分子大多是与政府机构有着种种关系的各色人物。《受训》中就描写了这样两个踊跃报名受训而又彼此倾轧，以便乘机向上爬的来自政府机构的老科员。[③]只不过，叙事中的讽刺较为温和，带有含而不露的戏谑味道，因而倒别有一番意味，小说的讽刺艺术也就显现出多样发展的势头来。

全民抗战的热潮之中，尽管存在着这样或那样的制度性弊病，但是，广大民众对于抗战的热情始终未减，越是艰苦越是要坚持到抗战的胜利。《招弟和她的马》就是从儿童视角来侧写大后方的青年农民，是

① 沙汀：《生活是创作的源泉》，《收获》1979年第1期。

② 田苗：《互替的两船夫》，《文联》第7期，1946年6月10日。

③ 寒波：《受训》，《文艺生活》第1卷第3期，1941年11月15日。

如何为打鬼子而离家自愿当壮丁，接受训练随时准备上前线的爱国热情。正是在这样的爱国热情感召之下，小小年纪的妹妹招弟，从哥哥手中接过了家中仅有的那匹马，每天精心喂养，好让哥哥骑着上前线。招弟的这个梦虽然被贫穷击破，马被爸爸卖掉了。但是，招弟将胜利的希望寄托在所有和哥哥一道打鬼子的“壮丁”身上。① 这样，招弟的天真单纯即使是受到战时生活困苦的挤压，也仍然折射出全民抗战的高度热情来。

这就涉及抗日战争的正义性的问题，随着抗日战争的持久进行，侵略战争对日本人民也造成了深重的灾难，引发了他们的反战情绪。《梅子姑娘》中就写出了日本姑娘梅子在侵华战争所带来的家破人亡之后，受当局欺骗而被迫做了随军营妓，在觉醒之后与自己的恋人一起投奔中国军队，最后加入反对侵略战争阵营的故事。这个故事的关键就在于，梅子的恋人是日军飞行员，痛感什么是战争罪行而企图洁身自好，因而反战情绪也就成为两人相恋的现实基础。所以，梅子反对恋人参与对陪都重庆的狂轰滥炸，最后导致两人出逃，成为抗日队伍中的“两名英勇的战士”。② 在这里，重庆不仅是整个大后方的中心城市，更是整个中国的抗战首都，日军的连年轰炸都始终无法摧毁陪都重庆，更不用说中国人民进行抗日战争的民族意志。可以说，重庆形象，尤其是陪都气象建构了小说叙事的时代大背景。

《婴》中通过详写婴儿出生与略写婴儿收养，展现了以陪都重庆为中心的大后方对于抗日战争的重要性，它的存在势必关系到整个中华民族的未来，因此，正如婴儿的父母所留下的亲笔信中所说：“强壮的，

① 叔文：《招弟和她的马》，《湖畔》，文化生活出版社 1941 年版。

② 谢冰莹：《梅子姑娘》，《文学创作》第 2 卷第 1 期，1942 年 12 月 15 日。

年青的，应该到前线去战斗；稚嫩的，幼小的，应该在后方生长”。应该看到，陪都重庆的战时生活也有着严酷的另一面，小说中婴儿出生的过程是异常地艰难，来自前方的父母不得不面临着种种“规则”的折磨。不过，人间真情终究还是胜过了那些不近情理的规则，婴儿顺利出生了；更是超越了婴儿收养的困难，婴儿得到了从年轻护士到邻居老太婆的细心照料。在这里，相濡以沫的人间真情被战争放大，显现出重庆人与外地人之间的深厚民族感情根基。这或许是《婴》为什么要被作者加上这样一个副标题——“谨以《婴》献给在艰苦战斗中的‘四万万五千万人口’的祖国”——的最大原因吧。[①]

这样的民族感情支撑着将全民抗战进行到底，每一个真正的中国人将为此而作出个人情感的选择。所以，为了抗战，人们被割舍的不仅有骨肉亲情，而且也有男女恋情，这就在于“生活就是战斗”！这是《黑玫瑰》中女主人公对男主人公的谆谆告诫，也是整篇小说的题旨所在。不过，小说并不是据此题旨而进行随意虚构，恰恰相反，通过女主人公的绰号“黑玫瑰”来引出对于战地生活的回忆，由此而沟通男女之间的心灵，通过彼此之间的对话来展示后方生活对双方的影响，在进行情感的个人交流之中来展现抗战时期年轻一代的复杂心态。[②]尽管对于个人生活道路的不同选择促成了这段战时情缘的中断，可是，小说结尾并没有落入俗套，反而是在男主人公对重赴前线的女主人公可能遇险的绵绵不绝的哀思中，以山川草木同悲的移情渲染，来意味深长地突出“生活就是战斗”的题旨。

事实上，抗战时期以陪都重庆为中心的大后方，不仅是来自前方的

---

① 梅林：《婴》，上海杂志公司 1941 年版。

② 田涛：《黑玫瑰》，《希望》，万叶书店 1946 年版。

战斗者的根据地，而且是来自沦陷区的流亡者的战时家园。这些本地人眼中的外地人，被称为“下江人”。他们的到来，在促使重庆的战时生活显得多姿多彩之外，更是显现出本地人与下江人之间的文化差异来。同时，这一不同人群之间文化差异，实际上包孕着传统与现代之间的可能对立。因此，本地人与下江人的对举，实际上也就成为中国社会现代化过程中乡下人与城里人之间对立的战时翻版。

所以，《山下》的叙事，就是通过11岁的小女孩“林姑娘”在短短时间内的心理成长过程描写，来折射出下江人的到来对于本地人在心灵上所造成的文化冲击。这样，从林姑娘欢呼雀跃“洋船来啦”开始，到林姑娘对“洋船来啦”的无动于衷结束，整篇小说的叙事，以下江人的作者视角来讲述了一个关于重庆小女孩的故事，从而展示了有关本地人与下江人、乡下人与城里人、传统人与现代人之间，现实发生并且可能发生的心理对抗。[①] 这就赋予了小说文本以丰厚的内涵，同时也就意味着现代与传统之间的文化对立在日常生活中无所不在，而嘉陵江边凉爽的风与“带着甜味的朝阳”，在对重庆形象的诗情画意般挥洒之中，则使其更加凸显。

当然，这样的文化对立并不意味着就一定会导致文化冲突，必须寻求一条现实的出路，来将这一文化的群体对立引向文化的个人融合，使之成为区域文化之间在现代意识诉求中的文化交流，以消融基于根深蒂固的地方文化而可能发生的个人文化对抗。于是，如何能够促进下江人与本地人之间的文化融合，实际也就成为此时的重庆小说叙事所面临的一个问题。《春》里通过下江人的记者与本地人的村姑相恋而成为一家

---

① 萧红：《山下》，文风书店1942年版。

人的故事，来企图给出一个答案：必须在彼此互相尊重的基础上相亲相爱，才有可能消除彼此之间的隔膜而融为一体。[①] 在这里，“春”是一个具有象征性的字眼，不仅寄托着个人情感的家庭和谐，更是寄寓着全民抗战的胜利理想，而正是这样的胜利理想支持着家庭和谐。所以，《春》既是一个男女自由恋爱的现代故事，又是一个有情人终成眷属的传统故事，由此而展现出现代与传统之间在战时生活中进行文化融合的可能一面来。

不过，无论是下江人还是本地人，都是重庆人，而小说必须面对重庆人战时生活的常态来进行叙事。所以，无论是外来作家还是本地作家，对于重庆人的战时生活进行了更为密切的个人观照，来写出自己亲身感受与体验到的重庆生活。于是，在《过年》里，通过大年三十那一天，从主人公到全家在大街小巷的行走，写出了重庆人在战时生活中的困苦与无奈；[②] 在《后悔》中，通过父亲给思念自己的女儿写了一封信，更因为自己对女儿的善意说谎而自责，写出了重庆人在战时生活中的骨肉分离与亲情思念。[③] 同时，在《希望》里，通过儿子一家从战地回来与乡下父母团聚，在写出两代人之间的新旧隔膜难以沟通的同时，更是揭示出生活的未来将寄托在孙子们的身上；[④] 在《丰收》中，通过稻谷的丰收与抗战的胜利一并到来，写出它们在给人们带来欢乐的同时更带来“谷贱伤农”的重演，因而战时生活的结束并不表明生活中灾难的结束。[⑤] 就这

---

① 徐訏：《春》，《幻觉》，夜宿书屋 1946 年版。

② 茅盾：《过年》，《文学创作》第 3 卷第 1 期，1944 年 5 月 15 日。

③ 绀弩：《后悔》，《绀弩小说集》，湖南人民出版社 1981 年版。

④ 田涛：《希望》，《当代文学》第 1 卷第 2 期，1944 年 2 月。

⑤ 木人：《丰收》，《青年学习》第 1 卷第 5 期，1946 年 4 月 10 日。

样，从城市到乡村，从市民到农民，重庆人的生活全方位地进入了小说叙事的个人视野。

较之短篇小说，中篇小说的容量更大，也就对战时生活，特别是重庆人的日常生活更具有包容度，展现出更为广阔的生活场景，进行更为深入的小说观照。这就是说，中篇小说的创作，不仅需要作家拥有更多的生活积累，同时也需要作家进行更多的创作积累。所以，至少可以说中篇小说在抗战后期的大量涌现，实际上是可以视为在短篇小说创作的基础上的一次厚积薄发。这一点，不仅对于诸多成名作家来说是如此，对于诸多新进作家来说则更是如此，由此展现出由短而长的个人小说创作的一般倾向，尽管在战时生活条件下，这一倾向表现得更为明显。只不过，对于成名作家来说，也许更重要的是个人的生活积累，而对于新进作家而言，则更是需要个人的创作积累。

所以，即使是在战时生活之中，也仍然能够保持住作者对于战前生活的记忆。这样，儿时生活的追忆一旦在《早春》里展开，就呈现出一种《红楼梦》中贾宝玉进大观园似的叙事效果：北国早春的到来，主人公的小男孩野外放风引发了性意识的萌动，由此而开始感受从乡村少女到富家主妇的女性魅力，透过野外景色与大户人家的对照描写，借助一朵“黄色的小花”的得而复失的串连，来折射出一种纯洁无瑕而略带苦味的稚嫩追求。[①] 这样的“伤春”情怀，是人之初都共同拥有的，因而“早春”所寄托着的那种对于纯真情感的个人求索，在战争阴影笼罩之下的日常生活中也就显得弥足珍贵。由此可见，一份真感情是所有人在任何状况中都需要的，只要写出来，就能够打动读者的心。

---

① 端木蕻良：《早春》，《文学创作》第1卷第2、3期连载，1942年10月15日、11月15日。

这或许就是《北极风情画》与《塔里的女人》能够轰动一时，并且使其作者无名氏得以出名的最大原因。当然，无论是《北极风情画》还是《塔里的女人》，都是将爱情故事与抗日战争以不同的形式联系起来，写出了战时生活中的恋爱传奇。唯其如此，更能满足读者的多样性的阅读需要。从《北极风情画》到《塔里的女人》，都是以“我”为旁观者来引入小说叙事，而故事的主体部分是以插入他人回忆的方式来展开小说叙事，从而使这两个作品具有结构上的连续性，实际上更有助于引发读者的阅读兴趣。

《北极风情画》以中国抗战为舞台，展现出来的却是一派异国情调的男欢女爱：在西伯利亚托木斯克城，朝鲜流亡者的中国抗联军人与波兰将军遗孤的俄罗斯少女之间，亡国之痛成为爱情悲剧诞生的催化剂。[①] 所以，这就不是普普通通的男女艳遇，而是将个人情感根植在民族感情之上的如诗如画的人间风情。或许正是因为如此，最初在报纸上连载的《北极艳遇》最终以《北极风情画》出版。

《塔里的女人》则是一个地地道道的以抗日战争为背景的现代中国传奇：在南京，男方不仅以提琴家的狂热来追求外交官的女儿，而且又以医学家的冷静来处理这场感情波澜，因而在保留自己的旧式婚姻的同时，力图为女方找到自己的完美替身，从而保持个人的良心安定。[②] 这就从始至终都是把痴情的女方置于被动的地位，使其被迫埋名隐姓流落在西康，成为“痴心女子负心汉”的当下翻版，尽管男方以出家的方式来表示忏悔。可是，法号“觉空”的这个拉提琴的道士，实际上为女方建构了一座居于有形与无形之间的精神禁锢之塔，这塔基就是男尊女卑

① 无名氏：《北极风情画》，西安无名书屋 1944 年版。

② 无名氏：《塔里的女人》，真善美图书出版公司 1944 年版。

的悠长传统。“塔里的女人”，这无疑是读者更为熟悉的中国故事、中国生活、中国文化，它们居然能够在浪漫传奇之中完成三合一，因而读者阅读兴趣的普遍高涨，也就是自然而然的事情。

对于中国文化的反思，《憩园》是从大户人家来开始，在封建大家庭衰落之后，承袭其故园的所谓新式家庭，到底会出现什么样的局面来呢？小说中以重返大后方的家乡为契机，由“黎先生”的亲自出场，来目睹新旧家庭之间，如果只是换汤不换药，没有从根本上消除封建家族制度的传统阴影，就会导致所谓的新式家庭重蹈封建大家庭衰败的覆辙。[①] 如果《憩园》中现实生活的描写需要通过回忆的不时插入来显示小说叙事的深入，那么，《声价》中则是对于战时生活的如实描写来扩大了小说叙事的开阔。《声价》写出了战时的“拉郎配”：由从重庆疏散到县城的人们的到来，引发了大户人家如何挑选女婿而又后悔不已的一幕幕喜剧。[②] 选女婿的传统声价，更看重的是权与钱，而不是现代声价的才与德，因而也就在已经“文明”的中国将成为两难的选择。所以，一旦按照传统声价选错了女婿，固守传统婚姻又不便轻易离婚，以免大伤家长的面子，剩下的唯一感觉当然只能是“硬是撞到了鬼”。

较之成名作家对战时条件下个人情感生活与家庭生活的重视，新进作家更为关注战时生活中人的生存状况，尤其是女性的生存状态。在《遥远的爱》中，小说所要表达是一位现代女性将一己之爱升华到遍及人类的“遥远”高度，成为发自内心的对于人生理想的执着追求，即使要付出个人情感的沉痛代价。[③] 而在《饥饿的郭素娥》中，小说所要表

---

① 巴金：《憩园》，文化生活出版社 1944 年版。

② 陈瘦竹：《声价》，国民图书出版社 1944 年版。

③ 郁茹：《遥远的爱》，自强出版社 1944 年版。

现的是一位传统女性的心理饥饿对生理饥饿的原始反叛，展现出面对苦难而源自灵魂的强烈生命力，尽管这样的个人反叛结果是付出了生命的沉重代价。[①] 在这两部小说里，虽然都展现了男男女女之间的复杂关系是如何纠葛在一起，并且保持着与重庆战时生活的紧密联系，但是，两者之间的主题意向是截然对立的：《遥远的爱》显示了对于女性生存的现代理想追求，而《饥饿的郭素娥》则将批判的矛头指向女性生存的传统形态，由此而展示出战时生活条件下中国女性从可能到现实的个人生存空间。

三、重塑人格的长篇小说

随着 1941 年 12 月 8 日太平洋战争的爆发，重庆小说的发展也从抗战前期的短篇小说创作热潮的兴起，开始逐渐转向抗战后期中长篇小说创作的一派繁荣。这样，长篇小说的大量涌现，特别是具有较高艺术水平的个人之作的出现，在显示着重庆小说从纪实性的文本叙事向着史诗性的文本叙事进行转向的同时，更是代表着抗日战争全面爆发以来中国现代小说发展的时代高度。不仅成名作家进入了个人长篇小说的第二次创作高峰期，而且新进作家也开始了长篇小说的个人创作，因而共同促成了长篇小说创作的欣欣向荣。

这就在于，经过长期的战时生活个人体验与丰厚的小说创作个人积累，所有这些生活在陪都重庆的作家，都已经具备了进行长篇小说的基本条件；更为重要的是，较之中篇小说，长篇小说能够展示出在抗日战

① 路翎：《饥饿的郭素娥》，南天出版社 1943 年版。

争这一历史场景之中的战时生活全景，并且通过长篇小说的个人叙事来推动具有史诗性的小说文本的涌现，从而使现代史诗的审美理想在长篇小说的创作中最大限度地由可能变为现实。这样，无论是沦陷区人民的奋力抗争，还是抗战区人民的抗战到底，都将通过长篇小说的个人叙事来进行有关中国战时生活的文本显现，由此而揭示出在艰苦卓绝的八年抗日战争中，千千万万中国人的灵魂蜕变，尤其是精神成长的心路历程，使长篇小说有可能成为有关中国人的民族心理战时演变的史诗性文本。这样的史诗性文本可以称为中国现代小说中的战时史诗，而有关战时史诗的个人叙事，可以分为两大类：一类是战争史诗，另一类是生活史诗。

企图进行战争史诗的个人叙事，往往会由于作家对于战争场面缺乏切身感受，不仅没有可能进行史诗性的小说叙事，而且甚至也无法进行纪实性的小说叙事，最终失落了真实性这一艺术根基，直接导致小说文本在个人叙事之中的失败，即便是知名作家也难以避免这样的失败。所以，无论是巴金的《火》还是老舍的《火葬》，均成为游离于艺术真实性之外的失败之作也就不是偶然的。当然，这并不是说战争史诗不需要虚构，恰恰相反，战争史诗必须在基于战争真实的基础上进行趋向艺术真实的个人虚构。如果这样的艺术虚构能够摆脱纪实性的叙事约束，也就有可能促成个人叙事向着战争史诗的方向转换，因而《春雷》的出现，正好表明重庆作家已经开始进行这样的小说叙事转换，进而预示着在进行史诗性的叙事突围之中，战争史诗的个人创作可能即将转变成为长篇小说的个人创作现实。

事实上，为了冲破纪实性的叙事牢笼，有必要把艺术虚构的叙事功能加以大大地张扬，所以，这就需要进行传奇性的小说叙事来促成战争史诗的尽快诞生，因而也就意味着重庆作家将通过战争传奇的个人叙事，来开拓战争史诗这一中国现代长篇小说的创作荒野。于是，也就有了《风萧萧》的问世。《风萧萧》不仅仅是作者个人叙事的传奇格调在战争史诗之中的延续，也是作者个人生活的战时体验在战争史诗之中的显现，由此而涉及抗战时期在沦陷区所发生的间谍之战。这一秘密战线上正义与邪恶之间的反复较量过程，一旦作为小说主导线索来推动小说情节的展开，也就在揭露日军及其间谍的残忍与阴险的同时，更是显现出中国人民与其同盟者的智慧与勇气。

特别重要的是，《风萧萧》通过对间谍之战的小说叙事，充分地展示了男女主人公各自不同而又独特多彩的性格特征，进而将男主人公置于两个层面上的复杂男女关系之间，来分别表现出具有人性深度的激情奔涌与情感波澜：潜心于哲学研究而又“抱独身主义”的男主人公徐先生，在战争阴影笼罩下的上海，一方面与分属中、美、日三国的女间谍白苹、梅瀛子、宫间美子进行周旋，并且在周旋的过程之中激发民族感情，最后投入间谍之战而踏上抗战之途；另一方面又与美国女郎海伦在彼此敬慕之中开始交往，并且在交往之中萌生恋情，最后不得不挥泪斩断情思。[①]

在这里，离别泪显现出个人情感服从于民族大义的悲壮，当徐先生以叙述者的“我”进入文本叙事，从民族情到男女情的两个层面，通过恨中有爱与爱中有憾的个人感受进行小说叙事的艺术缝合，从而促使有关战争传奇的个人叙事极大地拓展了艺术虚构的叙事功能。与此同时，《风萧萧》为了强化小说叙事的传奇性，采用了色香味交互的通感手

① 徐訏：《风萧萧》，成都东方书店 1944 年版。

法，来醇化中外女性的内外和谐之美，显现出艺术虚构所必需的想象张力，而艺术虚构的叙事功能的拓展，正是基于想象力之上的。合理的虚构与独特的想象自然而然地赋予《风萧萧》以动人心弦的阅读魅力，战争传奇的史诗性小说叙事对于习惯于纪实性小说叙事的小说阅读定势的读者来说，自然是在大力冲击之中开始动摇而后倾心，其阅读反响可想而知。这就难怪《风萧萧》在《扫荡报》上连载发表的1943年，被称为“徐訏年”。

“徐訏年”的到来不是偶然的，除了战争传奇对小说阅读定势的动摇所引发的小说创作格局的分化之外，重庆作家在小说叙事之中对史诗性的追求更为自觉，进一步推动着长篇小说的大量涌现，促成从纪实性的个人叙事转向史诗性的个人叙事。

必须看到的是，无论是《淘金记》之中刻画出来的大后方乡镇上无耻而卑劣的土豪劣绅，还是《风沙之恋》《春暖花开的时候》之中塑造出来的奔赴抗战前线的勇敢而浪漫的新女性，或者是偏于暴露而显得小说视野的偏狭，或者是偏向颂扬而显露小说虚构的偏颇，因而较多地显现出这一小说叙事史诗性转向过程中个人叙事的审美局限，在当时就被评论者称为小说艺术上的“潦草”。[①]这就表明，对于作家个人来说，进行长篇小说叙事的史诗性转向，不仅需要对战时生活，尤其是对战争生活的深入体验，更需要对小说虚构，特别是对想象空间的努力拓展。在这样的意义上，要完成长篇小说的史诗性叙事的个人转向，必须使创作的个人努力与创作的个人天赋融为一体，并不是任何一个作家都能够达到小说叙事的史诗性高度的，更为重要的是，即使是能够使创作的个人

① 茅盾：《读书杂记》，《文哨》第1卷第1期。沙汀：《淘金记》，文化生活出版社1943年版；碧野：《风砂之恋》，群益出版社1944年版；姚雪垠：《春暖花开的时候》，现代出版社1944年版。

努力与创作的个人天赋融为一体，也是要通过艰苦创作的个人过程来予以实现的。

与此同时，《夜雾》中的女主人公，通过其从抗战前的北平到战时的大后方，再回到北平的流浪生涯，以显现出京剧女演员的悲剧命运；而《地狱门》里的女主人公，经历了从城市底层进入上层，最又沦落到城市底层的坎坷人生，以显现出市民女性的抗争本能，后来却被认为是脱离现实，仅仅在“描写下层民性民情”方面有“唯一可取之处”。[①]

显而易见的是，长篇小说叙事的史诗性转向，固然不能离开战时生活这个最大的现实，却也不是非要以个人战斗的经历为描写对象，除了战争场面之外，战争过程中的个人生活无疑更为长篇小说的史诗性叙事所关注。这样，包括民风民情民俗在内的地方文化势必成为生活史诗的描写对象，也就不足为怪。所以，不仅需要对战时生活的个人体验，而且也需要对地方文化的个人感受，只有在两者不可偏废的状态下进行个人叙事，才有可能促使长篇小说叙事最终完成史诗性转向。

无论是在大后方，还是在沦陷区，较之战争场面，日常生活显然是与绝大多数人分不开的。在这样的前提下，可以说，同为战时史诗两大构成的战争史诗与生活史诗，后者较之前者，无疑更能够显现出战时生活更为普遍而深刻的一面来，并且由此而延伸到战争前后的生活过程之中，呈现出生活史诗所能体现的历史整体感。这就意味着在重庆进行长篇小说叙事的史诗性转向，一方面需要作家通过一己体验来拓展生活视野；另一方面需要作家基于创作个性来扩大想象空间，从而使作家能够以本地人与外地人的双重文化眼光，打破战时生活的区域文化限制，发

① 杨义：《中国现代小史》第3卷，人民文学出版社1991年版，第134页。刘盛亚：《夜雾》，群益出版社1945年版；刘盛亚：《地狱门》，上海春秋出版社1949年版。

掘战时史诗赖以生长的丰厚文化底蕴。

1944 年完成的《财主底儿女们》，就率先显现出长篇小说叙事进行史诗性转向的创作实绩来——“在这里，作者和他底人物们一道身在民族解放战争底伟大的风暴里，面对着这悲痛的然而伟大的现实，用惊人的力量执行了全面的追求也就是全面的批判”——出版之初胡风就作出如是说。[①] 这一评说似乎有可能造成《财主底儿女们》是战争史诗的错觉。不过，从整个小说叙事来看，抗日战争——从 20 世纪 30 年代初开始的抗击日本帝国主义侵华战争的民族解放战争——仅仅是为整个小说叙事提供了时代背景，以 1937 年抗日战争全面爆发为界，小说分为上下卷，分别描写了苏州财主蒋氏家族的分崩离析与流亡旅途蒋氏儿女的心灵呐喊，展示出从远离关外战火的封建世家的衰落，到硝烟弥漫关内的破落子弟的奋起这一全过程，主人公们的日常生活成为贯穿和平日子与战争年代的叙事轨迹，从而演绎出一部完完整整的生活史诗。

更为重要的，那个举起了自己的整个生命来呼喊的蒋纯祖，是《财主底儿女们》中最具叛逆性的人物。这一叛逆性不仅表现在他对于封建家族制度进行的家庭批判上，而且更表现在他对于整个中国封建文化意识进行的社会批判上。正是抗日战争的全面爆发促成了蒋纯祖在从南京到重庆的颠沛流离之中，展开了从家庭转向了社会的反封建主义，将全面的追求置于全面的批判之中，也就需要将全面的批判寓于追求“人的觉醒”的国民性批判之中。在此可以看到作家凭借着过去生活的回忆与当下生活的亲历，在相互交织之中来展示对于未来生活的的向往。在这

① 张以英：《路翎的生平、小说和书信（——代序）》，《路翎书信集》，漓江出版社 1989 年版。路翎的《财主底儿女们》上卷于 1945 年 8 月由南天出版社出版，《财主底儿女们》下卷于 1948 年 2 月由上海希望社出版。

样的意义上，可以说《财主底儿女们》已经成为抗日战争中一代新人成长的心灵史诗：中国的又一代青年在战火燃烧的岁月里如何摆脱古老传统的因袭与缠绕，披挂着种种精神奴役的创伤在艰难的人生道路上挣扎着前行。

《财主底儿女们》显示出独特的文化蕴涵，仅仅由主人公蒋纯祖从苏州到南京，从南京到武汉，从武汉到重庆的流亡生活，就可以看到长江文化显现出从下游的吴越文化，到中游的荆楚文化，再到上游的巴蜀文化的区域分化，并且在小说叙事中得到详略不同的显露，尤其是蒋纯祖在重庆，经历了从演剧队到农村小学的生活场景转换，对于重庆的城市与乡村进行了较为深入的感受，由此而使得小说叙事能够透露出重庆文化的独特与局限来。尽管《财主底儿女们》对于重庆形象进行了一种批判性的揭示，但是，这样的文化批判正是进行文化追求所不可缺少的，不仅对于蒋纯祖们来说是如此，对于重庆文化来说更是如此。

如果说《财主底儿女们》所进行的文化批判经历了从家庭本位到社会本位的转变，那么，《寒夜》所进行的文化批判仍然是以家庭为本位的，不过，在《寒夜》中出现了从封建大家庭到百姓小家庭这样的转换。[①] 一般说来，人们往往关注战时体制重压之下汪文宣一家的悲剧性解体，并且直接归罪于战时体制本身，而往往忽略了传统意识对人心的毒害与扭曲，才是这个家庭解体的内在原因，从而更是根本原因之所在。这是因为无数的家庭在战时体制之下都能够相濡以沫，坚持到抗战胜利的到来，而这一家人重演“孔雀东南飞”式的古老悲剧，不能不引发人们对于中国反封建主义的思考，尤其是对于一贯坚持对不合理的制

① 巴金：《寒夜》，上海晨光出版公司 1947 年版。

度进行“我控诉”的巴金小说来说，更是以《家》到《寒夜》的小说叙事将反封建主义的必要性从上流社会的大户人家推广到社会底层的普通人家，由此可见生活史诗进行文化批判的重要性。

《寒夜》之中的重庆形象是以寒夜之中小巷寻觅的方式呈现出来：从小说以汪文宣寻觅曾树生开始，到以曾树生寻觅汪文宣结束，寒冷的冬夜寄寓着陪都气象在战时体制中的萧杀气氛，而狭窄的小巷寓意着山城意象在难以沟通中的人心隔膜，为小说叙事设置了一种阴森森的文化氛围，人物的悲剧性也就得以在这样的氛围中逐渐得到充分展示，家破人亡的结局也就是人心冲突的必然结果。可以说，《寒夜》正是在对战时体制的负面进行揭露的同时，更加深入地暴露出国人心态固有的残缺与偏执，在战时生活中如何顽强地表现并影响到人的生死存亡。只有这样，才有可能将文化批判的锋芒不是仅仅对准不合理的社会制度，而是要同时对准所有那些不合理的制度与思想。这就是《寒夜》所讲诉的重庆故事为什么能够成为生活史诗的最主要的原因。

小说的文化批判与小说的文化重建应该是同时发生的，尽管在不同的作家那里各有所侧重。1944 年开始陆续发表《四世同堂》，将人放到沦陷区的放大镜下来见出“北平人”与“道地中国人”之间的巨大文化人格差异：前者苟安、忍隐、麻木，而后者抗争、不屈、清醒。[①]所以，当前者安于亡国奴的现状之时，后者宁愿为国杀身成仁，由此而展示了中国文化的真正力量与巨大感召力。文化重建需要剥离出民族文化的优秀传统来作为现实基础，承载这一传统的文化人格正是导致文化重建的个人前提，古都北京提供文化重建所需要的民族文化传统与个人文化人

① 老舍：《四世同堂》，上海良友图书出版公司 1946 年版。

格，而沦陷区的存在促成了文化传统的剥离与文化人格的分野，而“小羊圈胡同”就是沦陷区北平的小说缩影，“祁家”的故事就是北平人的现实生活的小说写照。由此可见，《四世同堂》的史诗性主要表现在文化批判与文化重建的小说叙事之中。

如果说《四世同堂》是北平人的作家老舍，居住在重庆去回顾沦陷区的北平生活；那么《鼓书艺人》则是这个曾经在抗战时期在重庆生活过8年的作家，在美国写成关于北平鼓书艺人方宝庆一家在陪都重庆生活的长篇小说。

在《鼓书艺人》中，陪都重庆的战时生活通过北平来的鼓书艺人的外地人眼光，得到了较为完整的折射：一方面从北平出逃到落脚重庆，大鼓仍旧唱得那么漂亮，艺人一家受到了芸芸众生的喜爱，而从卖艺为生到不忘爱国，鼓词振奋了抗战的意志，艺人一家得到了全社会的敬重；另一方面从茶馆演唱到学校补习，在世人的白眼之中，艺人一家默默忍受屈辱，而从日机轰炸到官员横行，在权势的欺凌之下，艺人一家历经重重人祸，从而展现出陪都重庆战时生活的不同侧面。[①]《鼓书艺人》正是通过对来自北平的鼓书艺人在陪都重庆的日常生活所进行的整体描写，来显现出文化重建的艰巨性，然而，文化重建的不可逆转的潮流，正如小说结尾，主人公在抗战胜利之时面对滚滚江水所唱出的“长江后浪推前浪，一代新人换旧人”的心声。

抗战后期重庆长篇小说叙事的史诗性转向，正是通过从新进作家到知名作家的鼎力合作而实现的，尽管这些作家由于缺乏对于战争场面的亲身体验，而没有能够创作出有关抗日战争的战争史诗，但是，他们基

① 老舍：《鼓书艺人》，人民文学出版社1980年版。

于战时生活的个人体验，创作出了有关抗日战争的生活史诗。所有这些生活史诗在中国现代文学发展过程中都占据了重要位置，所有这些生活史诗的创作都与陪都重庆的战时文化发展不可分离，从而也就奠定了抗战时期的重庆长篇小说从文学到文化的全国地位。

第四章

陪都散文的战时写照

一、纪实生活的散文

抗战军兴，随之出现了报告文学热，对战争进程进行迅速及时的文学纪实。报告文学通过即事而发的纪实性叙事，在及时传播的过程中跨越了散文叙事与新闻通讯之间的文类界限。因此，报告文学不仅促成其他文学样式中创作“报告化”现象的出现，而且促使散文创作难以保持与现实之间的审美距离，甚至在一定程度上消解了叙事散文的体裁边界，致使对一些散文作品难以进行叙事散文与报告文学的体裁区分。所以，叙事散文创作的数量与影响在抗战前期无法与报告文学创作相比，从文类到体裁的越界，至少应当被视为一个并非不重要的原因。

进入抗战后期，散文创作在逐渐摆脱报告文学的创作影响的同时，回到了“美文”的发展轨道上，在散文的叙事性、抒情性、议论性的文学基点上，无论是以某一文学基点为主的叙事散文、抒情散文、杂文，还是立足于文学基点三位一体的小品散文，均得到了相应的发展。与此同时，报告文学也保持着脱离新闻报道轨范，趋向文学性追求的发展势头，最终成为一种独立的散文体裁。

无论是抗战前期散文偏向纪实的报告化，还是抗战后期散文强化美文的艺术化，所有这一切，在抗战以来重庆散文的发展中显得尤为突出，诸多散文体裁在个人书写之中不仅呈现出丰富多彩的创作格局，而且凸显出流光溢彩的重庆形象。不可忽视的是，陪都重庆的散文独具全民书写的战时特征，也就是社会公众都热衷于散文的个人书写——“它们的作者，除散文家以外，还有诗人、小说家、戏剧家、理论家和社会上许多行业的人们，大伙组成了浩浩荡荡的散文作家群”，[①]即便是抗战时期并没有涌现出纯粹文学意义上的散文家。

在叙事散文中，对于重庆形象进行了集中描写。于是，萧红在《长安寺》一文中，对于长安寺展开了动静结合的描写，从“忧郁的”众多佛像到虔诚的老太婆，从卖花生糖的到卖瓜子的，“尤其是那冲茶的红脸的老头，他总是高高兴兴的”，在无意与有意之中营造出一个“安静得可喜的”好去处。尤为出彩的是写出了源自身体的独特感受——“耳朵听的是梵钟和诵经的声音；眼睛看的是些幽闲而且自得的游客或烧香的人；鼻子所闻到的，不用说是檀香和别的香料的气息”，似乎“一切都是太平无事”。不过，“这是一块没有受到外面侵扰的重庆的唯一的地方”吗？眼见着长安寺外那些对付日机轰炸的救火设施，“我顿然地感到悲哀”。[②]战争阴影时时将降临这仅剩的“重庆的唯一的地方”，威胁着芸芸众生的生命，由此，个人的悲哀无疑就成为所有中国人的悲哀，显现出女性那特有的见微知著的家国情怀。

---

① 秦牧：《序》，《中国抗日战争时期大后方书系·第五编散文、杂文》第 11 集，重庆出版社 1989 年版。

② 萧红：《长安寺》，《萧红散文集》，黑龙江人民出版社 1982 年版。

同样是以女性作者的细腻笔触，凤子在《北泉日记》里，写出了“一个有生气的地方”，在连续三天轰炸之后，陪都依然生意盎然——“每一次轰炸后半小时，市面就可以照常恢复”，“电灯线给炸断了，街上一眼望去如同十年前在小县城里过元宵灯节，太平灯是那样美观而有秩序地在每家店铺门口点燃”，“街上行人加倍地多，加倍地匆忙”。与此同时，陪都的北碚在历经轰炸之后，仍旧“风景宜人”——在“山头重叠，树木丛生”之中，居然有“这么一个新兴的小市镇”，不仅可以去温泉游游泳，更可以去缙云寺爬爬山，“希望自己有个健康的身体，能够好好地生活两年，多做点工作，多出口气”。[①]显然，既要抗战到底，也要享受生活，正是这样的个人企望点燃了所有人的希望。

较之女性作者，男性作者的战时生活视野或许更为开阔；再加上较之小说的叙事，诗歌的吟唱或许更为激情内蕴。艾青在《夏日书简》中，先是通过诗意的挥洒，呈现出山城的重庆陪都那“旷野的粗壮而富丽的画幅”：“无数的山互相牵连着又各自耸立着，褐色的，紫色的，暗黛色的，浅蓝色的山！温和的，险峻的，宽大的山！起伏不平的多变化的山！映在阳光里的数不清的山！”更何况“岩石，茂林，峡谷，峰峦，山与山之间的狭小的平野，沿着山向上延展的梯田，村舍，零落在各处的村舍……”然后更是以诗意的“芜乱”，展现了在北碚育才学校中到处活跃着的“文学的，戏剧的，音乐的，以及绘画的青年”，与他们所要教导的更年轻的小朋友们，期盼着彼此之间的不断沟通和交流，真正成为“可以坦白相处的朋友”。[②]重庆形象于是就开始显现出其独特的厚重与多彩。

---

① 凤子：《北泉日记》，《画像——凤子散文小说选集》，北京出版社1982年版。

② 艾青：《夏日书简》，《现代文艺》第2期，1940年11月25日。

如果说山城意象已经开始在重庆形象的散文浮动之中不时闪烁，那么，直到抗战后期，在梁实秋的《雅舍》中才闪亮登场："'雅舍'最宜月夜——地势较高，得月较先。看山头吐月，红盘乍涌，一霎间，清光四射，天空皎洁，四野无声，微闻犬吠，坐客无不悄然！"尽管"雅舍"不过是所有重庆房屋中"此地人建造房屋最是经济"的那种——"火烧过的砖，是常用来做柱子，孤零零砌起四根砖柱，上面盖上一个木头架子，看上去瘦骨嶙嶙，单薄得可怜；但是顶上铺了瓦，四面编了竹篦墙，墙上敷了泥灰，远远地看过去，没有人能说不像是座房子"，或许因为战时条件所限，"纵然不能蔽风雨，'雅舍'还是自有它的个性。有个性就可爱"。[①]从房子延伸到房主，两相对应，在艰难中苦熬，更显露出坚韧与乐观的个性，弥足珍贵之中谁又能说不可爱呢？

在这战时生活中，重庆人的纯朴也最能令人感动，叶圣陶在《春联儿》中写出了一个推鸡公车的车夫老俞的丧子之痛：一道推车的"小儿子胸口害了外症，他娘听信邻居妇人家的话，没让老俞知道请医生给开了刀，不上三天就死了。老俞哭得好伤心"。不过。老俞的"大儿子在前线打国仗，由二等兵升到了排长，隔个把月二十来天就来封信，封封都是航空挂"。老俞在回信中告诉小儿子去世的消息，叮嘱大儿子"打国仗的事情要紧，不能叫你回来，将来把东洋鬼子赶了出去，你赶紧就回来"。通过春联儿中"有子荷戈庶无愧，为人推毂亦复佳"的贴心抚慰，老俞这样一个平凡得不能再平凡的车夫，从悲痛中重新振作起来，打"心窝里"为"有个儿子在前方打国仗"而益发自豪，为自己靠"力气换饭吃"而快乐起来。[②]由此展现出山城意象的民族文化底蕴来。

---

① 梁实秋：《雅舍》，《雅舍小品》，正中书局 1949 年版。

② 叶圣陶：《春联儿》，《我与四川》，四川人民出版社 1984 年版。

重庆形象中的陪都气象，有着一个逐渐形成的过程，这正如《从轰炸中成长》中所描写的那样："山城一到夏天来，气候变得特别炎热，尤其是近几日里，小小的石头城，人口已达五十七八万之多，而流动的尚不在数！除了受到自然热力的压制外，还要遭遇人身热气的侵袭。疏散的效果，不过使一切人们在上午离开重庆过江，下午又回转这金迷纸醉，粉白黛绿的繁华都市的怀抱里来。"可是，在不无贬斥陪都生活表象的同时，更展示出陪都的真正活力来：即便是日机的狂轰滥炸，"最令人感动的，是许多小学生也在抢救受伤的同胞，因为力气太小，乃由四五个人担一个，那种勇敢的精神实在叫人泪盈欲滴！青年的一代，是新中国的主人啊"。这就充分表达出"尽管日寇会轰炸，我们却要从轰炸中成长"，[①] 这一抗战到底的全民意志。

不过，在陪都气象的闪亮之外也存在着浓重的阴影，司马訏在《都会之余荫》中，就通过一个摄影家的眼睛，"发现了一件东西，一个奇迹"——"那马路转角处，停着一辆看来刚卸货不久的大卡车，那车厢的尾部在地上印着一块长方形的阴影，约有头号皮箱大，就在那块阴影中，酣卧一个小乞儿，那样子，初看极像一只狗，真实一个人"。可惜，只有"一条瘦狗走拢来，闻了闻他那比大众食堂的鸭子更瘦的屁股，然后无所留恋地夹着尾巴走开了"，于是乎，所有路过的人们，无论老少贫富，都同样熟视无睹地走过，只有旁观者的摄影家在质疑"他莫非也有梦么"——"慈母的眼睛？爸爸买回来的一块糖？一张吃不完的饼？掉在地上的钱票？从飞机上丢下来的小面包？会说话的猪头肉"？[②] 显然，战争残酷，人心冷漠，民众自顾不暇的状况，在城市中

---

① 李华飞：《从轰炸中成长》，《流火》第 9 期，1939 年 9 月 16 日。

② 司马訏：《都会之余荫》，《重庆客》，重庆出版社 1983 年版。

被无形放大，而在陪都重庆似乎臻于更甚。

正是这两种截然不同的陪都战时生活景象，在两相对峙之中构筑了同一个陪都气象的正负两极，从而扩充了重庆形象的包容度。

进入抗战后期，陪都气象的两极性逐渐在文本中得到较为完整的展示：《控诉》中凸显了“由于快乐的生活我成为一个母亲，由于悲哀的日子我成为一个教师”这一全过程：“当我们随着流亡的行列，离开了我们所依恋的快乐的幸福的地方，走向遥远不可知处，我们已经有了两个孩子。”随着流亡生活的艰辛变得漫长，夫妻之间最终陷入“无告的同声长叹”——“沉默，沉默，那难堪的沉默呀！”于是乎，在“一个更为沉默的日子，他默默地出走了”，“他给我留下的是两百块钱，和一个即将出世的孩子”！勇敢起来的她在“养育孩子以外，又终于做了小学教师”！所有这一切不过都是“我的生活”。只能在战时生活中学会顽强地生活下去，“虽然在年龄上，在学识上，我还都很年轻，可是，我已是三个孩子的母亲，同时又是几百个孩子的教师了”！[①]面对生活的个人“控诉”所显现出来的，正是陪都气象对战时生活中个人精神的正向引导。

随后，《狂欢之夜》中展现出“全世界都在大庆祝”中国抗战胜利的时刻，住在陪都重庆这“最庄严的城”中的诗人，却不得不半夜仓皇出逃：“他恐怖地转了身就跑，投入黑暗中。而八月十五日这一个晚上，可真是伟大的狂欢的夜晚。”可他反而觉得“一定什么大不幸降落到这个民族的头上了，全境一定都在混乱中。忽然一道探照灯从他身上扫视而过，那样强烈的光线，他闭上了眼睛，以为自己的心要从嘴里

① 高兰：《控诉》，《时与潮文艺》第4卷第1期，1944年9月15日。

跳出来了。探照灯正在交织着V字，他却认定这是为搜索逃亡者而探照的”。直到最后朋友们找到他，他都还是弄不明白——“是胜利的狂欢，还是大屠杀的混乱”？[①]就这样，“狂欢之夜”居然会成了“逃亡之夜”，也就不仅仅是个人神经过敏的小小闹剧，而更是灵魂饱受惊吓的国人悲剧，大喜与大悲之间，相隔不过一层纸，就看有没有捅破这层纸的生存勇气！由此可见陪都气象对于战时生活中个人心态的反向扭曲。

较之叙事散文，抒情散文在陪都重庆的发展出现了这样的新动向：尽管群情振奋的战时生活更能够激动起个人的情怀，不过，在散文抒情中已经开始注重个人的文本节制，无论是情感的个人澎湃，还是情绪的个人波动，都不是放任自流，而是通过散文的诗化来克制情感的文本奔涌与情绪的文本流淌。这一散文的诗化，在抗战前期主要是对于诗情抒发跳跃性的文本借用，使之有别于通常的抒情散文；而在抗战后期则主要对于诗情抒发意象性的文本仿拟，使之有别于通常的散文诗。

在《硕鼠篇》中，以“逝将去女/适彼乐土”起兴，从古老的《诗经·硕鼠》扩展为当下的“流浪的辛酸”中一波又一波的散文抒情：“到处烧着侵略者播下的烽火，狼烟弥漫着所有肥美的原野和村落”，“但是哪儿是乐土呢”；“走不了就干吧”，“我们是这肥美的中原地带的主人”，“于是这些朴实的灵魂开始跳动了”；“一个冬天在残杀和混乱中过去了”，“于是便像远古的民族驱赶着黄牛，带着孩子和老婆到处的流浪着”；“只要我们，我们一起干呀，家还是我们的”，“九月带来了丰美的收获”——“高阔的晴空，远山，村庄，小河，房舍，晚风，炊烟，家乡是我们的了”。这样，狼烟下的惶惑、绝望中的怒吼、屠刀下

① 徐迟：《狂欢之夜》，《徐迟散文选集》，上海文艺出版社1979年版。

的恐惧、团结中的振奋，成为对“乐土”进行抒情追寻的散文四部曲，而贯通其中的正是“岁月和艰苦把愉快带来了，胜利无异是属于我们的了”，①这样的抗战到底信念。

在《火烧的都门》中，以“不死的凤鸟”作喻，从现代的《凤凰涅槃》转向“你火烧的城哟，你应该有毁灭的大欢喜”中一章又一章的散文抒情——“啊，你火烧的城”“生命的刹那”“人性的尊严”“花袖章与巨人”“我的眼睛湿了”“尸身”“生前与死后”“灵魂颂”——日机大轰炸对于陪都重庆来说，不仅仅是城，更是人“在火焰中化为灰烬！又从灰烬中再生”的过程，不断地证明着生命的价值、展现着人性的尊严、显示出忠于职守者那巨人般的崇高、揭示出一心保命者那行尸走肉似的渺小，这样，“忠于职守”的个人“用他可怕的尸身来证实敌人的罪恶”，而“黄帝子孙要用弹片与火焰装饰他的灵魂”来证实敌人的“愚蠢”，所有这一切，都出于这样一个“信仰”……“中华民族决不会亡！”这样的信仰，②促成了在“我的眼睛湿了”状态下，来进行似断实连的散文抒情。

如果说抗战前期抒情散文对于诗情抒发跳跃性的文本借用，遏制了抒情的冗长与泛滥，那么，在抗战后期诗情抒发意象性的文本仿拟，则阻止了抒情的单一与浅薄。

《江之歌》在激情涌动中来书写重庆诗歌中较为常见的“嘉陵江”这一意象，回荡起嘉陵江上的纤夫之歌——“纤夫喏喏地打着号子”——“纤夫匍匐着，鼓着多毛的腿肚，纤夫挨近沙滩，一步步地爬了过去，爬过一片沙滩，又爬过一堵巉岩，低沉地叫出了负荷的沉重，缓缓地

---

① 尹雪曼：《硕鼠篇》，《抗战文艺》第5卷第6期，1940年2月20日。

② 无名氏：《火烧的都门》，真善美图书出版公司1947年版。

突出胸间的气力。喏，喏喏……声音高起来了，无数的声音组成了一个雄壮的合唱。江在唱着，江是要壮壮他们的气怀呢”。嘉陵江上的纤夫之歌正是“江之歌”那不可分离的一部分，追随着嘉陵江水奔腾的主旋律，于是，“江上响起了一片原始的音乐”！[①] 以此来表达对于“原始的力”的无限憧憬与敬仰，纤夫与嘉陵江水同在，更是人与江同在。

《银杏》在情真意切中对银杏这“中国的国树”进行了极力赞美：“并不是因为你是中国的特产，我才特别的喜欢，是因为你美，你真，你善”——春风吹拂，“你那折扇形的叶片是多么的青翠”；夏日暑热，“你也为多少的劳苦人撑出了清凉的华盖”；秋霜凛冽，“你的碧叶要翻成金黄”犹如“满园的蝴蝶”；冬雪飘飞，“你那槎丫的枝干挺撑在太空中”。显然，“你的名讳似乎就是‘超然’，你超在乎一切的草木之上，你超在乎一切之上，但你并不隐遁”。然而，“银杏，中国人是忘记了你呀”！因为“很少看到中国的诗人咏赞你的诗，也很少看到中国的画家描写你的画”。从根本上来看，也就在于银杏“你这中国人文的有生命的纪念塔”，被国人在有意无意之间忽视掉了——“陪都不是首善之区吗？但我就很少看见你的影子”。[②]这显然是在讽喻美真善的三位一体在战时生活中的缺位，甚至缺席。

《冬树》中出现了如此深情的倾诉：“当真冬天来了，湖畔的树大半是木叶尽落，在新月下，我看见更美丽的湖山。因为我寻得了更美丽的树。”之所以倾慕这“更美丽的树”，也就在于“木叶尽落”的冬天的树，它“没有虚饰的美乃是真正的美”，更在于它“每一根细枝全充满了那么矫健的生命力”，它是“如此飘逸，如此挺秀，虽然简朴，却如

① 一文：《江之歌》，《怀土集》，文化生活出版社 1943 年版。

② 郭沫若：《银杏》，《波》，群益出版社 1946 年版。

此傲岸"，"每一棵树都如此怡然自得，各自有它的最动人的美姿"。[①]美的向往，美的希冀，当充溢在去掉虚饰，展现生命力的矫健这样的生活姿态之中！由此方能显现出古老的诗歌意象对于抒情散文的影响之一斑。

现代诗歌意象的影响也出现在抒情散文中：正是《蜜蜂》中，那些勇敢无畏而要冲破"一切和谐、一切自然"的蜜蜂，爆发出了"可怕愤怒"，"用狂暴的速度在走廊间画着抛物线似的高高飞起又骤然坠下，它们的小身体时时撞击到栏杆上，地上，沾了一身尘土又重新飞起来，继续追逐，飞旋，追到了却用同样的速度又飞开去"，一心一意向"残害它们的敌人"进行"报复"，[②]这样，以牺牲的方式复仇正是源于对生命的无比珍惜。

生命的复仇需要付出生命的代价，同样，生命的奉献也需要得到生命的敬仰。所以，在《萤》中，那"成千上万的萤火虫"，"为人照亮了路边的深坑，也为人照出偃卧的毒蛇"，却是"一直愉快地飘着"，不断地"在黯黑的世界中穿行"。只有"当着太阳的光重复来到大地，他们就和天际的星星互相道着辛苦隐下去了，等待黯夜复来的时候再为人类现出它们微弱的光辉"。[③]由此推己及人，所有那些为冲破人间黑暗的无私奉献，势必将赢得无上的崇敬与荣光。

于是，在《希望的花环》中，时时刻刻"守候着太阳"的女神们，却看到"连月亮也没有，连星星也没有"！于是，她们不得不"自己来编织希望的花环"。可是，没有快乐的存在，没有幸福的存在，只有黑

① 马国亮：《冬树》，《春天，春天》，重庆良友复兴图书印刷公司 1945 年版。

② 刘北汜：《蜜蜂》，《抗战文艺》第 8 卷第 4 期，1943 年 5 月 15 日。

③ 靳以：《萤》，《沉默的果实》，正中书局 1945 年版。

暗中的痛苦存在着，只有“将她们的形体溶入黑暗”，坚持整整8年，“从黑暗中采撷痛苦，辛勤地编织着希望的花环”，正是为了迎接黎明的到来。在这抗战胜利的时刻，“我底祖国呵，我祝福你用痛苦换来的新生，并愿你在充满希望的黎明里永莫忘记长夜的痛苦”。[①]面对黑暗中的痛苦，迎来快乐而幸福的光明，无疑是需要付出生命代价的，这意味着生命的牺牲与奉献。

在抒情散文中，重庆形象也随处闪现：《星星楼》中对于“青春零星的割裂”进行沉重的反思：“如今，我坐在星星楼上了”，“我饮着黑色的咖啡；我学习着闲情和逸致”。然而，“星星楼，这里是富丽的宫殿，宫殿上的人是不需要明天的”，而“我还有明天”。[②]唯一的出路就是离开，不再停留在闲情逸致里！这才是真实的战时生活。同样，《嘉陵江的歌声》如同“葬歌”，唤起了无比的“悲哀”——纤夫们“唱着这样的歌，像是被鞭打，被压迫，被侮辱和损害了似的哭泣一般的，是哀诉还是呼嚎？是诅咒还是愤怒”？“于是，他们不但是个送葬的行列，还是个被埋葬者的行列，是走向坟墓的，是走向坟墓者的歌”；于是，纤夫们是悲哀的，“嘉陵江是悲哀的”。[③]其实，悲哀的歌声不过是悲哀人生的表象而已，消除这双重悲哀，只能是期待他们的觉醒，有待他们的自觉。

与此同时，《摆龙门阵——从昆明到重庆》中，显露出对重庆那些生活在“忙”和“挤”中的“兴奋的人们”那发自心底的喜欢。[④]所有

---

① 陈敬容：《希望的花环》，《陈敬容选集》，四川人民出版社1983年版。

② 林谷：《星星楼》，《时事新报·青光》1940年4月16日。

③ 高兰：《嘉陵江的歌声》，《文学月报》第1卷第5期，1940年5月15日。

④ 冰心：《摆龙门阵——从昆明到重庆》，《冰心选集》第2卷，四川人民出版社1984年版。

这些关于重庆形象的初步感受，在《重庆客》里，呈现为从“山之都”到“楼居生活”的诸多感受；[①]在《希望者——寄漓水边的友人们》里，表达了身在“陪都”对桂林朋友的无尽思念；[②]《我遥望着北方》里，要“在雾都的嘉陵江之滨”遥望故乡[③]。凡此种种，都引发出故园情之中的此景此情与此情此景。

特别值得注意的是，在《巴山夜雨》中，“雨不仅可看，而且可听”，不用说“听雨最好是在夜晚”，“在夜雨中，又以巴山夜雨为最出色”。虽然在城中居住颇得其趣，“然而好景不长”，“被日本的炸弹逐出”到乡下住进茅草屋，漏下的“雨水一样可以使我遭殃”，[④]消解了“巴山夜雨”的诗情画意。而在《月下渡江》中，“船开行了，江上吹来清凉的风，我面对丛林深处的彼岸，似有灯光从茅屋中漏出，但给清朗的月光掩没了”……可惜的是，这“在明月下泛一叶的孤舟”的古今惬意，被喧闹的市声“无情地粉碎”。[⑤]从巴山雨到江中月，都同样显现出从历史记忆到现实生活的两重天来。

尽管叙事散文与抒情散文占据了散文书写的半壁天地，但是，散文之中仍不乏散文小品、杂文的创作园地，只不过，相对散文小品创作数量而言，杂文数量就显得略多一些，在陪都重庆的散文创作中形成了两者共存的独特景观，因为毕竟是在全民抗战的战时氛围之中，直接针砭社会现实的杂文自然是大行其道。从杂文创作的整个情况来看，可以

---

① 司马訏：《重庆客》，重庆出版社 1983 年版。

② 缪崇群：《希望者——寄漓水边的友人们》，《文艺杂志》第 1 卷第 6 期，1942 年 10 月 5 日。

③ 王德龙：《我遥望着北方》，《文艺青年》第 3 卷第 3、4 期合刊，1942 年 4 月 1 日。

④ 味橄：《巴山夜雨》，《巴山随笔》，中华书局 1944 年版。

⑤ 王平陵：《月下渡江》，《副产品》，商务印书馆 1945 年版。

说，在针对社会现象进行的社会批评，与针对文化现象进行的文明批评之外，针对政治现象进行的政治批评显得格外突出。虽然在陪都重庆没有类似在桂林出版的《野草》那样的杂文刊物，但是，在各种刊物，尤其是报纸的副刊上，刊载了不少的杂文，《新华日报》上刊发的杂文堪称陪都重庆杂文的代表。

在抗战前期的《新华日报》上发表的杂文里，《解衣衣战士》中进行了这样的对比：抗日军人在受伤之后缺少棉衣棉被御寒，而在酒楼上大吃大喝的食客却穿着皮大衣，最后“希望这些在后方享乐的人们”，“本着解衣衣人的大义，为伤兵们解除些痛苦”，由此而进行社会批评。[①] 在《“养肥了再杀”》中通过养鸡的故事来揭示卫道者的官本位教义：肉食者们“不但要被吃者甘心贡献自己的血肉，作为‘报恩’的礼品，还要自写供状，认为‘死’是对自己的栽培，求之不得”，[②] 由此进行文明批评。在《真理不是掩得住的》（吉）、《屠刀与金子》（汉）、《恨煞秦桧》（宰）、《拜伦的告诫》（企）等杂文中，[③] 主要是对抗战中出现的压制言论、消极抗战、卖国求荣、迷信强权这些政治现象进行批评的，而何其芳在《论“土地之盐”》中，更是直接提出知识分子在抗战之中应该“是更容易走向革命一些的”，所以，“一个新的知识分子起码应该会正确地处理他的私人问题”，[④] 这就涉及知识分子如何政治改造的现实问题。

进入抗战后期，在《新华日报》上发表的杂文，各种批评继续进

① 纶：《解衣衣战士》，《新华日报》1940年1月17日。

② 吉光：《“养肥了再杀”》，《新华日报》1940年3月10日。

③ 分载《新华日报》1940年1月25日，1940年2月3日，1940年2月26日，1940年3月4日。

④ 何其芳：《论“土地之盐”》，《新华日报》1941年4月8日。

行，其中政治批评的火力更为猛烈。艾青在《先知——为追念普式庚而作》中，认为俄国诗人普式庚是“民主政治的渴求者”，因而“在这新的世界上，作为先知的诗人普式庚，从千百万人民中，领受了和它的伟大的创始人马克思、恩格斯、列宁，同样的永远的怀念，和至高的敬仰”。[①]林乃英在《两种迷信》中指出迷信以武力对付《新华日报》不能奏效之后，又求助于另外一种迷信：“说是如果还看新华日报，就要遭神谴，七孔流血而死云云。”[②]由此可见，越是临近抗战的胜利，政治民主如何得到保障，也就越发是成为一个必须面对并且予以解决的现实问题。

二、贴近战争的报告文学

抗战时期报告文学热的出现，不仅是因为陪都重庆的众多报刊与出版社为报告文学的社会接受提供了不可或缺的发表阵地，保障了报告文学在抗战中社会影响的经久不衰；而且更是因为陪都重庆的众多作者积极投入报告文学的书写之中，促成了报告文学在抗战到底中文学地位的不断上升，最终促使报告文学真正跨越了通讯报道的新闻门槛，而得以进入文学的世界，成为散文之中的新兴体裁，在与其他散文体裁的互动之中推进散文的战时发展的同时，对于散文之外的其他文学样式的发展也发生着不容忽视的直接影响，从而显现出抗战时期中国报告文学的书写特点来。

不可否认的是，报告文学这一边缘性的新兴散文体裁，一方面在战

① 艾青：《先知——为追念普式庚而作》，《新华日报》1942 年 4 月 24 日。

② 林乃英（林默涵）：《两种迷信》，《新华日报》1945 年 4 月 14 日。

时条件下，通过报告文学书写的文学化，完成了从新闻本位到文学本位的书写转型，成为基于文本文学性之上的散文体裁；另一方面在报告文学热兴起之中，促成了散文书写乃至文学书写的战时化，导致了文本书写中偏向纪实性的宣传需要而忽略了真实性的艺术追求。这就需要在不断提升报告文学的审美品质的同时，对宣传需要与艺术追求进行战时书写中的不断平衡。只有这样，方能使报告文学在战时书写姿态走向协调的过程中真正得到长足的发展。

应该看到的是，报告文学书写文学化的战时发生，是与作者和读者共有的激情抒发的个人需求紧密地联系在一起的——正是在“天下兴亡，匹夫有责”这一具有时代特征的民族激情性的驱动之下，使得平实稳重的新闻通讯报道转向热情洋溢的报告文学书写，因而报告文学成长为散文体裁之一的文学创作，在扩大其传播影响的同时，也就能够及时而形象地展现出战时生活的多种变化来。

在抗战之初，以长篇通讯形式出现的报告文学，主要是对战时生活的热点及焦点进行及时描写，因而抗日战场上战况的进展成为报告文学的主要描写对象，特别是抗战前期，通过主要战役的描写来尽可能展现抗日战争逐步扩大的实际进程，与此同时，后方对前方进行积极的支持也成为抗日战争全景中不可分离的一部分；进入抗战后期，国内战场与国际战场紧密地连接在一起，在反法西斯主义的正义之战中，迎来国家独立与民族解放的最后胜利。

这就难怪抗战全面爆发之初，报告文学的主要作者仍然是新闻记者。《芦沟桥畔》对战斗场面与战斗过程进行了概括性的报告，之所以这样，也就在于对于整个战况的了解主要是通过采访完成的。不过，对我军在抗击日军进攻之前准备的不足，倒是进行了较为全面的报告，并进行了对比："此次冲突，日方兴师动众，范围甚广，其后方为丰台、为天津、为沈阳、为高丽、为其本国，而迄今日止，我们之后方为宛平县之第六区，且此区区之一区亦非有组织有计划者。"[①]尽管这一报告，主要是新闻性而并非是文学性，但是仍然最新一定程度上揭示了在战争准备不足的情况，中国军队的忠勇精神与中国民众的牺牲精神，全力支持着卢沟桥畔抗战的继续进行，进而为全民抗战提供了精神导向。由此可见，报告文学在对战况进行纪实性描写的同时，也在发挥新闻评论的引导作用。

随着抗战烽火由中国北方燃烧到中国南方，继"七·七"事变在北方的卢沟桥爆发以后，"八·一三"事变在南方的上海爆发，中国军民英勇抗击日军进犯的全过程，随之出现了"上海一日"的书写浪潮，标志着报告文学的书写在全民参与之中将趋向文学化的发展道路。在所有相关的报告文学书写之中，由于众多作者描写的对象不同，因而是在具体书写中注重视角的转换，尤其注重战火中人的精神面貌的深入展示，从而也就初步显现出文学书写的基本特点来。

所以，在《台儿庄血战》之中，就开始了对整个战役进行纪实性描写，并且不再插入主观性的评论，通过血战到底迎来胜利的全过程展示，形象地证明了"以运动战为主，而以阵地战和游击战为辅的战术原则"的有效性——"我们第二期作战新战术思想新实验的大成功"。[②]这就表明即使是新闻记者，在进行报告文学的个人书写之中，也开始脱离新闻本位而转向文学本位，从一个侧面上显现出报告文学书写的文学化趋向的开始出现。

① 范长江：《芦沟桥畔》，《长江战地通讯专集》，重庆开明书店 1938 年版。

② 范长江：《台儿庄血战》，《长江战地通讯专集》，重庆开明书店 1938 年版。

这一切，在个人书写的报告文学系列作品《闸北打了起来》《从攻击到防御》《斜交遭遇战》中，得到了较为完整的展现——在《闸北打了起来》中，通过一个中国排长的亲自叙述，以“我”的视角来进行有关上海军民积极备战，直到最后与日军在“闸北打了起来”的纪实性描写，给人一种亲临战场的真实感。[①]而在《从攻击到防御》中，以第三人称来讲述“闸北之战”的全面展开到最后撤出，充分体现了在敌强我弱的状态下，“战略上采取的是消耗战，战术上采取的是决战防御”的抗战原则，再加上“我们底空军，常给敌人夜袭”的陆空一体化作战，[②]从而也就显现出中国抗日战争所具有的现代战争性质。在《斜交遭遇战》中出现了一位讲故事的军人，以具体的战例来解说什么是“斜交遭遇战”——在敌我双方在运动状态中，进行不期而遇的遭遇战，其关键是如何把握战机，[③]从而表明，“两军相逢勇者胜”的中国智慧正是“斜交遭遇战”的制胜根本。

从此以后，立足于文学本位的报告文学与立足于新闻本位的长篇通讯开始分道扬镳，即使是新闻记者也非常注重报告文学书写的文学性，中国的抗日战争从此进入了全面而立体的现代战争阶段。无论是在北方，还是在南方，无论是内地，还是在沿海，无论在陆地，还是在天空，任何地方只要有日寇出现，都是侵略者必须付出死亡代价的抗日战场。

《中国炸弹爆发在台北》的发表，无疑表明了中国人民抗战到底的坚强决心——“我们英勇粗大反攻的拳头，马上就伸过台湾海峡，在台

---

① S.M.：《闸北打了起来》，《七月》第3集第3、4期连载，1938年6月1日、6月16日。

② S.M.：《从攻击到防御》，《七月》第4集第2、3期连载，1939年8月、10月。

③ S.M.：《斜交遭遇战》，《七月》第5集第2期，1940年5月。

北敌人的空军根据地上重重的一擂"！在猛烈的轰炸声中，敌人机场被炸毁了，通讯被终断了，硝烟弥漫之中，"载在铁翼之上的天兵，又重临我失陷的故土，高高在上的'天日之徽'，给弱小民族以远大的希望，威猛灭亡的铁血火花，警告敌人以末日的来临"。[①]在显现出英勇杀敌的无比壮观的同时，展现出豪迈无敌的战士情怀，打动着每一个中国人的心。

这是因为，只要是一个中国人，哪怕是生活在沦陷区，也同样怀着一颗报国之心，时时刻刻坚守住中国人的尊严，时时刻刻牢记着侵略者的罪行。正是因为如此，所以在《从东北来》之中，可以看到的就是——"我们的土地失去了，但是我们人心不死"！在这样的誓言激励下，我们既顽强地反抗日寇的奴化教育，我们又顽强地战斗在冰天雪地，为了我们的土地，为了我们的生存，"我们都能够为了理想而努力"![②]在这里，那些曾经在沦陷区生活过的人们，无论是记者、作家，还是普通人，在同仇敌忾之中都开始了对于报告文学的书写，向所有的同胞揭露侵略者的卑鄙与残忍，以激发抗战到底的无比勇气与坚强意志。

所以，《血债》中以第一人称叙述了主人公的"我"，在"残暴敌人飞机屠刀之下"捡来一条命之后，亲眼目睹自己家人与乡亲一步一步掉进东洋鬼子的虎口，更看到了自己同学不甘凌辱不惜与东洋鬼子同归于尽，也听说了一时软弱做了汉奸的人们如何抗命东洋鬼子的故事……一笔又一笔的血债，使"我"奋起抗争，直到三天以后"才遇着我们中国的队伍"。这就无比沉痛而生动地显露了一个普普通通的中国人是怎样

① 丁布夫、黄震遐：《中国炸弹爆发在台北》，《光荣的纪事》，中国的空军出版社 1939 年版。

② 孙陵：《从东北来》，前线出版社 1940 年版。

走上抗日之路的。

不仅中国人难以逃脱日寇的屠刀，就是外国神父也照样避免不了日寇魔手，从而成为一个“伟大的死者”——“日本帝国主义者的魔手伸向一切阻挠他对中国侵略的人”，而这位外国神父仅仅是因为同情并祝福中国抗战，保护逃到教堂来的中国难民，就被残忍地杀害了，而无耻的日寇却出示了一张伪造的“神父自杀证”，来表白凶手们的无辜。[①]这就表明，披着羊皮的狼终究是狼，非正义的侵略战争必将遭到世界各国人民的一致反对，而中国人民的抗日战争是正义之战，必将得到世界各国人民的全力支持。

在中国的抗日战争中，前方的胜利与后方的大力支援是分不开的。特别是为了打破日军的封锁，争取国际援助，打通国际交通线在云南与缅甸的接壤处展开。后方人民为此做出了巨大的牺牲。在 1939 年 3 月发表的《血肉筑成的滇缅路》之中，提供了这样一组令人触目惊心的数字：“九百七十三公里的汽车路，三百七十座桥梁，一百四十万立方尺的石砌工程，近两千万立方尺的土方，不曾沾过一架机器的光，不曾动用巨款，只凭二千五百万民工的抢筑：铺土，铺石，也铺血肉。”[②]滇缅公路就是在短短的时间内由“千千万万筑路罗汉”用血肉筑成的，是现代的万里长城。在这“血肉筑成的滇缅路”上，难度最大的是桥梁的架设。仅仅从《一〇六号桥——滇缅公路是怎样筑成的》一文中，就可以看到正是民工们以生命的牺牲为代价才“筑成”了这“一〇六号桥”。[③]这样，“用我们的血肉筑成新的长城”的呐喊，在滇缅公路上成为如此

① 魏伯：《伟大的死者——敌人暴行之一》，《抗战文艺》第 3 卷第 2 期，1938 年 12 月 10 日。

② 萧乾：《血肉筑成的滇缅路》，《萧乾散文特写选》，人民文学出版社 1980 年版。

③ 木枫：《一〇六号桥》，《七月》第 5 集第 2 期，1940 年 3 月。

惊人又如此惨烈的现实。

当然，更多的生命将牺牲在前方的战场上，后方人民踊跃参军杀敌，构成一道又一道血肉筑成的“新的长城”。在《伟大的离别》中，呈现出欢送“壮丁入伍”盛大集会的一派热闹景象，前来送行的亲友和其他民众一样，“都觉得从军是当然的事了”。所以，他们的脸上“连半点离别惘然之色没有”，而壮丁们更是表示：“我们这回打火线去，一定要多杀几个日本鬼子，这才对得住大家，才不负大家的期望。”[①]这就表明，抗日必定是全民抗战，每一个中国人都心怀杀敌之心，壮丁入伍是自愿而非强拉，因而才会出现“伟大的离别”这样的动人场面，于是乎，只有在如此高涨的抗战觉悟与热情之中，才能迎来胜利的日子。

日本侵略者面对着如此坚强与顽强的中国军民，面对着如此勇敢与无畏的中国军民，不得不采取轰炸中国抗战中枢城市——陪都重庆的卑劣手段，企图瓦解中国军民的意志，企图打击中国军民的斗志。1939年5月初，日寇对陪都重庆进行了一系列空前惨烈的大轰炸。在日机的狂轰滥炸之中，面对这呼啸而来的漫天弹雨，在熊熊燃烧的的遍地火焰中，在隆隆不绝的满城爆炸声中，越发显现出中国人抗战到底的信心与决心。众多作者纷纷投入了报告文学的写作。写出了自己的怒火，写出了自己的坚信，写出了自己的悲痛、写出了自己的控诉……

首先是在轰炸的硝烟尚未散去的5月底出刊的《抗战文艺》上，就发表了大量的作品，集中爆发出作者们，尤其是女作者们那决不屈服、永不妥协、奋起抗争、坚持战斗的抗战意志。

白朗的《在轰炸中》这样写道：“经过了第一天敌机狂炸之后，新

① 蹇先艾：《伟大的离别》，《离散集》，今日文艺社1941年版。

都绮丽的面容已失去了整个的壮观，这里那里的显现出许多的疮疤与血迹”，“江上栉密的木板房，已在敌机的摧毁下粉碎了，余烬在挣扎着，被难同胞的尸骸到处露着，我不敢看，也不忍看；然而我终于看到了”。所有的人，无不“悲愤填了胸腔，胸腔快爆炸了”。[①] 在面对血腥与残忍而悲愤难消的同时，更有着沉默与喧闹之中的怒火在燃烧——安娥在《炸后》里展现了这样的劫后景象——“男人们挑着乱七八糟的东西，默默的喘着气从火里疾走出来，经过人们的脸前时，一股火热气烫人！女人们扶老携幼背着火向外逃！失散人家或是死了家人的哭哭啼啼，欲行又止”！面对如此景象，没有哪一个人能够不发出这样的诅咒：“如果有人说：用铁和火杀人不野蛮的话，那我简直就否认这个世界！”[②]

如果说白朗与安娥以大轰炸亲历者的第一人称写出了女作者特有的细腻与激情，那么，萧红在稍后写成的《放火者》之中，更是写出了女作者细腻中的洞悉入微与激情中的冷静沉着。

虽然仍然是保持了第一人称的个人书写，然而，不仅“我就看到了这大瓦砾场的近边，那高坎上仍旧站着被烤干了的小树，有谁能够认得出那是什么树，完全脱掉了叶子，并且变了颜色，好像是用赭色的石雕成的”；而且我也看到“大批的飞机在头上过了，那里三架三架地集着小堆，这些小堆在空中横排着，飞得不算顶高，一共四十几架。高射炮一串一串地发着，红色和黄色的火球像一条长绳似的扯在公园的上空”。面对着“放火者”的如此血腥与残暴，则是以自问自答的方式来作出即刻回应——“死了多少人？我不愿说出他的数目来，但我必须说

---

① 白朗：《在轰炸中》，《抗战文艺》第4卷第3、4期合刊，1939年5月25日。

② 安娥：《炸后》，《抗战文艺》第4卷第3、4期合刊，1939年5月25日。

出他的数目来”，因为“重庆在这一天，有多少人从此不会听见解除警报的声音了……”[①]这显然是将国仇家恨在个人的高度克制之中进行寓热于冷的压缩，锻炼成对“放火者”的“我控诉”！

较之女作者们的“我控诉”，男作者们则在大声呐喊之中号召“以亲爱团结答复敌人的狂炸”。

这首先是因为，“整千的良善人民死亡在敌人的炸弹机枪轰击下了，难以统计的财产毁灭在敌人所投放的罪恶火焰中了”。所以，“我满心海样深的仇恨，我满心海涛样的汹涌的感情”，在表达出男作者粗犷与真挚的同时，更显现出深沉的愤怒——“逼之以死地，仍以死相威胁，这是枉然的！因为新‘五四’的血海深仇，连和平的月亮也愤恨红了脸庞”。于是，“三天以后，重庆市的所有罪恶火焰完全消灭了，秩序恢复，而且比以前更刚强勇武地屹立在扬子嘉陵两江中间，它已成为可以击碎敌机再度滥炸的抗战大堡垒！”[②]

这其次是因为，“给血染过了的五月三日，天空像烧过了似的。这一天的惨剧，加深了一层中日民族的仇恨”！所以，“每个人的眼前，放着一串悲痛的事，父亲想着儿子，母亲想着女儿，儿女想着父母，哥哥想着弟弟，妹妹也想着姊姊。他们死得太惨了！他们怎样死的？我相信三岁的孩子，忘记不了鲜红的血，毁灭的火”！[③]仇恨在不断地加深，而怒火也在不断地燃烧。“连续的轰炸又开始了，今天是第十五次”……“这是第十八次的市区轰炸”……“也许觉得我写得太多了吧，但是不，

① 萧红：《放火者》，《文摘·战时旬刊》第51、52、53期合刊，1939年7月11日。

② 梅林：《以亲爱团结答复敌人的狂炸——新‘五四’血债三日记》，《抗战文艺》第4卷第3、4期合刊，1939年5月25日。

③ 秋江：《血染的两天》，《七月》第3集第4卷，1939年7月。

我只写了一点点，只是在全部血债中的细微的一滴。”所有这一切，将都是为了证实：“敌人想用炸弹来毁灭这个都市，但是它，却永远地屹立在这里！无论你十八次十九次乃至一百次都是一样的。”[①]

由此可见，男作者们在展现出更为广阔一些的个人眼界的同时，男作者们的情感宣泄也就会表现得更加理智一些，可是，他们与她们一样，依然是以亲历者的“我”的视角，刻意展示出中国军民在重庆大轰炸之中的种种动人情景，尤其是日益高涨着从顽强与团结到坚韧与不屈这样的民族精神。

然而，千万不要忘记的是，“在南洋，美洲、欧洲甚至非洲，‘唐人’永远怀念祖国，在纷纷出钱为祖国买飞机打击敌之外，还不断的培植他们的子弟，回国保卫领空抗战”。涌现了众多血洒长空的牛仔式的英雄，“从八一三开战时起即在祖国天空作战”，尤其是“南京、武汉、一直到重庆，扬子江畔有空战发生”，都时时闪现着这些空中牛仔浴血奋战的身影，在奋不顾身之中为保卫祖国人民献出了年轻的生命。尤其是在重庆大轰炸之中，他们展开了绝地反击，“牛仔永不归来了，扬子江承受了嘉陵江呜咽的流水，南山青松上浮腾白云，可是我们空军中最好的一位分队长永不归来了”。[②]请记住，记住所有这些为祖国捐躯“永不归来”的华侨飞行员，他们的英灵将长存在祖国人民的心里。

支持中国人民抗战到底的，不仅有来自海外的“唐人”，也有来自世界各国的友人。在 1941 年 12 月 8 日那一天，随着日军偷袭珍珠港，太平洋战争的爆发促成了世界反法西斯同盟国的出现，中国成为反法西斯战争的远东战区，中国的抗日战争也随之进入抗战后期。这一巨大的

---

① 罗荪：《轰炸书简》，《自由中国》新 1 卷第 1 期，1940 年 11 月。

② 林有：《保卫祖国领空的华侨飞航员》，《大公报》1940 年 4 月 17—27 日连载。

历史转机，集中体现在消灭法西斯的战场上。于是，从国内战场到国际战场，相继发动了一系列战役，展现出前所未有的战争场面。从此以后，对于报告文学的个人书写来说，也就意味着拥有了更为广阔的视野与更为多样的视角。

在《战长沙》中，通过中国武官陪伴同盟国的武官和记者到长沙进行战场考察，来自美国的武官称赞长沙大捷“是同盟军成立后在太平洋方面的第一次大胜利，这一点，我们都是知道的，这是一次非常大的胜利”。对此，长沙的司令长官作出了这样的呼应：“我们中国兵是能打胜仗的，我们不单在国内，我们还能在国外作战。假如我们再经过严格的训练，尤其是有精良的武器，我们到国外去一定帮助你们打胜仗。”在正义之战中，不仅需要相互支持，更需要的是相互理解，“中国打了四年半的仗，现在才被别人知道了，现在我们中国人可以挺起胸脯来说话了”，进而喊出了中国军人的钢铁誓言：“我们要打下去——打下去，困难地打下去，给全世界看！”[①]

中国军人的誓言很快就变成了行动。随着印缅战场的开辟，中国军队跨越国境，发动一次又一次的对日作战。报告文学的书写也更加趋向文学化，由彼此间的战地对话扩展到对战场氛围，尤其个人心理的深入描写。《雨的世界》中喧嚣着印缅战场上那倾盆大雨——“天空中每天总是铺着雨云，只要林中风一响，云林的相接处便涌起漫天的烟雾，眼看着它们一步步的逼上来，雨的脚步声愈走愈近”，随后“地上集起齐腰的泥水，遇有洼地更深，我们的士兵和马匹常常陷死在泥里”，使这“雨的世界”更加险恶。“但是我们火线上的战士便以这副肉身子在泥水

① 徐盈：《战长沙》，《文艺阵地》第6卷第6期，1942年7月10日。

中匍匐冲杀”，[①] 夺得了一个又一个胜利。

在与美军协同作战之中，随着几声枪响，“好像谁在我们后面放爆竹，我已经被推倒在地上了”；“我爬到一撮芦苇下面，裤子上的血突涌出来”；“一点也不痛，但是觉得伤口有一道灼热”。随后“美籍军医替我上药，眼睛笑眯眯的”，而“缅甸小姐替我注射预防针，也是笑眯眯的”。就这样，“我匆匆而来我匆匆而去，一切如在梦中”。[②] 这就在写出印缅战场上一个负伤的中国军人那心中的朦胧感觉的同时，又从一个侧面展现出同盟国军人之间那份无所不在的友情，从而显露出战地上的另一种独特风采。

从国内到国外，中国军队的浴血奋战表明了正义之战的胜利来之不易，因而也就自然而然地成为抗战后期报告文学书写的热点。与此同时，应该看到的是，抗战后期的报告文学书写已经能够全力描写战争中的人，尤其是个人的心路历程，加快了报告文学的文学化。在所有这些关于战争与人的文学报告之中，不仅仅写出了中国人的战时心态，而且将个人书写的视线扩展到敌对阵营中的人们，尤其是那些日本战俘，去写出他们是否有可能在逐渐觉醒之中开始人性的复苏。这一类作品逐渐成为抗战前期到抗战后期报告文学书写中颇为引人关注的一个文学焦点。

在 1940 年发表的《听日本人自己的声音》一文中，以侧写的方式引用日军指挥官的训话，表现出侵略者深陷持久战争泥潭的窘态——“长期的事变使士兵都意气消沉，不守军纪，同时更发生许多幻想”——“使部队内部发生许多的不安现象”。军心不稳根源就在非正义的侵略

① 吕德润：《雨的世界》，《中缅公路是怎样打通的？》，重庆大公报馆 1945 年版。

② 黄仁宇：《密芝那像个罐头》，《大公报》1943 年 6 月 12—17 日连载。

战争，这一点首先得到了日军士兵书信中的印证："昼夜不分地响着不断的枪声，日夜都在袭击中，弄得我们的身体都疲劳得像棉一样，眼睛深深地陷下去了"，尤其是"粮食断绝了，只得吃些山芋和萝卜，甚至捡中国人民丢下的小米吃，真苦极了"；这一点也得到了来自日本国内家信中的印证："随着战争的延长，国内的物价日益腾贵，市面非常萧条！"在无法度日之中发出这样的期盼与思念："假如你能寄十块来，我们母子也不至于分离了"，"假如我有翅膀，一定飞到你那里"。[①]

显然，这些所披露出来的"日本人自己的声音"，基本上是来自抗战前期缴获的日军信件，随着抗战后期日军俘虏的激增，终于能够正面写出《日本俘虏访问记》这样的作品来。

从重庆到西安，在走进"日本俘虏集中营"之前，作为访问者，"我并不希望所有的俘虏列队站出来，我只想看看今天上午他们如何过日子——和平日一样"，从而立足于平等待人的立场，以平视的眼光来审视这些日本俘虏。尽管"据说俘虏们有'改变'了的和'未改变'的两种"，不过，实际上集中营里的"俘虏分成两部分，军官们与忠实的武士代表，和普通的士兵们，他们彼此之间好像没有什么关系"，因而"不得不将这两类俘虏分开来住"。通过面对面的访问，普通士兵除了想家之外，对于这场侵略战争感到"莫名其妙而且想不透"。然而，军官们，特别是"日本飞行员不仅是坦白，而且极想说话"，显得"'士气'仍旧很高，他们残忍，聪明，狂热而不悔过"，甚至认为"全世界的人都死光了的时候，那么才会有世界的和平"。由此可见，日本俘虏中无论是士兵，还是军官，哪怕是那些在集中营里生活了多年的俘虏，基本

① 以群：《听日本人自己的告白》，《生长在战斗中》，中国文化服务社 1940 年版。

上处于“未改变”的状态之中，这主要是因为“中国对俘虏的待遇已实行了西方各国的人道主义的传统”。[①]

不过。在《人性的恢复》中，发现了陪都重庆郊区的“一个地主的古老的住宅”，如今已经成为日本俘虏收容所。“但为尽量把解除了武装的诸君当成‘人’来看待，我们却另外取了个名字叫‘博爱村’”，“于是‘村员自治会’组织起来了。即俘虏自身的生活，由其自身来约束，来实践，来管理，所方仅居于监督和指导的地位”，而博爱村的干事长则是由日军俘虏中的军官担任。在这样的博爱气氛之中，通过“我”这个所方人员，与“步、骑、炮、工、辎，各类兵种的俘虏”的交谈，得知他们“都是在无可奈何才来作战，而也无一不抱着厌战的情绪”。不过，他们对某些派来的所谓日本“觉悟者”比较反感，认为“他反而不比一个有理解的中国人更理解我们”。正是与“我”这样的“有理解的中国人”朝夕相处，生活在“博爱村”中的村员们逐渐觉醒过来。他们通过公开演出自编自演的《中国魂》一剧，在“博爱村”周围的中国老百姓面前，公开承认日本侵略者的暴行，同时肯定了中国人民反抗侵略的正义性，由此开始了发自内心的反省。[②]只有这样，以陪都重庆“博爱村”的村员们为代表的日军俘虏，通过持久的觉醒，才有可能真正走上“人性的恢复”之路。

---

① 林语堂：《日本俘虏访问记》，《亚美杂志》1944年11月号。

② 沈起予：《人性的恢复》：《文艺阵地》第6卷第2、3、4期连载，1941年2月10日、6月10日，1942年4月10日。

三、亲历人世的散文小品

正是报告文学的战时书写，开拓着越来越广阔的题材领域，展开着越来越深入的人性挖掘，进行着越来越生动的如实表述，促成战时生活全面呈现于社会大众之前，在事实上也就为报告文学的文学化趋向予以了文本的确认，尤其是众多作家涌入报告文学的书写行列，无疑加快了报告文学完成文学化的战时进程。与此同时，报告文学紧密关注战时生活的现实发展，也对作家个人的文学书写产生极大的影响，所谓文学书写的战时化，即使是对与现实生活保持最大审美间距的游记书写来说，也难以脱离这一影响。

随着全国各地的作家纷纷来到重庆，在国难之中辗转于战时旅途的作家们，不仅个人眼界越来越开阔，而且个人体验越来越丰富，个人的所见所闻与所感所思，无疑成为进行散文叙事的创作源泉，因而也就不约而同地采用了游记这一叙事散文体裁来进行个人写作。这就需要作家对战时生活保持一种开放包容的眼光，去更多地发现以陪都重庆为中心的大后方那山山水水，那男男女女，那风物风情，进而在一种较为从容的写作姿态中来予以一一展现。自然而然地，从抗战前期到抗战后期，游记书写也同样进入不断调整个人书写姿态，推进游记书写审美水准不断提升这一现实过程。

抗战之初，刚刚到重庆不久的宋之的，就在《重庆到成都》一文中，传达出浮光掠影似的个人所见："重庆看不见天，天被雾遮着。"自然也会看到重庆的人："一个老重庆这样告诉我：'要是重庆人不爬山，一定会早夭十年！'这话，我是相信的。"不过，重庆人的好动是静中有动，既有坐茶馆的悠闲，更有跑警报的匆忙，毕竟这是生活在日机常常要轰炸的战时首都重庆。当然，重庆的街景也自然延伸进来："重庆街上，甜食店特别的多，特别特别的多"，"'这不是偶然的现象'，老重庆说，'这是——为了瘾君子的需要'"。在看一看与听一听之中，较之这样的重庆和重庆人，同时还发现了那些忙于"救国"的重庆人，只不过这些人之中，"女孩子是要比男孩子热情些"——"这是重庆的一个特殊现象，在街头讲演，以及各种集会上，女孩子确实是较为热烈一些"。

带着这样的印象离开重庆到了成都，也就发现临近成都——"穷孩子也和重庆一样特别多，不仅孩子，也有老人，青年男子跟老太婆，这些人大抵都难得在哀求里得到好处的，那唯一生存的法子就是抢"！在路边饭铺吃饭，一不留神就会被这些人一把抢光，再一哄而散。不过，进城后倒是看到"成都马路很整洁，人也似乎很闲散，喝茶，在这地方乃是第一要事。大街小巷，三步一'馆'五步一'楼'，不论馆楼，且必满堂"。至于宣传抗战的人，听说"也有宣传团下乡，但却常受阻碍，地方当局喜欢把他们作汉奸办，加以驱逐"。显然此时的成都与重庆相差无几，或许最大的差别就是——日机轰炸时重庆人要临时跑警报，而"成都的阔人都早做安排，躲到乡下去也不算过分了"。①

在这里，可以看到此时的游记即使是在发现重庆与成都这两个城市的过程中，还是比较注意将这一发现与抗战联系起来。当然，这并不是说，游记也必须与抗战有关。茅盾在《新疆风土杂忆》中，一开始，就对新疆的"坎儿井"进行历史考察，其后又进行"新疆是一块高原"的

① 宋之的：《重庆到成都》，《宋之的散文选》，江苏人民出版社 1983 年版。

地质考察。由此着眼于新疆的维吾尔人的舞蹈与语言，着手进行“风土”考察：从气候到水果，从城隍庙到各省会馆，从佛教、道教到伊斯兰教，从商务到旅游，从雪莲、雪蛆到马奶、麻烟，从农牧兼营的“新疆十四民族”到各个民族豢养的种类不同的狗。凡此种种，分别数来，其中不乏较有意味者，尽管更多的是跑马观花似的印象速写。

不过，在对城市的扫视之中，看到“迪化是省会，饮食娱乐之事，自然是五花八门的了”，具体如何依然是凡此种种的印象速写，同时也顺便谈到抗战对饮食娱乐的影响——如“各种海味因抗战后来源断绝”，而“国产片仅以抗战前的老片子偶有到者”。其中较为精彩的发现有二：一是“迪化人家，几乎家家养狗”，因而在从南郊到城中的一段路上，“群狗竟分段而‘治’。倘有他段之狗走过其地盘，必群起而吠逐之，直至其垂尾逃出‘界线’而后已”；二是“一般民众尚重男女有别之封建的礼仪”，然而“汉族小市民之妇女，实已相当‘解放’”，除了“妇女上茶馆，交男友，视为故常”之外，离婚也相当自由，“《新疆日报》所登离婚启示，日有数则，法院判离婚案亦宽”。[①]由此可见“风土杂忆”之中的城市漫游，倒也不乏较为精细的留意之处。

从这些写于抗战前期的游记来看，印象式的速写断片居多，不是偶然的，毕竟只是匆匆忙忙地路过，难得深入地进行体味。随着进入抗战后期，作家对所到之地，不再是路过时的随意一瞥，而是观赏中的刻意一游，因而游记的文本特点显得格外鲜明：以游玩的路线为线索，对所见所闻如数家珍地娓娓道来，并且伴以旅游途中的所感所思。

老舍在《青蓉略记》一文中，首先记叙了从重庆出发到成都，前

① 茅盾：《新疆风土杂忆》，《茅盾散文速写集（下）》，人民文学出版社 1980 年版。

往灌县青城山一游的全过程。由于在灌县暂住了10天之久，得以仔细审视城中出现的新气象，上千的男女学生在此“举行夏令营”，尤其是“女学生也练习骑马，结队穿过街市”。随后较为详尽地介绍了都江堰的水利工程，特别是对“古来治水的格言”更是“细细玩味”。而后就发现“竹索桥最有趣”，立即上去独自行走，故而感受到“我们的祖先确有不敢趋附而苦心焦虑的去克服困难的精神”。此后才前往青城山，得出一个“游山玩水的诀窍：‘风景好的地方，虽无古迹，也值得来，风景不好的地方，纵有古迹，大可以不去’”。

所以，在略写去天师洞与上清宫游玩的同时，大写“青城天下幽”之“青”——“这个笼罩全山的青色是竹叶，楠叶的嫩绿，是一种要滴落的，有些光泽的，要浮动的淡绿。这个青色使人心中轻快，可是不敢高声呼唤，仿佛怕把那似滴未滴，欲动未动的青翠惊坏了似的。这个青色是使人吸到心中去的，而不是只看一眼，夸赞一声便完事的。当这个青色在你周围，你便觉出一种恬静，一种说不出，也无须说出的舒适”。再加上，青城山之幽不会“使人生畏”，而是“令人能体会到‘悠然见南山’的那个‘悠然’”。这样，关于青城山的“青”与“幽”，已经化为颇有孤芳自赏之意的“淡绿”与“悠然”。仅此可谓已经达到游记写作的当时新境界。

在青城山流连了十几天以后，再回到蓉城成都，也住了半个多月，总算完成“青蓉”之旅。文中只是简单地交代了在蓉城与成都文协分会会员的聚会，看川戏、竹琴、洋琴，逛旧书摊儿的经过。全篇布局详略得当，尤其是结尾处别有一番意味：“因下雨，过至中秋前一日才动身返渝。中秋日下午五时到陈家桥，天还阴着。夜间没有月光，马马虎虎的也就忘了过节。这样也好，省得看月思乡，又是一番难过！”[①]这就为整个游记提供了与抗战有关的个人想象的现实空间，使整个文本蕴涵丰润起来。

仅就抗战前期的游记书写与抗战后期的游记书写而言，两相对照之中，就可以看到，游记书写的战时化色彩在不断地减褪，向着游记的文学本真进行着个人书写的文本复归。更为重要的是，这一游记书写中的个人姿态所展现出来的，正是文学书写战时化的衰颓之势，因而与报告文学文学化的兴盛之态，保持着共时性的相反相成。

这一文本复归的影响，在“国难旅行”这类游记中立即显现出来。即使是诗人李金发，到了抗战后期，也放弃了早年那晦涩朦胧的诗意表达，转而力求在当下进行明快晓畅的如实描写，在“国难旅行”之时，写出了由陪都重庆出发，前往长沙这一主战场的沿途所见所闻。在与战时生活直接相关的那些游记之中，李金发的《国难旅行——重庆、巫峡、三斗坪、洞庭湖、长沙》，显然是具有一定代表性的，使人感受到“我们抗战了五年多，居然能在敌人火线不远的地方，建立交通孔道，这就是我们民族的伟大处”。

这是一次从陪都重庆到战区为完成“派出的公事”而进行的报国之旅：从重庆朝天门上船后沿江而下，为避免日机轰炸，轮船采取“昼伏夜出的政策”，每每到白天“我们又到街上去大嚼，看新嫁娘，游山涧，几忘人间何事”。直到有一天等到刚刚黑下来，“此船过巫峡。从床上惊起，想细看这个名胜，可是月色朦胧，波涛汹涌，只觉两岸狭窄险要，不能看到全景”。到凌晨三时半，由于连日轰炸，轮船无法前行，

① 老舍：《青蓉略记》，《大公报》1942 年 10 月 10 日。

只好高价租下木船到三斗坪，“冒着夜寒到江边，下弦月无限凄凉，这个旅程，就是象征人之一生”。然后从三斗坪七天步行到“洞庭湖口之津市”，“沿途贫瘠不堪，过着原始时代的生活，几乎没有文化的影子，也不见一所学校”。

最后从津市乘船到长沙，途中“亲历湘北大战的胜地”，遥望“湖中沙鸟成千上万，上下飞逐，若吾人能弃绝名利之念，在此与樵夫牧子终老，亦是幸事”。大发感慨之余，随同“大家下船步行沙岸上，心旷神怡，拾得奇形蚌壳二只，以作纪念，又拾得鸿雁的大羽毛数根，预备做笔”。至此，游兴已尽，“平淡的旅程，也不打算再记了”。[①] 由此可见，艰难困苦的战时生活，仍然有着生意盎然，乃至物我两忘的一面，而如何享受与感受这一面，无疑需要保持的一份内在的乐观，故而方有此“国难旅行”。

尤为可贵的是，当战时生活在持久抗战中越来越显现出日常生活中更深的那一面，散文中的小品书写也随之涌现，来表达出基于个人生活的种种独特感受。当然，这同样也经历了由表及里而不断深入的小品书写中的个人选择。

《不朽的心和力》中讲述着希腊神话中那些“有不死的心”的巨人们，之所以能从绝望处抗拒着神，首先就在于“人，应该有人的生活”，正如“神，应该有神的生活”；其次就更在于“希望正从绝望产生；绝望愈残酷，希望愈强大”。人的生活与希望不应该被神剥夺——因为“他底心，是从自己底能力复活的！他底心，是从真理和正义的力量再生的”。正是这样的“自信”支撑着巨人们，从“不死”走向“不

---

① 李金发：《国难旅行——重庆、巫峡、三斗坪、洞庭湖、长沙》，《文艺先锋》第 2 卷第 3 期，1943 年 3 月 20 日。

朽”。所以，面对着命运的重压，人却能坚持不懈地抗争，显示出真正的人，也就是巨人那“不朽心和力”——“我不相信所给的命运；我还相信所有的力量”，更何况“我有对于人类的大爱。我愿意为这世界受难，吃苦”。[①]从巨人抗争的神话到国人战斗的现实，都同样需要那“不朽的心和力”。

在《钟》中还述说着“我也曾有过这样悠闲的日子”——“梦里，钟声走着遥远的路”，而那“击碎沉寂的一声声断续的钟声”，“相同于孩子听惯妈妈的催眠曲”。多么美好的梦境，多么美妙的钟声，却偏偏要被残酷无情的侵略战争统统击碎——“现在，当敌机侵入我们警戒线，那些钟发出嘹亮的声音”，“仿佛山洪奔流在空谷和松涛共鸣的巨响”，所以“那不是祈祷，那是个已付给祖国以牺牲的允诺，永恒的为祖国争取胜利和自由”。于是，“往昔悬挂在庙宇的就是现在听它发出警报的钟呵！我倾心于今天的钟声”！从此，在钟的震响中传来充满活力与坚信的心声——“一切镇压在‘历史’磐石之下的事物，迎着时代站起来，发挥它所有的力量！”[②]只有震撼灵魂的钟声，才能唤起全民族的抗战意志，最终抵达“胜利和自由”的彼岸。

如果说这些写于抗战前期的小品，无论是神话中的巨人还是现实中的钟声，都或明或暗地展现了与抗战到底这一全民信念之间的精神联系，那么，进入抗战后期，小品对战时环境中日常生活的种种不足和遗憾，予以了更多的个人关注。

《结婚典礼》中不无调侃地指出“结婚这桩事，只要是成年男女两厢情愿就成，并不需要而且不可以有第三者的参加”。可是，偏偏民

---

① S.M.：《不朽的心和力》，《现代文艺》第4卷第4期，1942年1月25日。

② 程铮：《钟》，《文艺青年》第2卷第1期，1941年8月。

法规定“要有公开仪式，再加上社会的陋俗（大部分近似‘野蛮的遗留’），以及爰受西洋罪者之参酌西法，遂形成了近年来通行于中上阶层之所谓结婚典礼，又名‘文明结婚’，犹戏中之有‘文明新戏’”。顺理成章的就是，“假如人生本来像戏，结婚典礼便是‘戏中戏’，越隆重越像”。较之“文明结婚”这“隆重”的婚礼，传统婚礼无疑是“潦草”的——“单凭父母之命，媒妁之言”，“请亲戚朋友街坊四邻来胡吃海喝”……当然，举行婚礼是从古至今的重要，不过，传统婚礼的“潦草”固然难保婚姻的幸福与否，同样，“文明结婚”之“典礼的隆重并不发生任何担保的价值”。有鉴于此，“我们能否有一种简便的节俭的合理的愉快的结婚仪式呢？这件事需要未结婚者来细想一下，已婚者就不必费心了”。[①]显然，当事人选择什么样的婚礼，不仅应是当时所思之事，而且也应是当下所思之事。

《做客》中颇为认真地认为“做客就是到人家去应酬——结婚，开丧，或是讲交情，都有的吃，而且吃得很多很美”。更为重要的是，做客“不需要什么客气，一客气反叫主人家不高兴，回头怪客人不给他面子了。有好多次我都不认识主人是谁，便吃了他很多东西”。这样一来就是“我想”——做客“还莫若叫做‘吃客’才妥当些”。当“吃”成为应酬的唯一目标，“我每逢做一次客，我就轻蔑一次自己的薄情，以致我也怜悯那些做主人的，为什么要这样奢侈，虚伪而浪费”！所有这一切的“吃”，无非是证明“虚荣和旧礼教，往往是一种糖衣的苦丸”而已。因此，“所谓饱经世故的‘饱’字，已是使我呕心的了”！[②]从来如此——从古至今的应酬没完，从古至今的吃个不停——便对么？

---

① 子佳（梁实秋）:《结婚典礼》,《星期评论》第 41 期，1942 年 2 月 14 日。

② 缪崇群:《做客》,《石屏随笔》，文化生活出版社 1942 年版。

无论是结婚，还是做客，似乎都是人人都要经历的一些事儿。可是，从本土传统到西洋规矩，在中西合璧土洋掺杂之中，对于日常生活所有那些事儿的缠绕，不仅在战时环境中一如既往地进行着，而且在和平年代里依然风光地进行着，真是值得发人深省。当然，这并不意味着在战时环境中，就一定会失落了个人日常生活所固有的那些小情趣与大情怀。

《辣椒》中先是考证一番辣椒——“辣椒作为食品，不知起于何时。只听说孔子不撤姜食，却不曾说他吃辣椒”；可“恰巧屈原又是湖南人，若说他吃辣椒，是可以说得通的”。不过，“依考据家的说法”，从《诗经》到《离骚》，只见花椒的记载，而辣椒则是在诸多典籍中均不见踪影，再加上“辣椒又名番椒，也许是来自西番”，于是便有了“辣椒西来说”。同时，“辣椒的功用，据说是去湿气，助消化，除胃病”，尤其是“辣椒之动人，在激，不在诱。而且它激得凶，一进口就像刺入你的舌头”，“已经具有‘刚者’之强”。接下来就发现爱吃辣椒的“西南各省支持抗战，不屈服，不妥协，自然更是受了辣椒的刚者之强的感召了”。所以，应该把辣椒“郑重地介绍给西洋人”，因为，“至少得让西洋人知道中国人会吃好东西”！[①] 于是乎，对据说是利国利民的辣椒，在娓娓道来之中，还不忘时时幽上一默，足见出个人情趣当无微无不至。

《戒茶》里一开始就下笔写道——“我既已戒了烟酒而半死不活，因思莫若多加几戒，爽性快快的死了倒也干脆”。那“再戒什么呢？戒荤吗？根本用不着戒，与鱼不见面者已整整二年，而猪羊肉近来也颇疏

① 王了一：《辣椒》，《龙虫并雕斋琐语》，中国社会科学出版社 1982 年版。

远，还敢说戒”？思来想去，“必不得已，只好戒茶”，那怕是烟酒有着男性的“粗莽、热烈”，好戒！“莫若茶之温柔，雅洁”而有如女性，难戒！尽管如此，也只能在戒掉烟酒之后，不得不说说戒茶——“我是地道中国人”，“有一杯好茶，我便能万物静观皆自得”，故而“我不知道戒了茶还怎么活着，和干吗活着”。看看茶价，“恐怕呀，茶也得戒”！而世事无常，“想想看，茶也须戒”！[①]虽然透露出战时生活中几分个人的窘迫与无奈，更可以看出几丝个人的豁达和不羁，自嘲中不乏自得，自贬中不无自傲，足见出个人情怀当无为无不为。

① 老舍：《戒茶》，《新民报·晚刊》1944年12月7日。

第五章

陪都话剧的全民动员

一、上下求索的话剧

在中国文学的战时发展中，陪都重庆话剧的创作影响远远超过其他文学样式。而造成这一文学发展奇观的主要原因，首先应该从社会传播的角度来看，话剧通过舞台演出的二度创作，扩张了话剧影响的传播速度与范围，从读者到观众的受众数量，无疑会形成倍增效应，实现了话剧传播的社会化；其次从接受美学的角度来看，话剧通过舞台演出的二度创作，降低了文本传播的审美门槛与接受成本，从剧本到演出的受众消费，自然会激发话剧创作需求，催生了话剧接受的大众化。因此，这就促使话剧这一从国外移植的戏剧形式，在社会化的艺术传播与大众化的审美接受之中，通过彼此之间的现实互动，最终走向了话剧的中国化。

所以，抗战伊始，从陪都重庆开始，话剧就逐渐成为国人最为喜爱的戏剧形式。在这样的意义上，可以说，在整个抗战时期，从中国戏剧到中国文学的现代发展之中，陪都重庆的话剧创作显然是占据着举足轻重的领军地位，并且在全国起到了表率作用。

当然，无论是陪都重庆话剧创作的领军地位，还是陪都重庆话剧创作的领先作用，都是与国民政府在整个抗战区实施战时体制分不开的，这就直接导致了陪都重庆的话剧创作充分体现出陪都重庆文学审美导向之间的基本互动——从抗战前期以纪实的正面性宣传动员为主，转向了抗战后期以真实的史诗性艺术创造为主，进而具体化为抗战宣传与话剧创作之间的对峙互动，现实剧与历史剧之间的对持互动。于是，陪都重庆的话剧创作就在这多重对峙互动的合力推进之中，达到了中国文学运动战时发展的顶点。

抗日战争的全面爆发，直接促成了重庆话剧的迅猛发展，无论是话剧的舞台演出还是话剧的剧本创作，都出现了从业余转向专业的战时大转型。1937 年 9 月 15 日，怒吼剧社在重庆成立，在 50 多个成员中，既有来自重庆本地各行各业的青年话剧爱好者，又有来自北平、天津、上海等地的话剧界专业人士。从 10 月 1 日到 3 日，怒吼剧社在当时重庆最大的影剧院国泰大戏院连续公演三幕话剧《保卫卢沟桥》，取得极大的成功。

这不仅是话剧第一次在重庆进行大规模的公演，同时也是话剧第一次在重庆以公演的形式来进行抗战宣传，因而1937年10月4日，在《新蜀报》当天发表的诸多评论中，都认为“重庆有真正的演剧，那是以怒吼剧社为历史纪元”。随着国民政府即将迁驻重庆，全国各地的戏剧演出团体也开始陆续来到即将成为战时首都的重庆。10 月 27 日，第一个外地赴重庆进行抗战宣传的专业剧团上海影人剧团，在国泰大戏院也同样以《保卫卢沟桥》开始了在重庆的公演，使话剧在战时首都的重庆开始受到广大市民的普遍关注。

在抗日战争的硝烟刚刚升腾之际，署名“中国剧作者协会集体创作”的《保卫卢沟桥》，于1937年7月30日在上海出版；仅仅在短短两个多月之后，就在重庆进行了从怒吼剧社到上海影人剧团的连续公演，来进行全民抗战的精神动员，以奠定重庆成为战时首都的民族意识基础。

这就在于，《保卫卢沟桥》中传达了所有中国人的爱国心声：“保卫祖国，一切不愿做奴隶的人们，起来！”不过，从话剧剧本创作的角度来看，三幕话剧的《保卫卢沟桥》，其实是由三个连续性的独幕剧构成的：《暴风雨的前夕》《卢沟桥是我们的坟墓》《全民的抗战》。这样，《保卫卢沟桥》实际上成为有关“七七”事变全过程的“报告”话剧。较之随后个人创作的同类题材的多幕剧，如《卢沟桥》（田汉）、《血洒卢沟桥》（张季纯）《卢沟桥之战》（陈白尘）等。[①]《保卫卢沟桥》在抗战之初的更为轰动，最根本的原因也就在于该剧进行了中国抗日战争全面爆发的话剧报道，而这正是进行抗战宣传的全民总动员所需要的。

随着中华戏剧界抗敌协会迁到战时首都重庆，众多戏剧演出团体也纷纷来到战时首都重庆，战时首都的重庆也就成为抗战戏剧运动的全国中心，而重庆的话剧发展也就成为全国抗战戏剧运动的中坚。

1938年10月10日，“中华民国”第一届戏剧节在战时首都重庆开幕，标志着在战时体制下重庆这一全国戏剧运动中心地位的确立：不仅要展示出全国戏剧工作者共赴国难的团结爱国精神，在戏剧运动中树立中华民族戏剧体系的发展新方向；[②]而且更需要全国戏剧工作者承担起抗日宣传的现实任务，在进行全民总动员的同时提高戏剧艺术的创作水

① 葛一虹主编：《中国话剧通史》，文化艺术出版社1990年版，第199页。

② 葛一虹：《第一届中国戏剧节》，《新蜀报》1938年10月10日。

平。[①] 为了达到全民总动员的宣传目的，戏剧节演出委员会组织了“五分票价公演”，扩大了话剧的社会传播规模，使之为广大市民乐于接受，进而推进重庆的话剧创作走向繁荣。

第一届“中华民国”戏剧节的压轴戏就是四幕话剧《全民总动员》，该剧由曹禺和宋之的两人共同改编。从 10 月 29 日到 11 月 1 日连续上演了 7 场，场场爆满，反响热烈。《全民总动员》的演出成功，不仅在于该剧参演人员达 200 余人，并且人才荟萃，拥有第一流的导演与演员阵容，显现出戏剧工作者的空前团结；而且更在于该剧在剧本创作上的较为成熟——虽然《全民总动员》是在抗战初期集体创作的《总动员》一剧的基础上进行改编的，但是，由于改编者的精心修改，“结果只是引用了原著中一部分人的故事，由曹、宋两先生另行构写了另一个更适宜舞台演出的故事。所以与其说《全民总动员》是‘改编’的，无宁说是‘创作’的更为切实”。[②]

这就表明话剧剧本创作对于话剧舞台演出来说，是非常重要的，尤其是话剧的艺术水准必须在话剧剧本的根基上得到创作的保障。《全民总动员》较之其前身的《总动员》，除了通过破获代号为“黑字二十八”的日本间谍这一故事进行精心重构，来使全民动员肃清内奸外特，奋勇参军杀敌的主题更为鲜明突出之外，更在于从集体创作转向个人创作的话剧现实发展过程中，在进行抗战宣传的同时，是否注重艺术上的个人创新，将直接影响到话剧进行精神动员的社会传播影响的持续扩大。应该说，只有将重庆话剧置于整个抗战戏剧运动之中，才有可能

① 张道藩：《中华民国第一届戏剧节的意义》，《扫荡报》1938 年 10 月 11 日。

② 辛予：《〈全民总动员〉的一般批评》，《戏剧新闻》第 1 卷第 8、9 期合刊，1938 年 10 月。《全民总动员》后改名为《黑字二十八》，正中书局 1945 年版。

促进话剧创作的不断向前发展。

从1939年起，一年一度的“中华民国”戏剧节，虽然在日机对重庆的大轰炸之中无法举行大规模的演出活动，不过，仍然坚持进行剧场演出，这对于重庆的话剧发展来说，无疑起到了促进作用。到第三届戏剧节举行前夕，据1940年9月5日《新蜀报》报道，仅国民政府行政院教育部审定公布的可供演出的话剧剧本就有80多种，由此可略见话剧剧本创作实绩之一斑。

这就表明话剧在战时首都重庆的抗战戏剧运动中已经开始占据了主导地位，并且在1940年9月7日被明定为陪都之后的重庆，话剧成为抗战戏剧舞台上盛开的艺术之花。由于此时的重庆在每年的10月到来年的5月常有大雾，这就是素有雾重庆之称的雾季。一来是日机无法在能见度恶劣的雾季进行骚扰，二来是为了扩大抗战戏剧演出的社会传播规模，所以，从1941年第四届戏剧节开始，形成一年一度的“雾季公演”，以其公演时间长，演出水平高，社会反响大，有力地推动了抗战戏剧运动的发展，仅仅第一次“雾季公演”，就在“短短的五个月中，竟演出了将近四十出戏，创造了从未有过的成绩”，而其中话剧占了绝大多数。[①]

正是由于陪都重庆的话剧创作所取得的突出实绩，引起了从中国国民党到国民政府有关部门的关注和重视，于是对“中华民国”戏剧节的举行进行了相应的时间调整，实际上却更有利于话剧创作的可持续发展。

从抗战前期刚刚进入抗战后期的第一年，也就是第二次“雾季公

---

① 章罂：《剧季的过去和现在》，《新华日报》1943年9月21日。

演”即将开演的那一年——1942 年 9 月，中国国民党中央宣传部出台了三民主义文艺政策，对包括话剧运动在内的抗战文艺运动进行意识形态限制；1942 年 10 月，国民政府行政院社会部又以“戏剧节未便与国庆节合并举行”为由，宣布取消每年 10 月 10 日举行的戏剧节，随后又明令确立每年 2 月 15 日为戏剧节。

这就使得在陪都重庆得以确立的“中华民国”戏剧节，能够突破行政性的时间限制，进而成为每年春节前后，在举国一致与民同乐之中，进行抗战宣传与民众动员的的盛大节日。更为重要的是，“中华民国”戏剧节的这一时间变动，却恰好使其与“雾季公演”相辅相成，这对于“雾季公演”来说，并未造成实质性的影响，反而促成演出高潮的不断迭起。正是因为这样，在 1942 年 10 月 17 日，就以夏衍所创作的《法西斯细菌》一剧的上演，拉开了第二次“雾季公演”的序幕。①

1943 年 2 月 15 日，陪都重庆的各大报纸上发表了中国国民党中央宣传部新闻处提供的《抗战以来的话剧运动》一文，其中就肯定了话剧“一直是现实主义的艺术，是服务于革命的艺术”，并且“差不多每一个剧本都是指向着这一目标的”，“显然已有极大的成就与贡献”，具体而言，就是对于战时生活从“正面的反映英勇抗战”扩展到整个战时生活——由“后方工业的建设”到“沦陷区人民生活及其艰苦斗争”。这就表明，话剧从抗战之初进行关于战争生涯的全程“报告”，已经转向当下对于战时生活的全面“反映”。

显然，《抗战以来的话剧运动》一文的发表与“中华民国”戏剧节在时间上的重新确立，能够同在一天，并非完全是一种巧合，而是恰恰

① 石曼：《重庆市抗战剧坛纪事（1938 年 7 月—1946 年 6 月）》，中国戏剧出版社 1995 年版，第 104 页。

证实了一个不可动摇的事实："中华民国"戏剧节的得以确立，不仅表明陪都重庆的话剧创作在战时体制的保障下已经进入繁荣时期，而且更是证明陪都重庆的话剧创作已经体现出陪都重庆文化与文学的全国代表性。这就在于，从抗战前期到抗战后期，陪都重庆的话剧创作有可能在展现出抗战时期中华民族的心路历程的同时，更揭示出中华民族的人格重塑的未来方向，从而体现了抗战时期中国文化与文学所能达到的精神高度。

所以，从整个抗战时期的话剧运动这一角度来看，首先，在陪都重庆，仅就上演的多幕剧而言，至少就有 120 多部，而其中 2/3 在抗战后期上演；[①] 其次，在大后方，创作的戏剧剧本超过 1200 种，其中大多数是话剧剧本，而陪都重庆出版的单行本就远远超过 100 种，其中基本上为多幕剧，且不包括在报刊上连载发表者。[②] 由此，可以说陪都重庆的话剧，无论从话剧舞台演出来看还是从话剧剧本创作来看，尤其是从多幕剧的演出与创作来看，都产生了举足轻重的中坚作用，从而不仅奠定了陪都重庆话剧在抗战戏剧运动中的主导地位，而且也成为中国现代戏剧在抗战时期发展的一个方向性标志。

陪都重庆话剧运动所进行的精神动员，固然与话剧舞台演出直接相联，但更与话剧剧本创作紧密相关。尽管可以说话剧剧本创作与话剧运动之间的联系是具有间接性的，但是，话剧剧本的创作质量毕竟是话剧运动艺术水平能否提高的关键，所以，必须进行高质量的话剧剧本创作来保证高质量的话剧舞台演出，只有当一流的剧本与一流的演出结合起

① 田进：《抗战八年以来的戏剧创作》，《新华日报》1946 年 1 月 16 日；石曼：《抗战时期重庆雾季公演剧目一览（1941 年 10 月—1945 年 10 月）》，《抗战文艺研究》1983 年第 5 期。

② 廖全京：《中国戏剧启示录——大后方演剧的总体历史把握》，《抗战文艺研究》1987 年第 4 期；重庆市图书馆编印：《抗战时期出版图书目录·第一辑》。

来，话剧才有可能实现高水平的精神动员。正是因为如此，在话剧基础较为贫弱的重庆，话剧的迅速生长，主要是通过外来作者的努力创作来得到辛勤浇灌的。

这些外来作者，尤其是曹禺、夏衍、郭沫若、陈铨、茅盾等人，一旦他们创作的剧本走上舞台，在显现出话剧的艺术魅力的同时，也激发了社会的不同评价，扩大了话剧进行精神动员的抗战宣传影响。这是因为话剧的精神动员，必须通过从剧本到舞台的二度创作来最终完成，所以对于话剧的剧本评价往往是从话剧观众对于舞台评价来开始的。从抗战前期到抗战后期，话剧观众的接受批评，已经从共鸣式的被动响应开始转向评判性的主动选择。

在众多的话剧观众之中，可分为普通观众与专业人士。较之专业人士，普通观众占据了观众的绝大多数，他们是精神动员的主要对象，因而普通观众的社会评价成为话剧的精神动员的群众接受基础，对于陪都重庆的话剧运动来说，失去这样的群众接受基础，会直接导致话剧运动在陪都重庆的消亡。抗战胜利之后重庆的话剧创作与演出的不断萎缩，即可予以证实。不过，除了一般市民，如果当政府要员出现在剧场中，其接受的个人反应往往会以这样或那样的权力形式来影响对于话剧创作与演出的社会评价，对于曹禺所创作的《蜕变》一剧，在有关社会评价中，这一点就表现得非常突出。

1940年的陪都重庆，《蜕变》在第三届戏剧节上首次公演，激发了具有轰动性的社会反响，促成了《蜕变》在全国范围内的演出：从大后方演到抗日根据地，从整个抗战区演到沦陷区的上海孤岛，每一次《蜕变》的演出，都激发起抗战意志的高扬。[①]1941年10月10日，上

① 胡叔和：《曹禺评传》，中国戏剧出版社1994年版，第150、165页。

海孤岛(即公共租界）上演《蜕变》，每天日夜两场，连续 35天客满，尽管后来公共租界工部局迫于日本军方压力而不得不禁演。《蜕变》的每次演出，都同样是在“中国，中国，你应该是强的”所唤起的同仇敌忾中，达到群情激奋的高潮。[①]

《蜕变》之所以能够引发来自全国各地与社会各界的好评如潮，也就在于：《蜕变》中展现了曹禺所把握到的“我们民族在抗战中一种‘蜕’旧‘变’新的新气象”这样的时代主题，抗日战争不仅是中国人民走向胜利的正义之战，而且也是中华民族走向现代的文化复兴。所以，巴金在为《蜕变》所写的“后记”中，这样写道：“一口气读完了《蜕变》，我忘记夜深，忘记疲劳，我心里充满了快乐，我眼前闪烁着光亮。作家的确给我们带来了希望。”[②]

1942年 12月 21日，在陪都重庆新扩建为 1000座的抗建堂中，由中国万岁剧团再次上演《蜕变》，到 1943年 1月演出共达 28场，引发了强烈而又广泛的社会反响，不但报刊对《蜕变》一片盛赞之声，而且中国万岁剧团也因演出《蜕变》，“抗战建国增加莫大效果”而获得戏剧指导委员会的嘉奖。

更为重要的是，中央图书杂志审查委员会于 1943年 1月决定对《蜕变》“颁发荣誉奖状及奖金 1000元”，并且“分别函请中央宣传部及教育部，通令各剧团、学校奖励演出”。于是，三个月之后的 4月 21日，以蒋中正为首的党政要员特地前往观看了《蜕变》，随后也纷纷予以称

① 柯灵、杨英梧：《回忆“苦干”》，《中国话剧运动五十年史料集》第 2 辑，中国戏剧出版社 1959 年版。

② 曹禺：《关于〈蜕变〉两个字》；巴金：《蜕变·后记》，文化生活出版社 1941 年版。

赞，并表达了作进一步修改的希望，以更好地发挥精神总动员的作用。①

《蜕变》一剧从抗战前期到抗战后期都能够取得演出的成功，其引发的社会反响一再证明："蜕旧变新"的必要性已经成为举国一致的共识。这样，《蜕变》通过揭露伤兵医院的因循苟且，来展示出蜕旧变新的现实过程，大力赞美男女主人公，也就为民族文化的复兴树立了人格榜样。更为重要的是，进入抗战后期以来，陪都重庆话剧中类似《蜕变》里那样的人格榜样形象，开始普遍出现，从而表明战时条件下民族文化复兴的可能在逐渐成为曹禺所说的现实："抗战非但把人们的外形蜕变了，还变换了他们的内质。"②

必须看到的就是，关于《蜕变》的社会评价应该说还是比较公允和客观的，因而得到来自社会各界与当局有关部门的共同认可，也就不足为怪，尽管《蜕变》在艺术上还存在着这样或那样的不足与偏颇。当然，对于《蜕变》的社会评价出现一边倒的现象，主要是与抗战前期，尤其是与从抗战前期转向抗战后期的民族文化复兴直接相关。也许可以说，来自普通观众的社会评价，较之专业人士的群体评价，可能并不那么精到与全面，可是，对于话剧的创作与演出来说，两种评价的并存都同样是不可偏废的。

在专业人士中，既有话剧评论者又有话剧评审者。一般说来，话剧评论者比较关注话剧的艺术水准，而话剧评审者比较注重话剧的政治倾向，因而专业人士对于话剧创作与演出的群体评价，在实际的评价过程，往往是居于话剧的艺术水准与政治倾向之间的。如果基于艺术标准

① 石曼：《重庆抗战剧坛纪事》，《重庆文化史料》1991年第2期。1943年6月22日，《新华日报》刊出《蜕变》暂遭禁演的消息，其实是根据蒋中正等人的"希望"进行修改而暂停演出。

② 曹禺：《关于〈蜕变〉两个字》，《蜕变》，文化生活出版社1941年版。

来进行话剧评论，往往是看重个人见解而形成众说纷纭的评价热潮；如果立足政治标准来进行话剧评审，通常是凭借权力话语而导致针锋相对的评价对峙。从陪都重庆话剧运动的发展来看，在专业人士进行的群体评价之中，大多是基于艺术标准的，出现了话剧评论中一波又一波的评价热潮，尽管也同样会出现立足政治标准的评价对峙。

1942 年 3 月 5 日，陈铨创作的《野玫瑰》一剧在抗建堂上演，共演出 16 场，观众 10200 人；4 月 3 日，郭沫若创作的《屈原》一剧在国泰大戏院上演，共演出 22 场，观众 32000 人。两剧的演出均产生了社会轰动效应，更引起了毁誉参半的评价激烈论争。[①]有人认为《野玫瑰》是鼓吹“汉奸也大有可为”的“糖衣毒药”，“企图篡改观众读者的抗战意识”；[②]同时也有人认为《屈原》“与历史相差太远”，“牵强”“滑稽”“草率”“粗暴”，“所表现的完全是‘恨’”，[③]从而形成了互不相让的对攻局面。

随后的 4 月下旬，《野玫瑰》获得教育部学术审议会评定的学术三等奖，陪都重庆戏剧界 200 人联名致函中华全国戏剧界抗敌协会，要求向教育部提出抗议以撤销颁奖。5 月 16 日，中央文化运动委员会与中央图书杂志审查委员会联合举行招待戏剧界同人茶会，戏剧界同人再次提出严重抗议，要求撤销奖励、禁止上演。教育部长陈立夫称谓——学术审议会奖励《野玫瑰》乃投票结果，给予三等奖并非认为“最佳者”，不过是“聊示提倡而已”。[④]6 月 28 日，《解放日报》以“获得教育部学

① 石曼：《重庆抗战剧坛纪事》，《重庆文化史料》1991 年第 1 期。

② 方纪：《糖衣毒药——〈野玫瑰〉观后》，《时事新报》1942 年 4 月 8 日、11 日、14 日连载。

③ 王健民：《〈屈原〉、〈孔雀胆〉、〈虎符〉》，《中央周刊》第 5 卷第 28 期。

④ 石曼：《重庆抗战剧坛纪事》，《重庆文化史料》1991 年第 1 期。

术审议会奖励的为汉奸制造理论根据之《野玫瑰》一剧”为导语，报道了上述内容，并称“《野玫瑰》现在后方仍到处上演”。

如果不是仅仅停留在政治性质的表象揭示上，而是从艺术构成的文本角度来看，或许就会发现：《野玫瑰》与《屈原》之间，并非主题的对立，也非人物的对立，而是主题理解上的对立，并且被这种主题理解的对立直接附着到人物身上去，最终导致群体评价的政治对立。然而，如果从艺术的评论出发，进行《野玫瑰》与《屈原》的文本还原，《野玫瑰》中的“野玫瑰”就是置身于浪漫化的现实，并且战斗在秘密战线上的民族斗士，要表达出作者这样的思想——“凡是对民族光荣生存有利的，就应当保存，有损害的，就应当消灭”；[①]而《屈原》中的“屈原”就是献身于现实化的历史，并且为人民解放而呐喊的战士诗人，要表达出作者这样的意愿——“中国由楚人来统一，由屈原思想来统一，我相信自由空气一定要浓厚，学术的风味也一定更浓厚”。[②]

这就说明，如何坚持以艺术标准来进行话剧创作与演出的个人评论，由此而形成群体评价的热潮，对于陪都重庆话剧的正常发展来说，将成为至关重要的关键。所幸的，在抗战后期的陪都重庆，已经出涌现出了这样的群体评论。

在第二次“雾季公演”中上演的《法西斯细菌》，以太平洋战争爆发为契机，来揭示“法西斯与科学势不两立”的现实命题，通过充分展示科学家俞实夫从信奉“科学救国”，到认清必须消灭“法西斯细菌”才能拯救祖国的个人自觉，[③]表明了爱国热情必须与反法西斯的国际主义

① 陈铨：《民族文学运动》，《大公报》1942 年 5 月 13 日。

② 郭沫若：《论古代文学》，《学习生活》1942 年第 3 卷第 4 期。

③ 夏衍：《法西斯细菌》，上海开明书店 1945 年版。

结合起来的时代主题。然而，《法西斯细菌》却被人认为是出于国际形势变化的需要，来进行的“前线主义”公式化写作；[①]而夏衍则提出真正的批评，不应该以扣帽子的方式进行，不要让批评成为束缚创作的“符咒”。[②]实际上引发了一场关于话剧创作的艺术真实性何在的争论。

事实上，关于话剧创作的艺术真实性问题，不仅成为针对有关夏衍的话剧创作评论中不断出现的个人话题，而且更成为从抗日前期到抗战后期，直至抗战胜利以后，陪都重庆话剧发展中始终面临着的一个评论焦点问题。从抗战前期《蜕变》之中男主人公梁专员形象是否具有艺术真实性的评论质疑，实际上就成为有关艺术真实性这一问题的发端，在抗战后期的《野玫瑰》与《屈原》之争，其实质也是一个艺术真实性问题。在抗战胜利前后，有关《芳草天涯》与《清明前后》的讨论，更是直接触及到艺术真实性这个话剧创作的核心问题。

在抗战胜利之前完成的《芳草天涯》里，夏衍较为真实地描写了抗战时期知识分子的家庭矛盾和爱情纠纷，最后主人公以投身抗战来走出了个人情感泥潭这一人生历程。因此，《芳草天涯》所遭到“政治倾向不鲜明”“爱情过分夸大”等指责，实际上已经游离于艺术真实性讨论的宗旨之外。而在抗战胜利之际写成的《清明前后》中，茅盾主要描写了抗战时期的民族资本家在事业上的艰辛与生活中的压抑之中，对工业发展与民主建国的热切期盼。所以，《清明前后》是否“标语口号公式主义的作品”，实际上也就引发了一场关于艺术真实性的激烈论争。一波又一波的论争的发生，引起了社会各界，尤其专业人士的积极关注，而1945年11月28日的《新华日报》上，《〈清明前后〉与〈芳草天涯〉两个话

① 黄芜茵：《谈夏衍底〈法西斯细菌〉》，《新华日报》1942年12月30日。

② 夏衍：《公式、符咒与“批评”》，《新蜀报》1943年1月5日。

剧的座谈》一文的发表，更是将这一论争推向高潮。由此可见，陪都重庆话剧运动在进行精神动员之中已经能够达到的社会广度与现实深度，在抗战时期的确是堪称全国表率。

二、直面生活的现实剧

从整个抗战时期重庆话剧创作的状况来看，出现了现实剧与历史剧的分野。在这里，所谓现实剧，主要是其文本内容与战时生活直接相关，通过对战时生活进行从纪实性到史诗性的如实书写，来呈现出战时生活的诸多风貌；而所谓历史剧，则主要是其内容与战时生活间接相关，通过对历史情境进行从想象性到实录性的还原书写，来折射出战时生活的种种镜像。现实剧与历史剧之间的两相对应，无疑是在文本书写的对峙互动之中，建构出从现实到历史的战时中国形象。

因此，现实剧正是通过对战时生活的不同层面和角度的叙事性描写，运用了从正剧到喜剧的各种话剧体裁，由浅入深地触及与重庆形象有关的方方面面。更为重要的是，从抗战前期到抗战后期的陪都重庆现实剧，逐渐开始并坚持进行史诗性叙事的战时话剧转型。只有经历了这样的话剧转型，陪都重庆的现实剧才能在中国话剧向前发展的过程中发挥着积极的引导作用。

在抗战前期，从《全民总动员》一剧的创作与演出开始，就提出必须进行全民抗战这一精神动员的话剧使命之后，曹禺在《蜕变》中指出全民抗战的过程，同时也是整个中华民族进行蜕旧变新的现实过程，或许是《蜕变》中所塑造的男主人公这一变新形象，遭遇到是否具有艺术真实性的种种质疑，故而曹禺转向关注民族复兴中如何进行“蜕旧”，于是就有了《北京人》。

在《北京人》中，变新仅仅作为蜕旧的时代大背景，并且得到了象征性的展示，由此使《北京人》与《雷雨》之间保持着某种精神上的联系，只不过，当初《雷雨》所表现出来的所谓天地间的“残忍”，如今已经在《北京人》中被置换为蜕旧途中的“坚韧”，[①]分别体现在两剧之中女主人公们的命运上：《雷雨》的女主人公们不得不非死即疯，而《北京人》的女主人公们则勇敢地冲出家门。

之所以出现这样的女性命运的大逆转，并非仅仅是由于战时生活的影响，更有其内在的个人情感原因：《北京人》中的素芳是以曹禺此时的恋人方瑞为原型的，并且通过方瑞为《北京人》一剧抄稿来达到彼此心曲的交流与共鸣，近在咫尺的两人，却难以促膝谈情，因而也就赋予《北京人》以创作的个人激情。此时，在《北京人》单行本扉页上引用“海内存知己，天涯若比邻”的名句，其用心的确倒也良苦，因为只要稍作颠倒，即可表白作者内心的苦恋之情——海内存知己，比邻若天涯！唯其如是，才使人能够看到在民族复兴与个人情变之间，在如何蜕旧之上的一致性。

或许是因为个人激情已经在《北京人》的创作过程中得到充分燃烧，此后曹禺创作的话剧便少了下来，即使是在改编巴金小说《家》的时候，也主要是关注觉新与瑞珏、梅芬之间的情感悲剧。这自然是与作者内心的凄楚苍凉相关的，因而也就难以为怪，至于任何后来的人为拔高与偏爱，无论是对话剧剧本而言，还是对曹禺本人来说，其实都是不足取的。[②]

---

① 曹禺：《北京人》，文化生活出版社 1941 年版。

② 胡叔和：《曹禺评传》，中国戏剧出版社 1994 年版，第 168、169、211 页。

由此可见，即便是抗战时期的话剧创作，恐怕也不能仅仅以在陪都重庆进行话剧的精神动员为个人创作的唯一动因，还得考虑到作者个人的种种创作动机。这对于曹禺来说是情感之累，对于老舍来说是盛名之累：“《残雾》和《国家至上》，都是应时受命之作。它们的推出，引来了又一些带着题目找来的话剧约稿，热心肠的老舍，继续实行来者不拒，如数践约的方针。于是，便又有了《张自忠》和《大地龙蛇》。”

在这些创作于抗战前期的话剧剧本之中，《国家至上》一剧，就是以民族内部的团结为主线，辅之以回族与汉族之间的民族团结，借以展示中华民族团结抗日的合作精神——坚信“我们都是中国人”！而《张自忠》一剧，正是通过抗日烈士张自忠白璧微瑕的抗战经历，表现出抗日军人视死如归的英雄气概——高呼“抗战就是民族良心的试金石”！至于《大地龙蛇》一剧，则是以书香门第赵家的战时经历为线索，来对中华文化乃至东方文化照一照“爱克斯光”——探查“它的过去、现在与将来”。①

必须承认的是，仅仅从老舍的话剧创作中，就可以看到擅长写小说的老舍暂且放下书写小说而转向创作话剧，主要还是因为话剧“在抗战宣传上有突出的功效”，而且在具体的创作过程中，往往采用两种方式来进行：与人合作和自己动手。《国家至上》较之《张自忠》《大地龙蛇》显得较为成功，就是老舍与宋之的彼此合作而完成的。至于抗战后期较为成功的《桃李春风》，也是老舍与赵清阁二人合作而完成的。由此可见，由书写小说而创作话剧，其创作难度较大且不易成功，往往需要借助外援之手，这似乎已经是司空见惯之事——对于在抗战期间写了

① 关纪新：《老舍评传》，重庆出版社 1998 年版，第 333—340 页。

九部现实剧的老舍来说是如此，对于仅仅写了一部现实剧的茅盾来说，也就更是如此。

进入抗战后期，夏衍在《法西斯细菌》一剧中，实际上提出一个人人必须面对的严肃话题——进行反法西斯的正义战争，结束反人类的侵略战争，无论是中国人，还是日本人，都应当责无旁贷，并各司其职。正如中国科学家俞实夫的日本妻子静子所说——“参加中国的抗战，说起来也就是为了日本，为了日本人”。可是，要如何才能达成一致的共识，显然不是能够一蹴而就的容易事儿。无论是对中国人的俞实夫来说，还是对日本人的静子来说，都不得不经历一场艰难而痛苦，直接来自“法西斯细菌”的残酷折磨与残忍杀戮。

面对友人的提醒：“显微镜外面，有更大的世界，还有国家，民族……”俞实夫一开始就自信满满，大唱高调——“老实说，研究医学的人看的更远，看的更大”，“我的研究 W 不仅是为国家，为民族，而且是为人类，为全世界人类的将来”！可是他偏偏忘记了科学家有祖国，自己精心培育的细菌，不只是造福人类，更能够成为侵略者手中杀人的利器。只有在他遭受到日军的殴打之后，才逃到大后方，“为了国家，为了伤兵难民”，决定投身到“一件扑灭法西斯细菌的实际工作”之中。

与此同时，自以为“到中国来之后，我觉得，已经是一个中国人”的静子，“不知道为什么，听人讲起中国和日本，讲到日本人的残暴，我总觉得非常地难受”。不仅如此，“更使我苦痛的是，我亲自看见了我的同胞，日本人，公然抢劫，奸淫，屠杀，做一切非人的事情”……于是猛然醒悟过来，决定与丈夫一起到大后方去！于是，所有那些痛恨“法西斯细菌”的中国人和日本人，都必须“再出发”——“在大家共同的立场上，为我们国家，为人类，尽一点儿力量”。[①]

坚决消灭一切“法西斯细菌”的时代召唤，在抗战后期的陪都重庆话剧创作和演出之中，激发起强烈而热烈的反响。这就表明正义的反侵略战争，在促动个人在爱国热情高涨之中完成心灵觉醒的同时，已经成为进行民族文化人格重塑的现实过程。

在《少年游》之中，吴祖光以1943年盛夏时分的北平为背景，描写了四个大学毕业的女青年，面临人生道路的个人选择。这四个同学四年的女大学生，住在“女宿舍里的一间房子”里，床边的“壁上的装饰代表着四个人不同的个性”——董若仪是“挂一条小小的山水单幅”，显得娴静温和；顾丽君是钉上“美国电影明星照片”，显得时髦轻率；姚舜英是“贴了一张木刻的人像”，显得稳重自信：洪蔷是“插了一对很长的孔雀翎子”，显得活泼真挚。那么，这四个年轻女性各自不同的个性，是否将意味着她们在人生旅途上将会游荡出不同的个人道路来呢？尤其是在这国难当头的艰难日子里。

“九月的秋天，北平的天气晴爽开朗，但是四个女孩子的这间屋里却是愁云密布”，心情与天气截然相反，日子为何会过成这个样子呢？因为“四个大人连一个‘镚儿’都没有了”！在战乱中毕业即失业，再加上鬼子“三天两头儿地断绝交通，当街检查，一个不留神，可就是麻烦”，她们面对的结局或许只有死路一条。所以，顾丽君无奈地说：“也许我们不能长待在一块儿了，人无千日好，花无百日红，从来就没有百年不散的筵席”，“我只好走别的路了”。然而，姚舜英坚定地说：“贫穷，艰苦，才能产生斗士！”洪蔷倔强地说：“我就甘心这么昏昏沉

① 夏衍：《法西斯细菌》，上海开明书店1945年版。

沉过下去？”董若仪哀怨地说：“我母亲在家里生病”，“什么时候才回得去”？

从学校宿舍搬到市内公寓，她们在日寇的淫威之下艰难地生活着，面临着反抗还是屈从的选择，除了顾丽君贪图享乐嫁给汉奸之外，姚舜英、洪蔷、董若仪她们最后决定离开北平去参加抗日，表达出抗战到底的无比心声：“到我们解放了的国土去，什么困难拦得住我们？”[①]这就表明，年轻的一代只有在战时生活中逐渐觉悟，并且在觉悟中进行人生道路的选择，只有经受住人生道路上的艰苦磨炼，才有可能培养出反抗的意识与斗争的意志，从而走上全民抗战之路。这样的“少年游”，不仅为沦陷区的年青一代，而且也为抗战区的年青一代，提供了战时生活中的个人楷模。

如果说《少年游》中年轻一代知识分子需要在战时生活中通过人生道路的选择来逐渐走上觉醒之路，那么，被视为社会良心的老一代知识分子则需要在战时生活中砥砺个人的节气与操守，来进行文化人格的重塑。

《桃李春风》一剧通过教师辛永年在抗战爆发前后，从教学到办学的经历，来展现出教师生涯中必须坚守的人格信念与精神追求。在抗战爆发之前，一个“初春下午，微雪，春寒尚厉”，辛永年仅仅“着旧皮袄，蓝布棉裤，独坐斋中，为学生改文章”。当看到学生的文章写得太差，就急忙问明原因，将仅有的十块钱送给学生的母亲治病。学生称赞他的“心顶好”，他却说道：“因为我的心好，我才对学生严加管教，我盼望我的学生各个有出息，都成为有用之材。”因为“教书的就是牺牲自己，给青年造前途！只要有一个有出息的学生，一切苦楚就算没有白

---

① 吴祖光：《少年游》，重庆开明书店1944年版。

受”！可是，这样的教师却被校长无理赶出了学校！

辛永年不改初心，决定毁家办学，却阻碍重重，一直到抗战爆发之后，“乃为乡民办平民补习班，虽缺衣断炊，弗缀也”。这是因为：“在今天，我们已经和日本决一死战，小学，中学，大学教育固然要紧，平民教育也绝对不可疏忽，我们起码得把平民教导明白，教他们知道宁可断头，也不要去作日本人的奴隶呀！”一旦目睹“敌人的飞机已经到了”，就决定立即“带着学生走！政府派我作校长，我不能带着学生去投降敌人，多带走一个学生，就减少一个奴隶呀”！这就充分显现出始终如一的“热心教育辛苦备尝，志未稍馁”的人格精神。①

这样的人格精神，在抗战爆发之前，主要是以甘守清贫而认真教学，来表现人格追求中个人的执着；而在抗战爆发之后，则是在坚持长期抗战之中历尽办学的艰辛，来显现无怨无悔的人格魅力，由此而展现出抗日战争对于个人操守的人格磨炼。因此，《桃李春风》在上演之后，立即得到来自社会的好评。

《中央日报》1943 年 11 月 5 日转发中央社 4 日消息——由于切合提倡教育的宗旨，得到了中央文化运动委员会文艺奖助金委员会授予的剧本创作奖与舞台演出奖各四千元，同时中央图书杂志审查委员会也予以奖励。不过，随即有人质疑《桃李春风》一剧中的主人公，为何“对于一连串在中国社会中引起的巨浪激变”，似乎是无动于衷；而“剧作者为什么不接触这一些问题”？②难免有苛评之嫌。

---

① 老舍、赵清阁：《桃李春风》，中西书局 1943 年版。该剧又名《金声玉振》，是为纪念教师节而作。国民政府于 1939 年颁布的《教师节纪念暂行办法》，确定孔子诞辰日，每年 8 月 27 日为教师节。

② 赵涵：《评〈桃李春风〉》，《新华日报》1943 年 11 月 15 日。

较之《桃李春风》一剧主要立足于教育界之内来颂扬教师的人格精神，《岁寒图》中选择了“岁寒三友”中宁折不弯的竹子这一传统文化人格意象，来为该剧主人公命名为黎竹荪。与此同时，还对“岁寒”这一传统语境进行当下的置换，展现为战时生活中的现实场景：“大学教授也好，小学教员也好，公务员也好，文化工作者也好，甚至若干民族资本家，以至于规规矩矩的商人也全都改行了！改行的，去投机发财了；不改行的，大半也利用着自己固有的地位在投机发财！——投机发财的心理像一股狂涛巨浪，浸蚀着这整个社会”！在这样的社会性“岁寒”浪潮之中，难免令人心寒。

问题在于，如何面对社会现实而生存，不再仅仅是一个是否参与投机发财的个人选择，而是在社会畸变心态的滚滚寒流之中，如何才能保持凌雪傲霜的个人气节。黎竹荪坚持住了一个学者的气节：“我们学医的人如果不把自己的医术当作科学去研究，而当作商品去贩卖的话，那便不是一个学者，只是一个市侩！”所以，他面对市侩心态的泛滥，如同自己对付结核病菌的肆虐一样，竭尽自己的全力，甚至不惜任何代价坚持进行“打仗”。正是在这一“打仗”的持久过程中，可以看到对于文化人格进行重塑的重要性——“您不投机，不改行，坚守着岗位，您的存在便是一种力量！一种正义的力量”！[①] 可以说，《岁寒图》所展现出老一代知识分子心灵蜕变之中的人格追求，正是对民族文化复兴不可缺少的人格底蕴进行了史诗般的重建。

与此同时，在陪都重庆的现实剧中，更是出现了一系列与“重庆”有关的话剧。这类话剧将生活在陪都重庆的年青一代，尤其是作为外来

① 陈白尘：《岁寒图》，群益出版社 1945 年版。

者的他们的战时生活现状，直接呈现在人们的眼前——他们是如何在人生苦闷之中迷茫，他们又是如何在人生旅途上摇摆，从而揭示出陪都重庆日常生活中的种种负面来。特别值得注意是，陪都重庆日常生活的诸多负面阴影，在战时生活的不断延伸之中，越来越浓重，也就越来越引发全社会的普遍关注。其中，从抗战前期创作的《雾重庆》一剧，到抗战后期创作的《重庆二十四小时》一剧，无疑是能够以其各自的创作实绩来予以鉴证的！

《雾重庆》中描写一群流亡重庆的北平大学生在战时生活的苦闷之中，如何进行人生的选择。主人公的夫妻俩一来到重庆，就住进这样的屋子——“几乎一年到头都见不到阳光，倒是有时候，雾会从哪儿辗转地涌进来，使得本来已经阴暗的屋子里，更显得潮湿，——这屋子是阴暗而且潮湿的，甚至连墙壁都大胆地滴着水”。尽管如此，女主人公却这样说：“我想，既然逃到重庆来了，就不能这么白瞪着两眼闲着，总要想法子活下去，要是生活不成问题，就该做点儿更有价值，更有意义的工作。”可惜的是，“空军没考上，孩子又死了，又没有钱，又没有工作”，让人觉得“逃到大后方来，倒更气闷了”，不得不面临着“怎么办”的现实问题。

思来想去的两全其美结果就是——“我早就想到儿童保育会或者伤兵医院去服务，要是小饭馆开了张，只要够吃的，我们不是还有许多时间，去替国家出力吗”？七七小饭馆终于开了张，“原来本打算借此维持生活，不错，生活是维持住了，可是一点时间也没有，连书都没工夫读了”，更何况“去服务”？女主人公林卷好如是说。然而，男主人公沙大千却偏偏要对着干：“要是我们老走大路，你准能保证通过吗？抄小路，就近多了！”然而，所谓抄小路就是“去香港做运输生意”。[1]

最终，男女主人公各持己见而不得不分道扬镳。这就提出了生活在陪都重庆的年青一代必须面对的问题——究竟是真心爱国而投身抗战？还是只顾发财而埋头赚钱？这一问题在抗战后期的《重庆二十四小时》中继续发酵，通过一个东北流亡女青年来审视陪都重庆的日常生活，借此披露出年青一代在面临战时生活中的两难选择时，无疑是更为无奈，也更加困惑。

《重庆二十四小时》中，“房子的样子在重庆很多见，轰炸时受了震动，遍体鳞伤。房子主人就是薛藜，她的几件简单而精致的家具摆在里面，显与这屋里的氛围不大协调。像是几件珍贵的女人首饰，放在一只乡下人的破鞋里一样”，这就是东北流亡女青年的家！如今，薛藜朝思暮想的一件事儿就是家人团聚——把流落在外的“他们接了来，我就是再吃一点苦，也是愿意的”。可是，薛藜能够如愿以偿吗？这实在是一个空前的难题，要不然，早就团聚在一起了。“那可叫我怎么办呢？”

这就需要大量的钱，不过，“职业妇女”哪怕是挣点儿活命的钱，“有的时候就随便任人摆布，明明知道自己是被人利用，被人当做商品，为了生活，也要做，甚至莫名其妙的被人摆在那儿当招牌，可是为了生活还要做”。也许摆脱这样的生存困境。只有两条路——或是找个有钱人结婚，或是去做走私生意。可惜的是，有钱人难找，走私太危险。在被公司辞退之后更是雪上加霜，怎么办呢？薛藜义无反顾地选择了“新生活”，那就是要做一个戏剧运动的“新女兵”——“戏剧运动在抗战过程中已经广泛发展而发挥了它的伟大效能。我们的国家重视

---

① 宋之的：《雾重庆》，重庆生活书店 1940 年版。

它，我们的人民重视它，相信得到胜利之后那就会发扬光大”！[①]

尽管在此难免有作者的夫子自道之嫌，但毕竟给出了别开生面的新选择，破解了此前的两难困境，显现出重庆形象的亮色来。与此同时，是忍辱含垢的偷生苟活？还是乘国之危的大发其财？无疑也就显露出重庆形象那阴暗的一面。尤其是，面对着陪都重庆的战时生活中的种种精神负面，更是需要通过喜剧的形式来进行讽刺，以便在一片哄笑之中引发深刻的反思。

在陪都重庆出现的较为出色的独幕讽刺喜剧，不仅有《三块钱国币》，其中揭示“外省人”的斤斤计较，时时都表现出狭隘与偏激的小市民习气——“这年头，哪一个不穷呃，哪一个不是穷人呃”？于是，“高级的穷人”的女主人，逼着“低级的穷人”的女佣人，非要其赔偿无意中打破的花瓶“三块国币”不可；[②]而且有《禁止小便》，其戳穿“现代公务员”舞文弄墨的假面，从“禁止小便”到“此处禁止小便”，再到“禁止小便”的等因奉此循环，难以遮掩权力崇拜中那依然如故的谄上骄下心态。[③]随着陪都重庆的战时生活日益成为讽刺喜剧的表现对象，也就出现了多幕讽刺喜剧，促成了从市井向着官场的话剧扩张。

所以，讽刺喜剧在密切关注陪都重庆的市井生活的同时，更是将讽刺锋芒对准官场中人——无论是抗战前期写成的《面子问题》，还是抗战胜利之后完成的《升官图》，都是以官员为讽刺对象，只不过，《面子问题》中是通过诸多官员不干实事，只要面子的是是非非，来显现官场丑恶的一面，哪怕最后是为了面子去自杀，至少“吃安眠药比上吊跳河

① 沈浮：《重庆二十四小时》，重庆联友出版社 1943 年版。

② 丁西林：《三块钱国币》，正中书局 1941 年版。

③ 陈白尘：《禁止小便》，重庆生活书店 1942 年版。

都要体面一点”；[①]而《升官图》中则是通过一个县的官员大肆腐败反倒升官不断的好事连连，来预示官场的终将崩溃，哪怕众多的官员们一再欺骗一再出卖，最终忍无可忍的“老百姓齐声大吼”——“我们，要审判你们”！[②]从而表明陪都重庆的讽刺喜剧拥有了更为犀利、更加强劲的讽刺力量。

三、实事求是的历史剧

抗战时期陪都重庆的历史剧，尽管可以说与战时生活有关，但是，历史剧与抗战现实的文本联系如何，导致历史剧出现了三大类型——第一大类型就是使战时生活与古代历史事件之间形成某种程度上的文本对应，于是就有了故事新编式的历史剧；第二大类型就是使战时生活通过借古讽今的方式来进行历史的现实化，于是就有了失事求似式的历史剧；第三大类型就是使战时生活融入历史过程之中而成为现代史实中的一部分，于是就有了生活长卷式的历史剧。与此同时，历史剧不仅获得了从悲剧到正剧的体裁外观，而且进行了从抗战前期到抗战后期的史诗性转换，从而使历史剧在陪都重庆得到了前所未有的发展。

抗战前期出现的《岳飞》一剧，[③]显然是在吸取了戏曲《朱仙镇》与《风波亭》中有关内容的基础上，进行了具有移植性质的话剧改编。一方面是将分离的情节进行了综合，使之能够成为较为完整的情节，先是侧写出在大胜金兵之后岳飞奉旨离开朱仙镇大营回临安，然后正面描写

---

① 老舍：《面子问题》，正中书局 1941 年版。

② 陈白尘：《升官图》，群益出版社 1946 年版。

③ 顾一樵：《岳飞》，长沙商务印书馆 1940 年版。

岳飞在秦桧的丞相府地窖密室中被毒死，而岳飞之子岳云则成为贯穿整个剧情的线索人物。另一方面主要是通过人物之间的对话来推动剧情的发展，显现人物的情感起伏、心理变化以及性格差异，因而较之戏曲的程式化，不仅生气盎然，而且颇为生活化。

经过这样的剧本改编，当《岳飞》在舞台上演时，美、英等国驻华使节也观看了演出，并报以热烈的掌声，并且纷纷索要《岳飞》的剧本，成为陪都重庆话剧中较早产生国际影响的历史剧之一。[①] 如果说对戏曲中岳飞形象进行话剧重塑，是为了使“精忠报国”的本土传统得到现代阐释，以激励国人抗战到底的民族意志高扬。那么，对小说中“红楼梦”展开话剧演绎，则是为了使这虚幻迷人的青春故事得以复归抗战现实之中，以免重蹈陷于情爱难以自拔的覆辙，警醒年轻一代不断奋发有为。

抗战后期出现的《郁雷》一剧，[②] 是根据小说《红楼梦》改编而成的，以大观园中男女青年之间的感情纠葛为线索，尤其是宝玉从爱情到婚姻诸多层面上所进行的个人选择，借此来显现出在传统束缚之中进行拼死抗争的顽强斗志，进而揭示出主人公将不可避免地走向悲剧性的人生结局。因此，当《郁雷》紧接着《少年游》上演之后，在现实与历史之间所形成的古今人物命运的巨大的时代差异与审美张力，深深地打动了青年观众的心，对于他们在战时生活中如何进行人生道路的个人选择，无疑是给以了当下重要的启示。

除了从戏曲与小说之中获取历史剧创作的有关题材之外，更多的历史剧则从历史记载中寻求历史剧创作的相应题材，尤其从与战时生活具

---

① 石曼：《重庆抗战剧坛纪事》，《重庆文化史料》1991 年第 1 期。

② 朱彤：《郁雷》，读书出版社 1944 年版。

有内在联系的历史史料中寻找。于是，出现了大量的有关“太平天国”的历史剧，因为在内忧外患这样的历史背景上存在着相通之处，所以，根据“太平天国”流传下来的有关史料，从中选取与战时生活相对应的素材来进行历史剧的创作。这一类历史剧在整个抗战时期的话剧创作中是颇为突出的，特别是在陪都重庆所进行的有关历史剧的创作，无疑具有一定的代表性。

在抗战前期，在《天国春秋》一剧中，以太平天国的东王杨秀清与北王韦昌辉之间互相残杀的史实为依据，通过话剧的创作来揭示其原因在于洪秀全企图独自掌握大权：不仅让北王杀了东王，而且还杀了北王来安抚翼王石达开，与此同时，又准备杀害翼王——洪秀全的国舅赖汉英对洪秀全的妹妹洪宣娇说——“告诉你，宣娇！现在陛下一面派人去迎接达开，一面却又叫我把城里的兵将布置好等他啦”！所以，洪宣娇在全剧结束时，在悲愤中大声疾呼：“大敌当前，我们不该自相残杀！”①其寓意也就不仅仅止于进行所谓“借古讽今，体现了‘同室操戈，相煎何急’的主题思想”，②而是彻底地揭露出一切专制者都不惜以屠杀来维护其独裁的历史真相。

这样，到了抗战后期，陈白尘有关《大渡河》一剧的写作目的，就在于，“不逃避现实以献媚观众，也不歪曲历史以迁就现实”，因为“我更没想在这历史剧风靡一时的当口来赶热闹，那样一个趋时的艺术家将会堕落成为匠人的”。③所以，在《大渡河》中的石达开有这样的一番言语也就不足为怪：“天王昏庸懦弱，既不能弥祸患于未发，又不能平

① 阳翰笙：《天国春秋》，群益出版社 1944 年版。

② 葛一虹主编：《中国话剧通史》，文化艺术出版社 1990 年版，第 219 页。

③ 陈白尘：《历史与现实——〈大渡河〉代序》，《习剧随笔》，当今出版社 1944 年版。

内乱于事后”，“如今更远君子，亲小人，大封洪氏兄弟，遂令谗臣当道，忠言逆耳”；“再回想当年金田起义，原是要驱逐鞑虏，恢复汉室，但大事未成中途内讧”，“四川底定，再取云贵，造成鼎足三分之势，则进可以攻，退可以守，岂不也是为天国创立基业，为太平军保全兵力么？”[①]这样的人物内心表白，应该说是较为贴近历史的本来面目的，由此也可以反证《天国春秋》的艺术真实性。因此，在《大渡河》中，不仅可以看到它与《天国春秋》之间的前后呼应，而且更进一步，已经能够展现出从金田起义到大渡河兵败的“太平天国”兴衰全过程，由此表明抗战时期有关“太平天国”的历史剧，基本上是再现历史的悲剧。

当然，故事的新编是以故事为基础的，故事的悲剧性决定了历史剧的悲剧性。除此之外，对于历史的现实化，也可以赋予失事求似的历史剧以悲剧性，只不过，很有可能发生的是，话剧中的历史悲剧往往会成为战时生活中发生的现实悲剧的个人翻版，由此而促使借古的个人创作动机转化成为讽今的个人创作目的。在这一类历史剧中，最具有代表性的，也就是被郭沫若自称为“献给现实的蟠桃”——的《屈原》一剧。从1942年1月24日到2月7日，《屈原》全剧在《中央日报》的副刊《中央副刊》上分10次连载完毕，到4月3日开始公演。剧本刚刚登完之后的第二天，主持《中央副刊》的孙伏园就认为《屈原》是“一篇‘新正气歌’”；[②]等到《屈原》公演后，有人则称赞道——“诗人独自有千秋，嫉恶平生恍若仇”。[③]

这就是说，历史上曾经的楚国三闾大夫屈原，似乎是以一个诗人的

① 陈白尘：《大渡河》，群益出版社1946年版。

② 孙伏园：《读〈屈原〉剧本》，《中央副刊》1942年2月8日。

③ 董必武：《观屈原剧赋两绝句》，《新华日报》1942年4月13日。

文学形象出现在历史剧之中的。然而，在《屈原》一剧中，用以表达“把这包含着一切罪恶的黑暗燃毁”主题的《雷电颂》，却并非屈原所作，真正的作者不是写出过《离骚》的楚国大夫屈原，而是《屈原》一剧作者的著名现代诗人郭沫若！这就表明《屈原》一剧在创作之中失事求似的文本限度，已经达到了文本艺术虚构的极致，换句话说，也就是为了讽今，借古已经变成了撰古——杜撰历史。

之所以在创作《屈原》的时候要这样做，或许是因为郭沫若在当时是如此认为的——“在反动政府的严格检查制度之下，当代的事迹不能自由表达或批判，故作家采用了迂回的路，用历史题材来兼带着表达并批判当代的任务”，尽管此番言说是在《屈原》一剧发表之后才出现的。[①] 所以，在《屈原》引发的评价热潮之中，出现了非此即彼的评论冲突，更多的是与《屈原》“批判当代”的政治性质有关，而与“历史题材”的艺术审美无关。

即使是就郭沫若在陪都重庆写成的六部历史剧来看，《屈原》无疑是在失事求似的创作道路上走得最远的历史剧之一。虽然写于《屈原》之前的《棠棣之花》，已经开启了郭沫若进行失事求似的历史剧的个人写作道路，但是，《棠棣之花》之中爱国爱民的英雄，毕竟还保留着快意恩仇的侠义之士风范，人物形象的两面性在主题表现上，彼此的距离相差并不太远。同时，更应该指出的是，从《屈原》之后写成的《虎符》《筑》（又名《高渐离》）、《孔雀胆》《南冠草》（又名《金风剪玉衣》）来看，除了接着写的《虎符》《筑》与《屈原》一样，有着郭沫若本人所说的“暗射的用意”之外，从《孔雀胆》到《南冠草》的历史剧

① 郭沫若：《关于历史剧》，《风下》周刊 1948 年 5 月 22 日。

创作，已经从失事求似转向故事新编，因而这对那些习惯于对郭沫若的历史剧进行政治解读的评论者来说，也就出现了所谓“主题不明确”的说法。[①]

其实，只要能够看到无论是《孔雀胆》，还是《南冠草》，它们与“战国四剧”的《棠棣之花》《屈原》《虎符》《筑》之间，所存在着的历史剧类型差异，也就不难根据它们各自与历史的关系来进行历史剧的主题解读，更不用说进行历史剧的艺术评论了。

如果说，历史剧出现故事新编与失事求似这样的类型差异，主要是抗战时期的政治环境所造成的产物，那么，历史剧从失事求似向着故事新编的个人回归，无疑表明历史剧必须在与古代历史事件相关的文本基础上，来进行话剧的艺术创造。不过，这并不意味着历史剧的写作只能局限在历史文本之中进行，从抗战前期到抗战后期，话剧的史诗性叙事同样也出现在历史剧之中。这就是以现代史实为基础的历史正剧的个人创作。

《万世师表》一剧以大学教授林桐从1918年刚刚到大学任教开始，到1942年大学生们为50岁的林桐祝寿，献上大书“万世师表”的旗帜而结束，通过在大学任教25年的一个普通教师的人生经历，来展现25年来的中国社会巨变的历程。从全剧的结构来看，选取了最具有历史意义的个人生活片段，在中国从和平到战争的风云变幻之中，来进行史诗性书写的话剧创作。

在第一幕中，1918年7月间，“二十余岁的青年”林桐，“穿一身新藏青哔叽学生服，剪裁不大合身”，“显然他今天穿扮了起来赴会的”。

① 秦川：《郭沫若评传》，重庆出版社1993年版，第268—273页。

刚刚一进门就遭到娄教授的斥责："新同事？哼"，"简直是开我们的玩笑！什么东西，也请来教书"！就说"胡适！他写得出什么好东西"，更何况"像林桐这种海水都没见过的土包子"。然而，邀请他来校任教的方教授，却认为"这是个极有希望的青年，我和他谈过三次话，读过他一本书，我知道他是一个诚恳笃实，天性深厚的人"。可见，林桐刚刚进入大学教书，就遭遇到旧派教师的当面侮辱与新派教师的衷心欢迎，由此而显现出新文化运动对大学乃至全社会的巨大冲击。

在第二幕中，1919年5月3日，林桐"衬衫敞领，精神饱满"地招呼："帮我一个忙，这一批《告全国民众书》上，偏偏把曹汝霖的汝字三点水漏了，变成了曹女霖，我要了两个铅字来，我们马上就把它改一下吧"，"明天一切按照预定的计划游行示威！"可是，"林桐从五月四日请愿被捕"，"整整五十天了"。"当然，放是迟早要放的，现在全国都在罢工罢市，响应学生运动，弄得举世注目。政府再腐败，也不敢乱来。"林桐终于回到学校，"四万万的人都叫咱们叫醒了"！这就是以林桐参加五四爱国群众运动被捕的事件，来显示从大学教师到社会民众在走向觉悟之中的复杂心态。

在第三幕中，1939年的春天，"神圣的抗日战争有了一年又半的历史"。尽管"四十六岁鬓角上留下了不少花白的头发"，这"已经不是二十年前的林桐——他是沉着多了，深厚多了，也更坚强了"。因此，既然"教育部一再要我们迁到后方去"，"那么只有硬着头皮不管吃多少苦也得搬"，"更重要的是这种精神，表示我们的大学生肯徒步六七十天走到云南来维持国家的教育，这是可以引起国际间的注意，全世界的同情的"。就这样，林桐与学生一道徒步到大后方坚持办学，努力为国家培养抗战人才，展现了爱国不惜一切代价的崇高精神。

在第四幕中，“大学到昆明后四年，林桐依然坚守在自己的岗位，以教读为事”，而“林桐此时像所有苦守本分的教师一样真是困窘不堪”。尽管如此，林桐还是决定“不管多苦，不管多穷，只要还有一口气在”，都要坚守住三尺讲台。林桐在艰难困苦的战时生活条件下，仍然坚守岗位而得到学生的崇敬与爱戴，表现出献身教育事业的伟大人格。这样，在林桐“服务母校二十五周年”暨“五十寿辰”的纪念会上，学生们发自内心地高呼“林桐先生万岁！”[①]实际上也就成为对勇于牺牲而坚韧不拔的现代人格精神的高度颂扬，正是这样的现代人格精神，才足以堪称“万世师表”之人格风范。

《万世师表》是从一个人的教学生涯来展现社会的历史进程，可以说是关于社会运动的个人心灵史诗，而《戏剧春秋》则是从一个人的话剧生涯来显现话剧运动在中国的最初兴起与在抗战时期的全面发展，可以说是关于话剧运动的个人生命史诗。[②]在话剧结构上，《戏剧春秋》与《万世师表》有着相似之处，都是以一个人物献身于自己的事业，这样的人生经历为线索，通过选取具有历史意义的生活片段，来显现其所献身的事业如何与整个中国社会的变迁保持着高度的一致。当然，《戏剧春秋》与《万世师表》之间，最大的不同点就在于：《万世师表》没有对中国教育事业的发展进行正面描写，而《戏剧春秋》将个人与社会联系起来的话剧运动，进行了完整的描述。这样，《戏剧春秋》表明，中国话剧运动既是中国社会运动的历史缩影，更是话剧工作者个人成长的生命历程。

---

① 袁俊：《万世师表》，文化生活出版社 1944 年版。

② 夏衍、于伶、宋之的：《戏剧春秋》，未林出版社 1943 年版。

《戏剧春秋》通过对话剧工作者个人生活的史诗性叙事，展现了对于文化人格进行重塑的必要性，证明了话剧运动在抗战戏剧运动中主导地位形成的必然性——这就是在1944年6月公开发布的“中华全国戏剧界抗敌协会三十三年戏剧节广播词”中所说的——“永远永远站立在中国民族中国人民的立场，为民族自由，民权平等，民生幸福的新中国而工作，而创造，而奋斗”。①

当历史剧的根基从古代文本转向现代史实，实际上也促成了从历史悲剧转向历史正剧的过程中，大量话剧创作的涌现，在历史正剧层出不穷之中扩张了历史剧的广度和深度，由此展现出话剧创作之中如何趋向史诗性书写的新路径来，在推动着陪都重庆话剧的战时发展的同时，更是有助于中国话剧，乃至中国文学在不断发展中的现代转型。

① 中华全国戏剧界抗敌协会：《携起手来，更勇敢地前进——中华全国戏剧界抗敌协会三十三年戏剧节广播词》，《戏剧时代》第1卷第4、5期合刊，1944年6月1日。

第六章

陪都文论的主义论辩

一、“新现实主义”

随着“全民总动员”运动的兴起，在“文艺服务于抗战”的总体号召之下，为满足战时需要而进行的文学书写，已经先后化为“文章下乡、文章入伍、文章出国”这样的具体口号，首先提出“第一要‘中国化’，第二要‘战斗化’，第三要‘通俗化’”，来适应以农民与士兵为基本读者的接受水平，达到“激发他们的抗战的情感”的动员目的；[①]其次是提出要努力“翻译中国的抗战文艺”，来形成“抗战文艺的出国运动”，以争取世界各国人民对中国抗战的大力支持。[②]不过，无论是“文章下乡，文章入伍”，还是“文章出国”，固然有着战时文学直接服务于中国抗战的一面，更涉及战时文学如何在中国自主发展的另一面。

这就有必要从战时文学自主发展的中国角度，去审视现代文学战时发展中出现的形形色色的论争，以揭示出战时文学发展的中国新动向。

① 《怎样编写士兵通俗读物（座谈会）》，《抗战文艺》第1卷第5期，1938年5月21日。

② 出版部：《出版状况报告》，《抗战文艺》第4卷第1期，1939年4月10日。

在这里，陪都重庆出现的现实主义论辩，不仅贯穿着八年抗战，而且发生了从抗战前期到抗战后期的嬗变，从而显现出陪都重庆的现实主义论辩，不仅代表着文学思潮战时发展的中国主流，而且也在抗战时期的中国文学运动中发挥着主导作用。

实际上，就现实主义自身而言，一方面表现为关注现实人生的文学意识，即现实性；另一方面体现为复现现实人生的创作法则，即写实性。正是通过对现实性的人生观照而展开写实性的人生描写，才能够建构出现实主义文学的真实性基础。在这里，文学真实性是由作者通过对生活的真实进行审美观照之后所创造出来的艺术真实，这两者之间达到一致性。对于现实主义而言，其真实性也就是现实性与写实性的高度融合——在关注现实人生之中进行复现现实人生以臻于对现实人生的如实描写，从而逐渐发展成中国文学现代发展中所谓新文学的现实主义传统。

但是，这一发展中的现实主义传统，在抗战爆发前的左翼文学运动之中遭到了某种政治化改写，被卷入 1934 年 8 月在苏联正式颁布的“社会主义的现实主义”体系的政治影响之中，文学的真实性被强加了政治内容——必须与“现实的革命发展”和“社会主义精神”相结合，实际上强化了“真实使文学变成了反对资本主义拥护社会主义的武器”这一政治需要的中国影响。[①]这就直接导致左翼文学运动之中出现“差不多”这一文学现象——“文章内容差不多，所表现的观念也差不多”，可偏偏“忘了‘艺术’”，因而期盼着中国现实主义传统在现代文学“新运动”兴起之中的复归。[②]显然，这一文学“新运动”兴起的可能，在此

① 马良春等：《中国现代文学思潮史》（下册），北京十月文艺出版社 1995 年版，第 669—671 页。

② 沈从文：《作家间需要一种新运动》，《大公报・文艺》1936 年 10 月 25 日。

后抗日战争的全面爆发之中成为现实了。只不过，中国现实主义的战时复归，一开始仍然难以避免政治化的改写。

抗战伊始，周扬就指出："中国的新文学运动一开始就是一个现实主义的文学运动"；"现实主义给'五四'以来的文学造出了一个新的传统"；"目前的文学将要而且一定要顺着现实主义的主流前进，这是中国新文学之发展的康庄大道"。因此，"对于现实主义，我们应当有一种比以前更广更深的看法"——"对现实的忠实"。显而易见的是，这一所谓"对现实的忠实"，不过就是要求将文学纳入政治化，甚至政策化这样的忠实于政治的战时轨道——"文学上的现实主义、民主主义的运动是和政治上的救亡运动、宪政运动相配合的"。[①] 不可否认的是，就现实主义中国传统而言，在战时文学运动之中，是忠实于政治还是忠实于艺术，其间已经出现了与周扬相反的看法。这正如茅盾所指出的那样："遵守着现实主义的大路，投身于可歌可泣的现实中，尽量发挥，尽量反映，——当前文艺对战事的反映，如斯而已。"因此，茅盾针对要求制定"战时的文艺政策"的如此鼓吹，在加以坚决反对的同时，坚持认为"我们目前的文艺大路，就是现实主义，除此之外，无所谓政策"。[②]

在忠实于政治还是忠实于艺术的论争之间，其实质则在于战时文学运动之中对现实主义传统应该怎样去发扬光大，正如李南卓所指出的那样："每一个作家对现实都有他单独的新发现，对艺术形式的史的堆积上，都有他的新贡献"，"把自己与当前的中心现实——'抗战'——间的最短距离线找出来吧"！"如果我们非要一个'主义'不可，

① 周扬：《现实主义和民主主义》，《中华公论》创刊号，1937年7月20日。

② 茅盾：《还是现实主义》，《救亡日报·战时联合旬刊》第3期，1937年9月21日。

那么就要最广义的‘现实主义’吧!”[①]问题在于，这一个人的卓识并没有成为全体的共识，因而也就难怪其后相继出现了“三民主义的现实主义”，“民主主义的现实主义”，“民族革命的现实主义”，“抗战建国的现实主义”，“抗日的现实主义与革命的浪漫主义”，“新民主主义的现实主义”，“三民主义的新写实主义”等众多的具有政治性前置定语的现实主义主张。[②]这些主张之所以五花八门，也就在于它们各自侧重于战时文化中不同的政治需要，实际上成为悖离文学自身发展要求的“狭现实主义”，从而呈现出现实主义论辩之中偏于政治化的现实趋向。

事实在于，所有这些偏于政治化的现实主义主张，除了“三民主义的新写实主义”这一主张出现在陪都重庆之外，其他的绝大多数都出现在隶属于国民政府的各个边区的抗日根据地之内，以至于不得不成为一个值得加以特别研究的学术话题。不过，在此更为重要的是针对陪都重庆的现实主义论辩，去追溯其缘起与发展的诸多变动。

在抗战前期，随着文学期刊在陪都重庆的先后复刊与创刊，现实主义论辩也就随之而在陪都重庆发生，并且这一论辩是随着《七月》在陪都重庆复刊而兴起；与此同时，随着在陪都重庆创刊的《文学月报》，率先传播“新现实主义”的新主张，这一论辩也就走向兴旺。这就表明，现实主义论辩在陪都重庆的开展，与那些能够容纳诸多论辩群体的文学主阵地，在陪都重庆的出现是截然不可分的。

1940 年 1 月，胡风在《七月》上发表了《今天，我们底中心问题是什么？》一文，首先指出：“今天的作家们，有谁反对现实主义么？不

---

① 南卓：《广现实主义》，《文艺阵地》创刊号，1938 年 4 月 16 日。

② 邵伯周：《中国现代文学思潮研究》，学林出版社 1993 年版，第 503—506 页；马良春等：《中国现代文学思潮史》（下册），北京十月文艺出版社 1995 年版，第 1116—1125 页。

但没有，恐怕反而都是以现实主义者自命的，虽然他们底理解和到达点怎样，是值得深究的迫切的问题。但至少，像目前一些理论家所提供的关于理论的一点点概念（在这里且不说那里面含着的不正确的成分），对于多数作家并不是常识以上的东西”，这是因为“二十多年来新文学底传统，不但没有烟消云散，如一张白纸，反而是对于各个作家或强或弱地教育了指导着他们，对于整个文艺进程把住了基本的方向”。由此批驳了抗战以来“文学的活动是始终在散漫着的带着自发性的情状之下盲目地迟钝地进行着”这一偏见。然后认为：“今天的作家们有谁会把他底主题离开民族战争的么？恐怕情形恰恰相反，他们大都是性急地廉价地向民族战争所拥有的意识形态或思想远景突进”，这是因为“民族战争所创造的生活环境以及它所拥有的意识形态和思想远景，也或强或弱地和作家们底主观结合了，无论是生活或创作活动，都在某一方式上受着了规定”。于是就断然否认了抗战以来“积极方面的人物，作家还没有给我们留下不灭的典型”这一指责。

这样的认识前提下，胡风提出了“从创作里面追求创作与生活”这一命题，以促使“创作实践与生活实践的联结问题”成为抗战文学运动的“中心问题”，否则，“不理解文学活动底主体（作家）底精神状态，不理解文学活动是和历史进程结着血缘的作家底认识作用对于客观生活的特殊的搏斗过程，就产生了从文学的道路上滑开了的，实际上非使文学成为不是文学，也就是文学自己解除武装不止的种种见解”，这是因为“在我们，战争被有血有肉的活人所坚持，这些活人，虽然被‘科学’武装他们底精神，但决不会被‘科学’杀死他们的情绪”。在这里，所谓“科学”就是种种与主义相关的“合理概念”，特别是对诗人创作进行“个人主义”“感伤主义”之类的“空洞的叫喊”。因此，

"这也是为什么我们不惜过高地估计诗人的生活实践和他底主观精神活动"。[①]

由此可见，无论是新文学传统的战时延续，还是作家创作活动的战时展开，都不能离开对战时生活这一最大的现实，在规定着现实主义的战时发展新方向的同时，也规定着战时作家创作的现实主义新道路，从而引导着陪都重庆发生的关于现实主义的"新"思考。不可否认的是，胡风在他的讨论之中有若干"科学"理据引自《文艺战线》第四册所载《苏联文学当前的几个问题》一文，而正是在这一点上，直接促动了关于现实主义的中国论辩，由此可见在抗战前期来自苏联的文学影响。

同样也在 1940 年 1 月，《文学月报》创刊号上翻译发表了卢卡契的《论新现实主义》一文，卢卡契认为："只有一种现实主义"，即"新现实主义"——那就是从"古典的"现实主义的文化根基上，生长出来的具有"完全新"的内容，从新的形式、新的人物、新的事物，到新的描写方法、新的情节、新的文体，都能符合新的现实的——才能表现"我们伟大的现实"。[②] 显然，"新现实主义"必须与"我们伟大的现实"相一致，而中国的现实主义发展必须与中国的抗战现实紧密地结合起来！所以，这一新主张对于战时中国，特别是陪都重庆的现实主义论辩来说，直接引发了新思考，推进了现实主义论辩的日趋兴旺。

随后罗荪发表了《关于现实主义》，认为现实主义"乃是结合着作

---

① 胡风《今天，我们底中心问题是什么？——其一、关于创作与生活的小感》，《七月》第 5 集第 1 期，1940 年 1 月。

② 卢卡契：《论新现实主义》，《文学月报》创刊号，1940 年 1 月 15 日。此时作者的匈牙利人卢卡契侨居苏联，该文节译自其 1939 年出版的《论现实主义史》（英语版译名为《欧洲现实主义研究》）一书。

家主观的感性与社会客观的理性相一致的血肉搏斗的产物”，而非“客观主义”的文学描写。[①]而史笃则在《再关于现实主义》之中，提出“一切都是历史的产物，现实主义亦然。不同的时代，不同的社会，不同的阶级，产生不同的现实主义。社会主义的现实主义是苏联的产物，我们不可强求”，而“我们的现实是，民主主义革命的现实，我们所需要的现实主义是，民主主义的现实主义”。[②]显然，给现实主义贴上政治标签，是悖离起码的文学常识的。

所以，罗荪发表《再谈关于现实主义——答史笃先生》一文，针对“民主主义的现实主义”就是此时的“新现实主义”这一结论进行驳斥，“因为有人说过，我们今日的新文化是要‘民族的形式，民主主义的内容’，所以，史笃先生就给出了这末一个巧妙的结论。可惜是错误的，因为理论与实践虽然是互相影响的，但是却并非是一件事，方法和内容不能混成一事是同样的理由”，反对把现实主义的“理论方法”与“文学的内容”相混淆。更为重要的是，他还指出“世界观和现实主义同样是发展的，不是固定不变的东西”，“同时，世界观也并非完全绝对的决定着创作方法，这就是为什么观念论的现实主义也能成为一面反映社会的镜子，因为作家在一定时代，社会，政治的实践上为现实生活所推动着”。显然，在这里可以看到对胡风所提出的“中心问题”在一定程度上的积极回应，同时也看到现实主义论辩之中来自苏联文学与国内政治的双重影响。

当然，罗荪也承认“社会主义的现实主义乃是现实主义文学的发展阶段，在现实主义的发展体系中，它有着最高的成就，自然，这并不是

---

① 罗荪：《关于现实主义》，《文学月刊》第 1 卷第 3 期，1940 年 3 月 15 日。

② 史笃：《再关于现实主义》，《文艺阵地》第 4 卷第 12 期。

说它已经是现实主义的最后完成。但是它却已然而且必然的成为全世界新兴文艺的创作方法”。[①]为了确认这一点，就在这同一期的《文学月报》上，发表了《关于“新”现实主义》《“现实的正确描写”》两文与之相呼应，首先在《关于“新”现实主义》中引用高尔基的话来为“新”的现实主义理论体系进行正确地说明：“我们底艺术必须不使人物脱离现实，而站得比现实更高，以便将人物提高在现实之上。”[②]其次在《“现实的正确描写”》中指出“新”现实主义所要求的“现实的正确描写”，就是要“正确的描写生活的本质”以“发现社会的典型”。[③]由此已充分表明社会主义的现实主义的中国影响之一斑。

只不过，社会主义的现实主义毕竟离战火中的中国太遥远，反倒是世界观与现实主义之间的关系，较为国人所关注。事实上，早在1940年初，就有人指出“最近几年来，新兴的文艺理论家们常为世界观与创作方法这问题上，发生着甚为激烈论争，现在，却已得到一个具主潮性结语”——“文艺根本上就是以具体的形象手段，来说明客观现实的。文艺作家过分地偏视于世界观，常常会有使作品堕入于高远的理想，使成一种失掉文艺根本性的概念化的作品”；更何况“创作者纵令没有深刻的世界观，只要他能深入现实”，并且“被创作者具体形象了出来，虽然他（创作者）的作品中没有阐述深刻的较正确的世界观，但其所写出者也离这较正确的世界观不远矣”。[④]然而此时旧事重提，显然更加凸

① 罗荪：《再谈关于现实主义——答史笃先生》，《文学月报》第2卷第4期，1940年11月15日。

② 欧阳山：《关于“新”现实主义》，《文学月报》第2卷第4期，1940年11月15日。

③ 毕端：《“现实的正确描写”》，《文学月报》第2卷第4期，1940年11月15日。

④ 王洁之：《世界观与创作方法》，《新蜀报》1940年1月16日。

显来自苏联的文学影响。具体而言，就是有人提出“我们要说明中国现实主义的抗战文艺和作家世界观的问题”，那就是“中国抗日战争的现实主义文艺，亦应该是‘人民的喉舌’”，在反映现实生活时“只有科学的世界观才能归纳成为一幅活生生的图画”，这是“因为中国抗战，已经超过自发性的东西，而觉醒性的东西了”。[①]显然，有关世界观与创作方法之关系，出现了巨大的分歧，或者是世界观与创作方法之间仅仅是相辅相成的互动关系，正确的世界观能体现在现实主义的创作之中；或者是创作方法与世界观是主次分明的制约关系，正确的世界观就决定着现实主义的创作成败。

1941 年 1 月 8 日，在陪都重庆召开了专题座谈会，在参照“苏联文艺论战”有关文章的同时，关注“我们文坛上”的现实主义讨论，由此展开“作家的主观性与艺术的客观性”这一话题。

讨论一开始，戈宝权就介绍了苏联文坛新动向——1940 年在苏联文坛“引起论争的主角卢卡契是近年来苏联文坛上一位相当有声誉的批评家”，而他和一些见解相近的苏联批评家，据说“形成了一个宗派主义小集团”，正是他们首先指出“苏联文学主要的危险，就在于官样性的乐观主义”；其次认为“苏联的文艺作品，是太热衷于政治”；最后“否定了苏联文学的创造道路”——“人民领袖的形象不能够做为艺术的英雄”。因此，《列宁在十月》《保卫察里津》这类的作品被他们大加指摘。又“因此，这个小集团遭到了严厉批判，说他们对社会主义的现实主义是一种污蔑和诽谤，是对马克思主义文艺理论的庸俗化”。

以群接下来就召集此次座谈会的动机进行了解释：“在一九三二年

① 侯外庐：《抗战文艺的现实主义性》，《中苏文化月刊·文艺特刊》1941 年 1 月 1 日。

以前，苏联曾经盛行过‘唯物辩证法的创作方法’的口号，这口号偏重作家的世界观，而忽视了作品底现实性，结果形成了文学作品的概念化、公式化倾向。一九三四年，苏联提出了社会主义现实主义的创作方法，着重文学作品底现实性，而清算了‘唯物辩证法的创作方法’这口号底概念化的偏向。而现在被批判的以卢卡契为代表的小集团，则走向了另一个偏向——就是忽视了正确世界观在创作中的重要性和决定的作用。”

显然，以群所说的召集座谈会动机，实际上是带有个人倾向性的，不然就不会这样批判卢卡契的所谓理论“歪曲”和“误解”——“作家可以不看重世界观，只要忠实于现实，就可以有伟大的成就”，“从这论点出发，我以为中国抗战以来的文艺创作上有许多问题，是值得注意的。例如在我们今天的文坛上，纯客观主义的倾向和论点正在逐渐生长，我想这是应该提醒和矫正的”。

茅盾对以群这一说法，在回应中多少有点自相矛盾——先说“我们应该从正面来看问题，还是世界观的决定作用大些”；可又说“一个艺术家对于自己的艺术是忠实的话，那末，他仍然能写出了旧社会的没落和新的生长”。尽管如此摇摆于两者之间，茅盾最后还是要说“年青的作家认为有了正确的世界观便可以解决一切了，不再下苦功向生活之海中掏摸，结果，写出来的东西就不免于空洞”，希望“青年作家们”能够“向生活学习”。

胡风随后指出：“强调艺术创作的现实主义，强调艺术与生活的结合——艺术应该是生活的反映，强调现实主义的力量，这个现实主义的力量是要作家尽力的从现实生活里面去发掘而生长出来的，这是现实主义的道路。因为现实主义的力量可能把不正确的世界观打碎，减弱，强调现实主义的力量就是在此。”可见胡风真正强调的现实主义，其实就是“艺术应该是生活的反映”，而“实际创作活动的认识过程，也就是世界观的问题”，世界观的正确与否不过是在这一认识过程中，对现实主义力量产生的增强或减弱的艺术效应而已。

艾青由此提出：“我认为一个作家的世界观应该是发展的，所以所谓世界观不应当作为一个固定的，先入为主的概念来理解。他的世界观的发展就是他的认识的发展，完全是从对于现实生活的不断的审视，不断的思考中得来的。作家的创作过程，就是他的认识过程，从创作的过程中，不断的提高和加深对于现实的认识，从他的新的更高的认识，不断的提高他的作品的艺术价值，所以创作越努力，越能逐渐地迫近客观世界的真实。”显然，唯有真正感受过创作艰辛的人，才会这样说。

于是，胡风在赞同之余，重申“我们所说的世界观，是说对于世界的看法，实该是包括实践完全的认识，但一般所说的作家的世界观乃是指的成见，政治立场。政治的立场当然应该贯穿到对于一切事物的认识。但实际上却常常会和对于具体的生活认识发生分裂”。这就在事实上涉及了一个极为敏感的论题：作家的政治立场是否会直接影响到现实主义艺术实践的成败。于是，“谈论到这里，大家的情绪非常的紧张”。结果，还是得回到“新现实主义和旧现实主义”之间的性质有何不同这一论题上来。

尽管讨论中众说纷纭，但是归根结底就是世界观与创作方法的关系到底如何？依然呈现出是制约还是互动的关系两极：

或是制约的关系——“新现实主义，在它本质的涵义上，首先就十分着重于把握现实的态度和观察现实的视角，这就包含世界观的问题”。因此，“只有最进步的世界观，才能最完全的，最科学的，以艺术的客观态度，表现现实的一切过程，描写出现实的各种复杂形态”。这也就是说世界观正确与否，直接决定着新现实主义的成败。

或是互动的关系——“新现实主义的本身，必须结合着正确的世界观的。也就是说，创作方法不能离开正确的世界观而孤立起来”。所以，“正确的世界观和新现实主义，不管在什么时候，什么地方，都是不可分离的统一体。正确的世界观的体系，表现在作家的创作实践上，除了新现实主义，再没有第二条道路”。[①] 这也就是说世界观的正确与否，间接促成新现实主义的兴衰。

抗战前期，陪都重庆的“新现实主义”论辩，不仅可以看到来自苏联文坛的政治评判的直接影响，更可以看到源自中国左联的文艺主张的潜在延续，而两者的战时交集都是基于“马克思主义文艺理论”的。只不过，前者难免在政治偏见之下趋向评判，而后者执著于文艺立场之上固守主张，在互不相让之中各持己见，难以达成共识。尽管如此，只要双方能够真正捐弃成见，不再拘泥于世界观与新现实主义之关系，而是对于现实主义如何在反映中国抗日战争之中进行新的发展，开辟出新现实主义的战时道路，这才是值得进一步认真思考的。

由此就会有新的发现——“今后新文艺的任务是什么呢？我们认为是提高并发扬作家的批判性”——“不仅仅把现实反映出来就算完事，还应该对现实加以批判”，“因为暴露了黑暗，才使人更觉得光明的可爱和有力，只有这样，文学才可以配合得上抗战，才可以成为抗战的有力

① 茅盾、胡风等：《作家的主观性与艺术的客观性（座谈笔录）》，《文学月报》第3卷第1期，1941年6月1日。参加座谈者共14人，还有戈宝权、庄启东、以群、罗荪、宋之的、万迪鹤、胡绳、艾青、光未然、葛一虹、力扬、臧云远。

武器。”[①]显然，必须摒弃诸如社会主义的现实主义这类的外来影响，在反映现实中加强批判，在批判中不断暴露黑暗，从而大力推进新现实主义在战时中国的发展。

二、“民族文学运动”

1940年4月1日，以国立西南联合大学、国立云南大学等高校文科教授为主要作者的《战国策》在昆明创刊。[②]在创刊号上，林同济就发表了《战国时代的重演》一文，提出“我们必须了解时代的意义。民族的命运，只有两条路可走：不是了解时代，猛力推进做个时代的主人翁；便是茫无了解，抑或了解不彻底，结果乃徘徊，纷歧，失机，而流为时代的牺牲品。现时代的意义是什么呢？干脆又干脆，曰在‘战’的一个字。如果我们运用比较历史家的眼光来占断这个赫赫当头的时代，我们不禁要拍案举手而呼道：这乃是又一度‘战国时代’的来临”！显然，这一历史比较，既是立足学术立场来展开的，更是着眼中国抗日战争来进行的。

于是，“战国时代之所以为战国时代”，首先就在于“战为中心”——“战的威胁与需求迫切到一个程度，而战乃竟成为一切行动的大前提”；其次就在于“战成全体”——“显著地向着‘全体战’一条路展进”，“尽其文化内在条件的可能范围，都一致力求‘人人皆兵，物物成械’”；最后就在于“战在歼灭”——“用战的方式来解决民族间，国家间的各种问题”，“道地的战国灵魂乃竟有一种‘纯政治’以至‘纯

① 郑伯奇：《文学的新任务》，《抗战艺术的新任务》，《新蜀报》1941年8月4日。

② 倪伟：《“民族”想象与国家统制》，上海教育出版社2003年版，第260页。

武力’的倾向”。

这就是从大文化观出发，既比较了中国古代的战国七雄之战，又比较了此时爆发的欧洲各国之战，指出从古至今“一切为战，一切皆战”的“全能国家”，先是中国的秦国，后是欧洲的德国、意大利、苏联这类“续秦”的国家，因而“全能国家”与“战国时代”相伴而行。于是乎，得出合乎学理的结论只能是：“运用全体战，迁灭战，向着世界大帝国一条路无情地杀进——这是战国时代的作风，战国发展的逻辑。”不过，面对抗日战争的中国现实，林同济认为：“与一般的‘强侵弱’的形势大大不同，即是日本这次来侵，不但被侵的国家（中国）生死在此一举，即是侵略者（日本）的命运也孤注在这一掷中！此所以日本对我们更非要全部歼灭不可，而我们的对策，舍‘抗战到底’再没有第二途！”

应该看到的是，在《战国策》上发表的诸多文章，都是偏于学理的探讨，其实反响并非后来者所想象的那么大，这是因为作为半月刊的《战国策》，仅仅出刊 17 期就停刊了，存续的时间不过从当年的春季到冬季。在陪都重庆，针对“战国时代重演”之说的批评，应该是《战国策》停刊之时。

首先是，茅盾在《“时代错误”》一文中，称林同济“所鼓吹者，正是这样一种要消灭‘信仰，企业，社会改造等等大事情’的目的威力的一战，但是，被侵略而作自卫的我们却不能拥护这样的见解”；而是“要加紧发展”那“革命的三民主义”信仰，“民族工业”，“排除那阻碍进步的封建势力以及其他政治经济的改进设置”。[①]与此同时，胡绳也发表《论反理性主义的逆流》一文，对“某些反理性主义的倾向”，进行

① 茅盾：《“错误时代”》，《大公报》1941 年 1 月 1 日。

了点名批评，如鼓吹“大战国时代”的林同济等人，要求“在民族解放战争的发展中充分发扬清醒的，现实的，科学的理性主义”。[①]

面对这些批评，林同济仅仅是在陪都重庆的《大公报》上，重新发表《战国时代的重演》作为回应，由此足见其学术自信与底气。[②]1941年12月3日，《大公报》副刊《战国》在陪都重庆创刊，林同济发表了《从战国重演到到形态历史观》一文，提出要“注重统一和集权”，具体而言，就是“政权集中，经济统一，国教创立”，而“最适当的象征可以说是百家争鸣后多少都要产生出来的思想统制的主张”。

随着不少与此相关的文章在《战国》上陆续发表，随即就引发了这样的批评，在确认“战国派”这教授群体存在的同时，更是确定了其言论的“法西斯主义实质”，在集体点名批评中，肇启了对“战国派”进行从哲学到文学的一波又一波的清算浪潮。[③]

被点名批评的人中当然就有陈铨，因为他主张“指环就是力量”——“假如你问我什么是四年来奋勇抗战的中心意义，我以为莫过于借敌人的‘不正义’，来硬铸出我们的‘指环’，先有了指环，然后才配谈正义”。陈铨在《指环与正义》一文中作如是说。也许是该文的意志哲学面纱太重，难免引发种种的揣测与误解，应该予以重新读解。

首先，“一个国家或民族，图谋自全以至发展，第一步办法就要取得指环。没有指环，只渴望正义来救，它的生命和自由必被断送。德国狂飙时代有一部著名的小说，名叫《马丁黑罗》。里面讲一尊蜡做的神，立在烧陶器的炉火旁边，陶器烧好了，蜡神却烧坏了。蜡神埋怨火

① 胡绳：《论反理性主义的逆流》，《读书月报》第2卷第10期，1941年1月1日。

② 林同济：《战国时代的重演》，《大公报》1941年1月28日。

③ 汉夫：《“战国派”的法西斯主义实质》，《群众》第7卷第1期，1942年1月25日。

太无正义，偏爱陶器。火的回答和简单：你应当埋怨自己没有抵抗的能力，我呢，无论在那里我都是火！”然而，“我所望于中国出版界与作家，也就是一点‘马丁黑罗’的看法。少作些蜡神的抱怨，多提倡些陶器的精神。莫要怨火无情，因为到处都是火”。[①]

其次，“政治理想要崇高，但是理想政治却要切实”。这就在于，“崇高的政治理想，是政治生命的源泉，它可以教人生，它可以教人死，因为它追随了历史演进的进程”；“但理想政治并不是要抛弃政治理想，乃是要把实现政治理想的步骤，清楚划分出来，依次实行，以达到理想的境界”。所以，“抗战以来，中国最有意义，最切合事实的口号，莫过于‘军事第一，胜利第一’，‘国家至上，民族至上’，‘意志集中，力量集中’”。“孙中山先生虽然讲世界大同，他同时更提倡民族主义，世界大同是他的政治理想，民族主义才是他的理想政治。”这样，“辽远的政治理想，外交官的辞令，暂时不必对民众宣传，先实行能够应付时代环境，争取中华民族独立自由的理想政治”。[②]

从上述引文中可以见出在大敌当前之下要求进行精神总动员，特别是文化界总动员的一种强烈而迫切的愿望，应该说这正是与抗战的现实发展和需要保持着高度的一致。所谓“战国派”的意志至上论哲学，文化形态学史观是否具有一个“法西斯主义实质”，显然是应该予以科学的讨论，决非是攻击一点而不及其余，甚至冠以骂名以收借钟馗打鬼之效所能盖棺论定的。

独及在《寄语中国艺术人——恐怖、狂欢、虔恪》一文中提出了“你们要开辟一个‘特强度’的崭新局面吗”？——“猛把恐怖，狂欢

① 陈铨：《指环与正义》，《大公报·战国》1941年12月17日。

② 陈铨：《政治理想与理想政治》，《大公报·战国》1942年1月28日。

与虔恪揉着一团画出来！”因此，《大公报》的编者在按语中指出：“抗战以来，中国艺术，由绘画，雕刻，以至诗歌，戏剧，音乐，是不是确有崭新的发展——这是文化再造中的一个绝笃重要的问题。工具，取材，技术，这都是枝节，关键尤在企图一种精神上心灵上的革命。”

三大母题的提出，就是针对“兄弟们”那“一味的安眠”，“数千年的‘修养’与消磨”，“四千年的圣训贤谟”所造成的“虚无”，这样的精神状态进行疗救。[①]对此，有人曾这样评论道：“恐怖，狂欢，虔恪，煞是生活奋斗的三部曲。恐怖是慑服，也正是醒觉的开始，狂欢不是醉生梦死，而是情绪的奔放，能予胜利途中的迈进者以其所必须而应由之勇气。至于虔恪的境界，倒超出寻常成败得失的心理以外，古往今来大圣大贤，以及肩荷天下重任而成就百代的大事业者，庶几近之，所谓与造化同其功也”，从而“启发中国新文化”。[②]

不过，当时还是招来了如此批评——“《战国》上的文艺思想也正是这一系列的法西斯思想中的一部分。虽然在文艺方面《战国》还没有能够像其他方面一样提出思想体系来，然而那法西斯主义的狰狞面具，是已经无可掩饰的了”。然后，指出“战国派”的哲学渊源就是从康德的“唯心观点”到尼采的“‘超人’论”，要求对这些哲学上的“时代的先觉”进行彻底批判。[③]这就一直影响到此后对于“战国派”的评价和批判，不过，“战国派”真的没有提出过文学上的理论主张吗？其实不然。

正是陈铨，于此时开始倡导“民族文学运动”，力图将抗战文艺运

---

① 独及（林同济）：《寄语中国艺术人——恐怖、狂欢、虔恪》，《大公报·战国》1942 年 1 月 21 日。

② 沈来秋：《读〈寄语中国艺术人〉后》，《文艺先锋》第 2 卷 5、6 期合刊，1943 年 5 月。

③ 欧样凡海：《什么是“战国”派的文艺》，《群众》第 7 卷第 7 期，1942 年 4 月 15 日。

动引向发扬“民族主义”的战时轨道。

在这里，所谓的“民族主义”，正是在“大战的世纪”中成为“个人意识的伸张与政治组织的强化”的“调人”，既“富于自觉性，自动性”，又“富于组织性，实力性”，“不仅仅是一个概念，乃拥有一个社会制度以为其执行意志的机关的”。在国际上，民族主义的高涨，尚“有待于联合国家的政治家”。在国内，由于“在二千年大一统皇权下，我们的民族意识未得充分发扬，年来刚露新芽，实不容中辍。我们的问题是必须在继续发展强烈的民族意识里求一个与世界合作之方”。于是乎，这样的“民族主义”，无疑就具体化为反对“希特勒东条的武力威胁”，解除民族主义的“空前的危机”，[①] 由此在中国不断增进民族意识生长的战时追求。

于是，陈铨首先指出：“文学是文化形态的一部分”，而“时间和空间，对于文学有伟大支配力量。时间就是时代的精神，空间就是民族的性格。抛弃了这两个条件来谈文学，我们就不能真正了解文学”，“只有强烈的民族意识，才能产生真正的民族文学”。这就意味着，文学具有从时代精神到民族性格的文化形态构成，文学不过是文化形态的形象表达。更为重要的是，“世界上许多伟大的文学运动，往往同伟大的民族运动同时发生，携手前进。意大利是这样，法国是这样，英国，德国也是这样”。欧洲的文艺复兴运动到启蒙运动，正是民族运动与文学运动相一致的文化运动，由此出发，战时中国所需要的文学运动，就是融入民族运动之中的文学运动，也就是推动民族文化复兴与现代启蒙的民族文学运动。

① 林同济：《民族主义与二十世纪》，《大公报·战国》1942 年 6 月 17 日、24 日连载。

但是，正确的认识反而结出自相矛盾的果实：一方面是“一个人要认识自我，才能够创造有价值的文学，一个民族也要认识自我，对于世界文学然后才有真正的贡献”；强调“没有民族文学，根本就没有世界文学；没有民族意识，也根本没有民族文学”。另一方面则是“政治的力量支配一切，每一个民族都是一个严密组织的政治集团。文学家是集团中一分子，他的思想生活，同集团息息相关，离开政治，等于离开他自己大部分的思想生活，他创造的文学，还有多少意义呢？所以民族意识的提倡，不单是一个政治问题，同时也是一个文学问题”。这样就将民族意识等同于政治意识，民族文学囿于政治文学，成为政治的时代传声筒与民族号角，从而有悖于文学是崭新的自由创造，使时代精神无从表现，民族性格也难以重塑。

与此同时，陈铨还坚持认为：“在某一个时代，民族意识还不够强烈，时代精神把一般作者领导到另外一个方向，使他们不能认识他们自己。在这种时候，真正的民族文学就不容易产生，它对于世界文学的贡献，因此也不能伟大。文学的情状既然这样，政治的情状当然也陷于一种苦闷的境界。全国民众意见纷歧，没有中心的思想，中心的人物，中心的政治力量，来推动一切，团结一切。这是文学的末路，也是民族的末路。”显然，这是偏离了“时代精神有转变，民族特性表现的方式也有转变”的正确认识基点，过于注重民族意识与时代精神之间的冲突，坚持民族意识的形成与中心的思想、中心的人物，特别是中心的政治力量的确立直接有关。

这样，以文学即政治，民族意识即政治力量的视角来考察 20 世纪的中国新文化的发展，无论是学术思潮，还是文学运动，都是由个人主义经社会主义达到民族主义，“不以个人为中心，不以阶级为中心，而以全民族为中心。中华民族是一个整个的集团，这一个集团，不但要求生存，而且要求光荣的生存。在这样一个大前提之下，个人主义，社会主义，都要听它的支配”。显然，由于忽视20世纪的中国新文化是一个具有连续性和一致性的发展过程，而进行三阶段的分割与超越的推演，其结论只能是——“我们可以不要个人自由，但是我们一定要民族自由，我们当然希望全世界的人类平等，但是我们先要求中国人和外国人平等”。①

然而，真正的自由正是源于个人自由的确立，真正的平等是基于人类的平等。如此本末倒置，以至于所谓“中华民族第一次养成极强烈的民族意识”竟然带有反民主主义的倾向，与这一时期中时代与民族的需要是背道而驰的。在这样的民族主义感情中是不可能产生真正的民族文学，在这样的民族主义范畴中也不能形成所倡导的文学运动。或许，陈铨自己也意识到这一理论上的漏洞，给出了这样的辩解：“民族文学运动的提出，在中国还只是一种尝试。”“这次抗战发生后，由于民族意识的普遍觉悟，正是中华民族感觉到自己是一个特殊民族的时候，也正是民族文学运动应运而生的时候。”②

这自然会受到这样的批评：“陈铨先生虽然口里说着‘民族文学运动’，然而却不知道抗战文艺，就正是中国民族解放斗争的英雄史诗的真实的文学表现；而且抗战文艺运动，也就正是继承了五四以来的新文学的历史传统，更向前发展的中国新文学运动，陈铨先生居然无视了这一点，实令人大惑不解。”③

---

① 陈铨：《民族文学运动》，《大公报·战国》1942年5月13日。

② 陈铨：《民族文学运动的意义》，《大公报·战国》1942年6月20日。

③ 戈矛：《什么是“民族文学运动”？》，《新华日报》1942年6月30日。

于是，陈铨提出了民族文学运动从否定到肯定的六大原则来予以补救——“否定的三点”是：民族文学运动不是口号的运动，“一定要埋头苦干，多多创作出示范的作品”；民族文学运动不是排外的运动，对外来文化采取“批评的接受，把它好的部分，经过选择消化，补充自己的不足”；民族文学不是复古的运动，“前人的遗产固应该继承，但总以独出机杼为本”。至于“肯定的三点”是：民族文学运动要发扬固有精神，固有道德，民族意识，然则抱“仁者见仁，智者见智”的态度，[①]于含糊其词中则语焉不详。

就否定的三点与肯定的三点而言，前三点不过是民族文学运动的方法论，而后三点却正是民族文学运动的本质论，对这些原则阐释的明确与含混的不协调，是与所谓中国20世纪文化及文学发展三阶段论的理论主张直接相关的。

杨华在当时就指出：“在‘民族主义文学’这笼统的称号之下也包含着两种完全不同的内容。一种是帝国主义者，侵略主义者，独裁主义者宣扬黩武，鼓吹侵略弱小民族的文学（例如这一次世界大战前鼓吹‘第三帝国’的德国文学和今日宣传‘大亚细亚主义’的日本文学之类），另一种则是被压迫的弱小民族以及侵略国阵营内部的反侵略分子所致力的宣扬民族解放的文学。前者以帝国主义的侵略为中心，后者则以民族主义的解放、民主主义的自由为基干。”然后指出“民族主义文学”作为“官家文学”，“早在十年前就已‘应运而生’了”！[②]

尽管陈铨所倡导的“民族文学运动”主张，虽然因其含混被人误认为官家文学之流，并指责其“中华民族感觉到自己是一个特殊民族”之

① 陈铨：《民族文学运动试论》，《文化先锋》第1卷9期，1942年10月。

② 杨华：《关于文学底民族性——文艺时论之一》，《新华日报》1943年2月16日。

说是提倡“法西斯式的侵略精神”。[①] 但是，陈铨使用“特殊民族”一语，是用来讨论民族文学运动的必要性，关于“特殊”的理解也只能在这样的语境中进行：“一国的文学，如果不把握到当时的特殊性，或者光跟着别人跑，是不会有成就的。中华民族有中华民族的特殊环境与特殊环境下所形成的特殊条件，一定要运用自己的语言和题材去创作，才能成为真正有价值的文学。”[②] 因此，“特殊”，对于民族来说是空间性，对于时代来说是时间性，对于文学来说是形象性，对于作家来说是个体性……

尽管如此，由于民族文学运动的性质不明确，难以引发社会性的反响，结果只能进行在以《民族文学》为阵地的狭窄范围内，成为少数人的短暂运动——1943 年 7 月 7 日，陈铨主编的《民族文学》月刊创刊于陪都重庆，1944 年 1 月终刊。

民族文学运动的无疾而终，有两大原因：首先，民族文学运动在理论倡导上的失误，致使其成为纸上的运动，尽管陈铨意识到“文学是文化形态的一部分”，“时代的精神”和“民族的性格”对文学“有伟大的支配力量”；[③] 其次，民族文学运动在进行尝试中的舛误，使其成为无人响应的运动，尽管陈铨更承认“民族文学运动的提出，在中国还只是一种尝试”，“如果不把握到当时的特殊性，或者光跟着别人跑，是不会有成就的”。[④]

民族文学运动虽然困顿于从理论到尝试的自设陷阱之中，但是，它

---

① 杨华：《关于文学底民族性——文艺时论之一》，《新华日报》1943 年 2 月 16 日。

② 陈铨：《民族文学运动的意义》，《大公报・战国》1942 年 6 月 20 日。

③ 陈铨：《民族文学运动》，《大公报・战国》1942 年 5 月 13 日。

④ 陈铨：《民族文学运动的意义》，《大公报・战国》1942 年 6 月 20 日。

以其特有的方式提出了有关抗日战争时期中国文学运动发展的两个至关重要的问题：一个是战时文学与现实政治的关系，另一个是文学作者与战时文化的关系。这两个问题如何解决，将直接影响到抗日战争时期中国文学的自身发展，与文学作者的创作方向，实际上也就是如何从社会与个人这两方面，来实现文学自由的战时保障。

三、“现实主义在今天”

在“七七事变”爆发4周年之际，“抗战以来的中国”文学的动向如何，需要予以及时总结，以有助于继续向前发展。于是，《抗战以来的中国新诗》一文中指出——“这时，中国新诗和中国文学的各部门一样，急速的，在现实主义的道上，成长与繁茂起来”，“全国的作家几乎全都激动着诗的情感，用素朴的形式写过诗”。[①]而《抗战以来的中国报告文学》一文中认为——“报告文学是中国新文学当中的一个最年轻的兄弟，它底产生和发达，永远和中国民众的反日运动、抗日斗争密切地结合着”，“完全是中国社会现实底激变所促成的”，“报告文学在抗战以后，所以能一跃而为中国文学底主流”，就是“作家底生活随着现实底激变发生了剧烈底变化”，“逼着他们选取最直接而单纯的形式，迅速而敏捷地记录出生活的事实”。[②]

“在现实主义的道上”，抗战以来中国新诗的激情挥洒是“素朴的”，抗战以来中国报告文学的敏捷记录是“单纯的”，那么，抗战以来的中国话剧和小说又是什么样的呢？

---

① 艾青：《抗战以来的中国新诗》，《中苏文化》第9卷第1期，1941年7月25日。

② 以群：《抗战以来的中国报告文学》，《中苏文化》第9卷第1期，1941年7月25日。

《抗战四年来的话剧创作》一文中写道，“剧作家们为爱国的热血所鼓动”，“放弃了‘为艺术而艺术’的意识，认定了‘艺术宣传’为当前最主要的目标”，“他们写作的态度更认真了，更谨慎了，把创作剧本更当作一件事业看待”，而采取“白描的手法，现实的态度”，会“给抗战剧另创出一条新的出路”。[①]《抗战四年来的小说》一文中提到——“可惜的是，抗战四年来的中国文坛，最感不够劲的要算理论的指导了”，因而难以“使作品真能达到‘反映现实’的水准”，尽管“我们的小说作者，的确是努力的”。今后，“作家们要寻觅现实”，因为他们“是在人类社会中搜寻现实本质的工作者”。[②]

抗战以来的中国文学在“理论的指导”方面真的是失语吗？《五年来的文艺理论》一文中给出了回答——“想起五年来，中国文艺理论上的情形，实在有点怆凉。把文艺各部门的发展相互比较，最落后的部门就是理论”。不过，“文艺理论上的建设”，“单在大后方，零星的，不集中的表现是仍然还有的”，并且能够“向多方面发展的，它更切实，坚定而深入了”。[③]看起来，并非文学的理论失语，而是文学的理论失衡，不过，通常文学的理论探讨，往往会滞后于文学的创作发展，这似乎也算是一种文学的常识。

全面抗战的第 5 年，也就是进入抗战后期的 1942 年，胡风发表了《关于创作发展的二三感想》一文，认为随着战时生活的不断延续，“有的作家是，生活随遇而安了，热情衰落了，因而对待生活的是被动的精神，从事创作的是冷淡的职业的心境”，因而同样是失去了“向生活突

① 余上沅、何治安：《抗战四年来的剧本创作》，《文艺月刊》第 11 年 7 月号，1941 年 7 月。

② 王平陵：《抗战四年来的小说》，《文艺月刊》，《文艺月刊》第 11 年 8 月号，1941 年 8 月。

③ 欧阳凡海：《五年来的文艺理论》，《学习生活》第 3 卷第 1 期，1942 年 8 月 20 日。

击的战斗热情”，也就直接导致“客观主义”与“主观主义”在相反相成之中成为“非驴非马的”同一创作倾向。[①] 显而易见的是，正是作家的生活态度转变了作家的创作态度，已经促成恶劣的创作倾向的形成，直接影响到现实主义的创作道路能否继续走下，从而不利于现实主义的战时发展。胡风的这一“感想”，引起了陪都重庆文坛的警觉。

于是，针对什么是生活，有人指出：“生活的第一个涵义”，就是“改变生活环境，扩大生活范围”；“生活的第二个涵义”，则是“加深生活经验”，“生活在人民当中”；“生活的第三个涵义”，当为“人民不是一本书”，要“真正关心他们的命运”。由此提出“扩大生活范围指的是生活的广度，加深生活经验指的是生活的深度，而用全副心肠去关切人民的命运指的是生活的密度”——要是“通俗”一点简单一点说，就是要见过“世面”，要阅历“世故”，要贴近“人情”。这是因为“生活不是为了搜集材料，生活本身就是目的”。[②]

然而，即使能见过“世面”，阅历“世故”，但很难贴近“人情”，也就是缺乏这样的生活态度，写出的作品或许有“生活的广度”，甚至有“生活的深度”，唯独没有“生活的密度”。怎么办呢？能够给出的唯一具有文学创作可行性的回答就是：“所以在真实意义上的现实主义文学，乃是真正有光，有热，有力，有生命的文学。我们要求作家表现现实不是单纯的描写事实，而是有热有力的描绘并深深发掘生活的真实。”[③] 这样一来，“生活有了密度的作家，不必定要写血淋淋斗争的题材，不必定要反映所谓当代的现实，才能见出他对于生活的热情，对于

① 胡风：《关于创作发展的二三感想》，《创作月刊》第2卷第1期，1942年12月。

② 嘉梨：《人民不是一本书》，《新华日报》1943年3月17日。

③ 简壤：《现实主义试论》，《新华日报》1943年3月27日。

人民大众的命运的关心，平凡的小故事中，历史的题材中，都可以见出他的热情和关心”。[①]

于潮在《论生活态度与现实主义》一文中，提出要“建立一种新的生活态度”，就必须克服“对于现实的冷淡，甚至麻木；对于人民的命运的漠不关心”这一已经出现的“障碍”。不过，对于如何克服“障碍”以建立“新的生活态度”，给出的答案就是要用“科学的社会主义”来“武装我们的头脑”。至于如何扭转“客观主义”与“主观主义”的恶劣创作倾向，同样也是要用“科学的社会主义”来武装作家的头脑，实际上，开出了作家必须改造思想这样的政治药方。

因此可以说，“科学的社会主义”这一“真正的能创造出科学、民主和大众的新文化的思想体系”，“它不但是一种研究指南和工作方法，而且是一种生活态度”，足以“恢复我们的气度，扩展我们的心胸，提炼我们的灵魂”，以便能够“和人民在一起生活”，“用全副心肠去贴近我们人民”，因为“人民不是书本”。更为重要的是“生活的态度正确了”，就必须“在最艰难复杂的现实生活的河流当中坚持下去，我们所要求的是千锤百炼，永不失那份‘赤子之心’”。

“新的文化必须从批判旧的开始，在这一点上，今天和五四运动并无二致。”显然，这才是于潮所认为新文学传统的“除旧”现实主义，必须在抗战之中进行“布新”的发展，而发展的基础只能是“科学的社会主义”——具体化为“密切的注视着现实而发自衷心的关注人民命运，深沉的感觉这一个世界的‘社会主义的人道主义’的生活态度”，这样一来，所谓的“新人道主义”势必将支配着现实主义的“新”发

① 茅盾：《论所谓的生活三度》，《中原》第1卷第2期，1943年9月。此文完成于1943年4月20日。

展，从而企图将作为新文学传统的现实主义纳入“新文化”的政治轨道——“自由独立新中国需要有它的新文化”。[①]

同样是“回想一下新文艺底历史”，胡风指出作为新文学传统的现实主义，其使命就是除旧布新——“它控告黑暗，它追求光明”，而“现实主义在今天”应该如何？这就是“立脚在这种现实主义上面的新文艺，战争爆发后就一方面更能够获得本身底发展，另一方面更能够发挥战斗的性能”。这就表明，新文学传统的现实主义始终是基于除旧布新的文学追求的。尽管人民需要“现实主义的新文艺向他们投入”，战争推进作家“创作的追求力能够向人生更深地突进”，但是“新文艺在经历着困苦的处境，因而也就面对着严重的危机”，也就是“首先有了等于不要文艺的事实，其次就产生了等于不要文艺的‘理论’”。在胡风看来，“等于不要文艺”的“客观主义”与“主观主义”的创作危机已经是既成事实，只有在战时文学发展的过程中才能逐步得到解决。

然而，“现实主义在今天”迫切需要解决的危机，则来自那些“等于不要文艺的‘理论’”——首先是，“要创作从一种思想出发，尽可能地离开现实的人生”；其次是，“要作家写光明！写正面人物，黑暗或否定的人物不能写，至多也只能写一点点作为陪衬”。这是因为“像这样的理论，虽然嘴里说要‘光明’的文艺，‘高尚’的文艺，但实际上只是不要文艺，是捏死文艺”！所以，“我把这叫做危机，而且要为文艺请命；不要逼作家说谎，不要污蔑现实的人生”。[②]

---

① 于潮：《论生活态度与现实主义》，《中原》创刊号1943年6月。此文完成于1943年3月4日，而1943年3月17日《新华日报》所发表的署名嘉梨的《人民不是一本书》一文，不过是《论生活态度与现实主义》的部分内容的减缩改写。

② 胡风：《现实主义在今天》，《时事新报·元旦增刊》1944年1月1日。

这一“理论”危机显然是与诸如“建立三民主义的哲学、社会科学及文艺的理论体系”之类的党派意识形态诉求直接相关；[①]也是与“社会主义的现实主义”这样的苏联文坛批判“宗派小集团”对中国的影响密切相关。

显而易见的是，“一个现实主义的文学作家，是时时刻刻不允许和生活的搏斗相脱离的”，因而所谓“生活的三度”只能是“不可分离的统一的认识过程”，而不是“把它分为一个一个阶段来理解”，尤其是“一个作家和人民的关系，应该他自己就是人民中间的一个”，不是什么“贴近”，反而应该是彼此的“紧贴”。

这是因为“现实主义文学论的哲学基础是所谓的反映论。简单的说，就是通过艺术家的思想，反映出历史的真实”——“艺术家用他们的纤细而复杂的笔触，把它活生生地凝聚在艺术形象中间”，来“反映生活和创造生活”。这就避免了非要让作家贴上某种政治思想的标签，以至于脱离了现实生活而成为某种政治思想的传声筒的可能。这不过是因为“文学乃是一种思想活动的形式”，而“作家主观的思想感情和客观的生活不断的搏斗着，统一着，这样才产生了文学，而在这过程中间，艺术的形象就已经存在了”。[②]

问题在于，较之“理论”危机只需要进行基于文学常识之上的驳斥即可应对，创作危机则需要重新唤起作家“向生活突击的热情”，并且已经成为作家的群体性共识，于是便有了《文艺工作底发展及其努力方向——“文协”理事会推举五位理事商讨要点，由研究部执笔草成在第

① 《文化运动纲领草案》，《文化先锋》第 2 卷第 24 期，1943 年 9 月。《文化运动纲领草案》由 1943 年 9 月 6 日至 13 日召开的中国国民党第五届十一全会通过。

② 荃麟：《生活·人·文学》，《青年生活》第 4 卷第 6 期，1944 年 7 月。

六届年会上宣读的参考论文》一文的发表。

该文指出："既然战争变成了持续的日常生活，文艺家就要在经营一种日常生活的情况下从事创作"，"再联系到思想限制和物质困苦这双重的重压"，"结果当然会引起主观战斗精神底衰落"，而"主观战斗精神底衰落同时也就是对于客观观察的把握力、拥抱力、突击力的衰落"，其结果就是出现了"各种反现实主义的倾向"。如何才能重返现实主义的创作道路呢？"就文艺家自己说，要克服人格力量或战斗要求底脆弱或衰败，就社会说，要抵抗对于文艺家底人格力量或战斗要求的蔑视或摧残。"①

然而，这一群体性的共识却遭到了这样的指责——"过分强调作家在精神上的衰落，因而也就过分的强调了目前文艺作品上的病态"，甚至认为这"不是从现实的生活里得出来的结论，而是观念的预先想好来加在现实运动上的公式"。②然而，面对着这样的指责，胡风坚持认为——"当批判的现实主义在人类解放斗争里面争得了进一步的发展，文艺底战斗性就不仅仅表现在为人民请命，而且表现在对于先进人民底觉醒的精神斗争过程的反映里面了。中国的新文艺，当它诞生的时候就带来了这种先天的性格"。这就强调了新文学传统的现实主义那自始至终坚持表达出来的双重批判性，驳斥了所谓"观念的"预设与强加之说是何等荒谬，因为这一指责本身就是一种公式化的病态指责。

---

① 研究部执笔：《文协成立六周年纪念大会宣读论文——文艺工作底发展及其努力方向》，《抗战文艺》第9卷第3、4期合刊，1944年9月。题目在期刊目录上即如此，刊发的题目如正文。该文实为胡风所写，收入《胡风全集》，湖北人民出版社1999年版。

② 黄药眠：《读了〈文艺工作底发展及其努力方向〉以后》，见《约瑟夫的外套》，香港人间书屋1948年版。

于是，胡风进一步指出："文艺创造，是从对于血肉的现实人生的搏斗开始的。血肉的现实人生，当然就是所谓感性的对象。然而，对于文艺创造（至少是对于文艺创造），感性的对象不但不是轻视了或者放过了思想内容，反而是思想内容底最尖锐的最活泼的表现。不能理解具体的被压迫者或被牺牲者底精神状态，又怎样能够揭发封建主义底残酷的本性和五花八门的战法？不能理解具体的觉醒者或战斗者底心理过程，又怎样能够表现人民底丰沛的潜在力量和坚强的英雄主义？"这正是"现实主义的力量"之所在。

因此，"只有从对于血肉的现实人生的搏斗开始，在文艺创造里面才有可能得到创造力底充沛和思想力底坚强"，通过"引发深刻的自我斗争"，"去深入或搅和人民"，以发现"他们底精神要求虽然伸向解放，但随时随地都潜伏着或扩展着几千年的精神奴役的创伤"，随时"就得有和他们底生活内容搏斗的批判的力量"。只有在"精神扩展"的过程中，进行"现实主义的斗争"，[①]才能真正地促成作家的主观战斗精神在现实主义的发展之中不断高涨。

对此，雪峰认为"单是热情，单是'向精神突击'，在我们，是还万万不够的，还不能成为真实的战斗文艺，并且那里面也自然会夹杂着非常不纯的东西，例如个人主义的残余及其他的小资产阶级性的东西"，进而"主观力的要求也是如此"，尽管同时也不得不承认这些都是"分明地在对革命抱着精神上的追求之下提出问题的"。之所以会如此说，也就在于——"这是我们首先应取的态度，这态度我还以为在我们领导上现在且有战略性的意义，因为我们是要使一般的反抗现状和旧

① 胡风：《置身在为民主的斗争里面》，《希望》创刊号，1945年1月。

思想的力量，真正汇合到革命中来，并在革命中改造而成为真正的战斗力量”。

与此同时，“所谓自然力或人民的原始力量的追求”，也就是“人民在落后生活中的在原始形态上的力量，正和他们在重重的压迫与摧残下的麻木，病态与软弱的一样，都是我们所要掘发的东西，因为这是他们在压迫与落后中所赖以斗争和生存下来的东西，也正是要求着无产阶级的进步的领导和组织的基础力量”。之所以会如此说，也就在于——“我以为如果指的以处理落后人民的自发的斗争和斗争中自发的力量为对象的作品，则同样不能用这样的话去消极地阻挠，因为这方面也正是我们文艺上的新的开始”。

至此，所有这一切，无论是“主观力”，还是“自然力”，不仅可以“在革命中改造而成为真正的战斗力量”，而且也可以成为“我们文艺上的新的开始”，“只要作者不否认进步的领导和组织的必要”！[①]这就为现实主义的发展设置了“在革命中改造”，服从“进步的领导和组织”这样的政治门槛。虽然同样是从新文学运动的发展过程来看，胡风所倡导的“主观战斗精神”，在此仅仅是得到了“我们领导上现在且有战略性的意义”这一角度上的认可，而实际上是要借此“汇合”所有那些有可能有助于“我们文艺上的新的开始”的“战斗力量”。

如果说冯雪峰并没有以“民主革命”的名义，对现实主义道路的个人思考加以一概否认的话，那么，何其芳则在强化阶级立场之中宣称：“凡是在现社会里活着的人，未有不是在进行搏斗和冲激的。”这就强调了作家及其创作的阶级性，并以此作为政治标准来贬斥创作中出现的

① 雪峰：《论民主革命的文艺运动——过去与现在的检查及今后的工作（节录）》，《中原》《文艺杂志》《希望》《文哨》联合特刊第1卷第1、2期合刊，1946年2月。

“一些资产阶级和小资产阶级的观点”，尤其是“与血肉的现实人生的搏斗”“向精神突击”之类。这是因为“政治标准第一，艺术标准第二”这一问题，“毛泽东同志《在延安文艺座谈会上的讲话》（大后方的版本叫《文艺问题》）中已经讲得很清楚了”，所以也就没有必要对不符合政治标准的作家及作品进行艺术标准的评判。

更为重要的是，“我认为今天的现实主义要向前发展，并不是简单地强调现实主义就够了，必须提出新的明确的方向，必须提出新的具体的内容”——“艺术应该与人民群众结合”。这既是“新的明确的方向”，又是“新的具体的内容”，并且作家创作要“尽可能合乎人民的观点，科学的观点”，“形式上更中国化，更丰富，从高级到低级，从新的到旧的，都一律加以适当的承认，改造或提高”。这是因为“毛泽东同志对于无产阶级的艺术理论的最大的发展与最大的贡献乃在于那样明确地，系统地提出了艺术群众化的新方向，与从根本上建立艺术工作者的新的人生观。从此以后”，无论是“新文艺也好”，还是“现实主义也好”，都必须遵行这一“新方向”才能发展。①

这就为抗战后期的“现实主义在今天”的论辩，画上了一个远非完美的政治句号，直接影响着新文学传统的现实主义与作家的现实主义道路“在今天”以后将完全趋向政治畸变。

① 何其芳：《关于现实主义》，《新华日报》1946年2月13日。

余论

现代文学的区域分化

一、20世纪的中国文学

为纪念《申报》创刊50周年，申报馆于1923年编辑出版了《最近之五十年（1872—1922)》纪念册，其中梁启超发表了《五十年中国进化概论》，而胡适发表了《五十年来中国之文学》，分别讨论了从19世纪末到20世纪初中国的社会变迁与文学变迁。虽然说这一讨论因纪念之故而限于50年，然而，在实际上却以跨世纪的眼光，指出进入20世纪之后中国从社会到文学都出现了现代革命，不仅在社会变迁中“最进步的便是政治”，中国走向了共和；而且在文学变迁中“承认小说的重要”，中国出现了新文学。这样的讨论无疑给予了如下启迪：面对文学的现代革命进行文学史的世纪书写，是否应该将中国文学的现代革命与中国社会的现代革命相联系，进而置于20世纪两者同步变迁的过程之中，来认识20世纪的中国文学变迁与中国文学的现代转型之间的多重相关性，在避免文学史书写的种种舛误之中，来逼近文学历史的中国本相。

21世纪初，严家炎先生主编的《20世纪中国文学史》出版，使人不禁想起了20世纪80年代初出版的由唐弢、严家炎二位先生主编的《中国现代文学史》，还有50年代初出版的由王瑶先生所著的《中国新文学史稿》。以上这些与现代文学的中国变迁相关的文学史书写，不仅标示着1949年以后文学史的书写呈现出从个人独著到多人合著的趋向，而且更是表明对于文学史书写显现出从政治本位到文学本位的复归，进而在文学史书写多样化格局之中形成了分别归属于“中国新文学史”“中国现代文学史”“20世纪中国文学史”的三大系列，其总数据说已经超过千部。

然而在蔚为大观的众多文学史之中，无论是个人独著还是多人合著，在形形色色的文学史书写之中，面对现代文学的中国变迁，始终存在着一个不得不正视的问题——现代文学中国变迁的起点在哪里？最初是以1919年为起点，不仅仅是因为五四爱国运动的爆发而有了“五四新文学”之称谓，更是因为五四爱国运动成为旧民主主义的近代文学与新民主主义的现代文学之分界点。于是，政治本位的运动与主义成为衡量文学变迁的起点基准，以1919年为现代文学的中国起点，不仅在一些“中国新文学史”中是如此，而且在一些“中国现代文学史”中也同样是如此。随着社会主义建设新时期的到来，文学史书写开始回归文学本位，现代文学的中国起点调整到了“文学革命”兴起的1917年，并且在突破政治终结点的1949年之中延伸到社会主义的当代文学领域，主要表现在一些后出的“中国现代文学史”书写之中。

与此同时，在“20世纪中国文学史”的书写之中，消解了所谓近代文学、现代文学、当代文学基于政治本位的“主义”之分，其文学史书写的起止点由于20世纪这一年代性的断代，似乎并不会成为问题，然而，在现代文学的中国起点上偏偏出现了问题，具体而言，前推至

19 世纪末的 1898 年，甚至 19 世纪 80 年代与 90 年代之交。[①] 当然，无论是将现代文学的中国起点推到 19 世纪末，还是现代文学的中国变迁即“20 世纪中国文学”的倡言，早在 20 世纪 30 年代前后就已经发生。1929 年，陈子展就在其所著《最近三十年中国文学史》之中，确认 1898 年当为中国新文学的起点，而赵景深在为之所作《序》中则指出该书实际上可以名为《20 世纪中国文学主潮》，[②] 实为 1985 年提出的“20 世纪中国文学”论之滥觞。显然，“20 世纪中国文学史”的起点也就被限定在清末变法运动的“百日维新”发生的 1898 年。事实上，仅仅从维新变法运动在中国兴起的角度来看，更可以将现代文学的中国起点再推前。1935 年，周作人在《中国新文学源流》一书中就提出中国新文学的起点应该是“公车上书”的 1895 年。[③] 由此可见，现代文学的中国起点该如何判定，从一开始就摇摆于政治本位与文学本位之间。

那么，现代文学的中国起点应该如何去判定呢？只能置于现代文学如何在中国生成这一过程之中，通过对社会变迁与文学变迁之间的现实关系进行考察，来寻求社会变迁与文学变迁在同步而并非一致的历史契合点，这就是从社会革命到文学革命的现代革命。1902 年 12 月 14 日，梁启超在《新民丛报》第 22 号上发表《释“革”》一文，提出传统意义上的中国“汤武革命”，不过是改朝换代的以暴易暴的政治工具，而现

---

① 严家炎主编：《20 世纪中国文学史》（上册），高等教育出版社 2010 年版，第 12 页。

② “其实，这本书也可以名为《20 世纪中国文学主潮》，因为他把近三十年来文学变迁的大势，说得非常清楚。”赵景深：《最近三十年中国文学史·序》，陈子展：《中国近代文学之变迁；最近三十年中国文学史》，上海古籍出版社 2000 年版。

③ “自甲午战后，不但中国的政治上发生了极大的变动，即在文学方面，也正在时时动摇，处处变化，正好像是上一个时代的结尾，下一个时代的开端。”周作人：《中国新文学的源流》，华东师范大学出版社 1995 年版，第 56 页。

代意义上的欧洲各国革命，则是改天换地的变革，其目的是通过从循序渐进的革新到改弦更张的改革，以“别造一新世界”，因而号召在中国发起具有整体性的从社会到文学的现代革命。与此同时，正是在1902年11月14日，梁启超创办的《新小说》问世，率先发起了小说界革命，从而促使其在晚清文学各界革命之中异军突起。

于是，较之诗界革命与文界革命囿于“旧风格”而未能走向革新，小说界革命呈现出从文学资源到文学形态的不断革新，因而鲁迅、周作人、胡适等人纷纷成为“新小说”的译者与作者，加入到小说界革命众多参与者的行列之中。随着小说界革命的影响日益扩大，陈独秀于1905年在《新小说》上发表《论戏曲》一文，积极鼓吹戏剧界革命。这就表明，小说界革命与1917年兴起的文学革命之间，有着天然的内在联系，表现出中国文学现代革命的连续性——无论是胡适的《文学改良刍议》呼吁中国文学应该学习与借鉴欧洲现代文学，进行从精神到形式的双重大解放；还是陈独秀在《文学革命论》之中再度确认现代革命的欧洲渊源，要求同时推进文学革新、社会革新与政治革新以适应世界之潮流，都同样是对小说界革命的全力回应之中的不断前行，体现了文学的现代革命在中国已经从发生转向发展的现实过程。

这就意味着，文学的现代革命与社会的现代革命一样，是在从欧洲到亚洲的世界性拓展过程之中，促成中国文学与社会的现代革命，因而证实了这一革命的普泛性质。如果说，文学的现代革命在欧洲的实现，仅仅是展现出一个具有普世性的现代文学革命观念，那么，随着包括中国在内的其他国家的文学现代革命逐步在20世纪成为世界性现实，自然也就促使现代革命完成了从普世性观念转向普适性观念，最终成为文学现代转型的内在驱动力。这也就是说，文学的现代革命在促成中国文学现代转型的同时，也促进了中国现代文学向前发展。由此可见，中国文学的现代革命发生于小说界革命，因而现代文学的中国起点理当判定为小说界革命倡导的1902年。

1902年之所以能够成为中国现代文学的起点，不仅仅是因为文学的现代革命在中国的发生，更是因为中国进入了社会的现代革命阶段——社会现代化的制度体系在清末新政之中得以开始建构。尽管清末新政是大清国当权者在1900年八国联军入侵之后，为形势所迫而不得不进行变法维新以拯救危局，但它在客观上却把19世纪开始的变法维新推进到20世纪的制度改革这一现代革命的中国高度。因此，较之洋务运动，戊戌变法在19世纪的变法维新，其着眼点主要在政治权力的“变法自强”上，而不是在政治权利的“人民之自治”上，[①]正是进入20世纪开始的清末新政所推行的社会性与政治性的制度改革，已经初步显露出社会的现代革命这一世界趋向来，具体而言也就是对全体国民的公民权利开始进行制度性保障。仅仅从文学变迁的角度来看，现代法律制度的体系性建构，能够在一定程度上保障文学创作与文学传播的自由空间，现代教育制度体系性建构，能够前所未有地提升作者群体与读者群体的文学境界，而1905年废止科举考试，更是为现代作家的中国出现铺平了专业化道路。

这就表明，进入20世纪之后的中国，无论是文学的现代革命还是社会的现代革命，已经开始进入了文学变迁与社会变迁的同步状态。这也就是说，20世纪不仅是中国社会现代转型的世纪，而且也是中国文学现代转型的世纪。在这样的前提下，20世纪的中国文学与中国现代文学

① 梁启超：《论新民为今日中国第一急务》，《新民丛报》创刊号，1902年2月8日。

均以文学现代革命的中国发生为点，从一开始就合二为一：20 世纪的中国文学就是中国现代文学第一个百年的世纪文学，而中国现代文学是一个从 20 世纪到 21 世纪尚未完成的转型过程，是中国现代化尚未完成的形象写照。在这里，20 世纪作为一个年代性的纪年概念是以百年为限的，而中国现代文学的现代转型与中国社会现代转型保持着同步性，在中国社会的现代转型之中，由于“经典现代化”的工业化、城市化、民主化指标尚未完成，[①]已经呈现出由20世纪延伸到21世纪的状况，中国文学的现代转型势必同步延伸到 21 世纪。由此可证，20 世纪的中国文学仅仅是中国现代文学的第一个百年文学阶段，而中国现代文学则进入了文学变迁的第二个百年，成为跨世纪的中国现代文学。

所以，不仅仅是“20 世纪中国文学史”已经成为文学史的世纪书写，而且“中国现代文学史”也需要进行文学史的世纪书写。这就在于“世纪”这一百年断代概念，其内涵并非仅限于年代性的时间划分，而是具有时代性的阶段划分。世纪这一概念的出现，是与人类历史上出现的一个文化事件分不开的：随着基督教从民族宗教演变为世界宗教，以公元为新的纪年体系，公元第一世纪的第一年，也就是公元元年被认为是耶稣出生的那一年，成为人类历史纪年的具有划时代影响的时期区分点。其后从公元 5 世纪到 15 世纪即所谓的欧洲中世纪，也不仅仅是长达千年的年代划分，而且也更是包容着神权世俗化这样的“黑暗时代”的时期区分。进入 15 世纪后期，随着社会变迁之中集权帝国向民族国

① “经典现代化”对社会现代转型提出了工业化、城市化、民主化的三大指标，到 2001 年，全国除了台湾、香港之外，其他地区尚未达标，而中国“经典现代化”的全国实现预计将到 21 世纪中叶。中国现代化报告课题组：《中国现代化报告 2001》，北京大学出版社 2001 年版，第 50、51、71 页。

家的转型，欧洲文艺复兴运动在推进宗教改革的同时催生了民族语言与民族文学，进入了所谓的“现代时期”。18世纪因与欧洲启蒙运动紧密相连而被称为“光明世纪”，19世纪欧洲的社会与文学在实现现代化之中，促进现代性这一价值尺度得以逐渐形成，[①]进入20世纪，现代性已经成为世界各国从社会变迁到文学变迁的一个基准尺度。

事实上，中国的20世纪也是一个划时代的世纪，随着19世纪最后一年的1900年八国联军入侵，引发了社会与文学的现代革命，而21世纪最初一年的2001年，中国加入了世界贸易组织，则证实此前社会与文学的体制改革不可或缺，于是，20世纪中国社会与文学的现代转型已经从被动的顺应转向了自主的认同。这就表明，20世纪对于中国文学而言，不仅仅是文学变迁的百年，而且更是文学现代转型的世纪，进而在相距整整一个世纪的两大标志性历史事件之间，形成相对完整而独立的20世纪的中国文学，从而成为中国现代文学第一个百年文学阶段。可以说，文学史的世纪书写，也就有了两种以上的选择：在同样以1902年为起点的前提下，“20世纪中国文学史”的终点就是20世纪最后一年的2000年；而“中国现代文学史”既可以单独书写这第一个百年文学阶段，也可以延伸书写入21世纪直至中国文学现代转型的完成，还可以单独书写“新世纪文学”——21世纪的文学变迁及其现代性诉求。

无论是“20世纪中国文学史”，还是“中国现代文学史”，如果以文学百年为世纪书写的时间区间，势必导致百年之内中国现代文学从运

---

① 现代性“延续了现代观念史早期阶段的那些杰出传统。进步的学说，相信科学技术造福人类的可能性”，“对理性的崇拜，在抽象人文主义框架中得到界定的自由理想，还有实用主义和崇拜行动与成功的定向”。[美]马泰·卡林内斯库：《现代性的五副面孔》，顾爱彬、李瑞华译，商务印书馆2002年版，第48页。

动形态到运动阶段的年代划分，进而见出中国现代文学在不同运动阶段内运动形态的演变与不同运动形态中运动阶段的更替。因此，不能够以每 10 年作为时间单位，进行从一十年代到九十年代的文学年代划分，以至于 20 世纪初的 1901 年至 1910 年似乎要被称为零十年代，才能够完成从零到十的对世纪百年的年代划分。所以，在一些“20 世纪中国文学史”“中国现代文学史”的世纪书写之中，往往是以“晚清文学各界革命”“五四文学革命”来替代零十年代、一十年代这样的年代划分，然后才进行从 20 年代到到 90 年代的年代划分，以便顺利完成文学史的世纪书写。

问题在于，即使是关于文学史的短时段书写，也不能仅仅限于每 10 年为一年代的时间之内——首先，从作家与读者之间的关系来看，并非是每隔 10 年才变动一次，因而文学创作与文学接受也同样不会出现 10 年周期的，从而难以显现出文学视野与文学境界的实际样态来；其次，从文学运动形态与文学运动阶段之间的关系来看，无论是运动形态的演变还是运动阶段的更替，都不可能囿于 10 年的年代限制，以致在遮蔽形态演变的同时模糊了阶段更替的界限，从而难以对文学运动的基本特点与主要特征进行把握；最后，从文学现代转型与社会现代转型之间的关系来看，如果以 10 年为时间单位来进行年代考察，无异于对现代转型的世纪过程进行了人为的割裂，见不出两者之间的多重关联来，无法在文学史的世纪书写之中进行逼近本真的历史还原。

值得指出的是，在作者与读者、文学运动形态与文学运动阶段、文学现代转型与社会现代转型这三大关系之中，文学运动形态与文学运动阶段之间的关系是具有中介性质的，不仅作者与读者之间的关系会随着文学运动的形态演变发生而变动，而且文学现代转型与社会现代转型之间的关系也会随着文学运动的阶段更替而变化，从而形成以文学运动为中心的三大关系之网。因此，文学运动的基本特点与主要特征在形态演变与阶段更替之中的嬗变，也就成为进行文学史世纪书写的时期区分点的历史依据。

从中国现代文学运动基本特点的嬗变来看，呈现出世纪性的区域分布：20世纪初文学运动发生于沿海的中国东部，抗日战争全面爆发以后文学运动中心逐渐西移到中国内地，在20世纪下半叶形成大陆、台湾、港澳的文学运动三足鼎立。从中国现代文学运动主要特征的嬗变来看，呈现出世纪性的二元互动：中国东部的文学运动从偏于政治化转向艺术化，随后中国内地的文学运动则政治化与艺术化并存，而三足鼎立的文学运动又从过度政治化复归艺术化。因此，将文学运动的形态演变与阶段更替置于文学运动的区域分布与二元互动的世纪性过程这一大前提之下，就能够如实地对20世纪的中国文学进行年代性的时间划分。

就20世纪中国文学的时间划分而言，必须寻找到文学运动在形态演变与阶段更替趋于一致的基点，然后作为时间区分点。第一个时期区分点即1949年，在目前已经出现的三大类文学史——“中国新文学史”“中国现代文学史”“20世纪中国文学史”——之中已经成为共识，从而将20世纪的中国文学区分为上下两半叶。然而，1949年之所以能够成为共同认可的时期区分点，不仅仅是因为政治体制的权力转换对文学运动的形态演变与阶段更替所产生的外在影响，而更是因为20世纪下半叶之中，大陆、台湾、港澳三足鼎立的区域分布，对于文学运动的基本特点所产生的内在控制，进而表现为从过度政治化复归艺术化的二元波动，导致三足鼎立的文学运动的主要特征出现了时空变异。

具体而言，三足鼎立的文学运动在三大类文学史的世纪书写之中，大陆文学运动占据了主要篇幅，而台湾文学运动、港澳文学运动所占据的篇幅则依次递减。显然，文学运动分布区域的大小与对文学运动进行文学史书写所占据的篇幅多少，两者之间的关系并非是决定性的，而只能是偶然性的，关键在于是否能够显现出文学运动特定时期的整体风貌来——在同一时期出现的所谓文学经典，无论是大陆文学中的红色经典还是台湾文学中的白色经典，都同样能展现出政党意识形态对文学运动的某种内在制约；而港澳文学中的"新武侠小说"，显示出大众审美的文本魅力，成为三足鼎立的文学运动中复归艺术化的区域文学先导。

这就表明对于20世纪的中国文学进行文学史的世纪书写，必须将所有那些更能体现出文学运动的基本特点与主要特征的文学史实，从作家、作品到文学思潮、文学现象尽可能纳入文学史的视野之中，然后贴近20世纪的中国文学来进行文学史的世纪书写。当然，在三大类文学史对于20世纪的中国文学所进行的世纪书写之中，尽管书写者们也呈现出三足鼎立的区域分布，并且其数量的多少与文学史的世纪书写之中篇幅的多少似乎保持着正比。但是，并不能因为书写者们来自哪一区域，就必须特地在文学史的世纪书写之中强化书写者个人所归属的那一区域的文学运动，除非是进行区域文学运动的区域文学史的世纪书写。这就需要具备文学史书写的常识与勇气，进而才有可能努力建构出文学史书写的学术规范来。

正是从这一点出发，在半个多世纪以来三大类文学史的努力书写之中，1949年作为20世纪的中国文学中的一个时期区分点，才达成了文学史书写的规范性共识。显而易见的是，对于20世纪的中国文学来说，不可能只有1949年这样一个时间区分点，不过，1949年给出了一个寻找时期区分点的坐标——之前就是20世纪上半叶的中国文学，之后则是20世纪下半叶的中国文学。

在20世纪上半叶的中国文学之中，第一个时期区分点就是1926年。这一年正是国民革命运动进入北伐阶段的第一年，对于文学运动的直接影响就是，大批作家从上海与北京纷纷南下，前往革命圣地的广州。一般说来，从上海到广州的作家，是主动投身国民革命的时代大潮之中，而包括郭沫若在内的一些作家，甚至加入了国民革命军以献身北伐；而从北京到广州的作家，更多的是在面临政治迫害之下，辗转踟蹰之后作出了自己的选择，最终也汇入到国民革命的洪流之中，包括鲁迅在内的一些作家，则自视为国民革命运动的一分子而竭尽全力。在这政治目标高于文学诉求的1926年，不仅郭沫若放弃了创作而参军，鲁迅也暂停创作而从教，从而表明文学运动的政治化倾向开始介入艺术化的领域，文学运动由此逐渐趋向艺术化与政治化的并存。

从1926年向前看20世纪上半叶的中国文学，与作为文学运动起点的1902年发起小说界革命遥相呼应的，就是1915年9月15日《青年杂志》创刊，陈独秀在《敬告青年》之中就大声疾呼"有以自觉而奋斗耳"，通过考察现代"欧洲文艺思想之变迁"，[①]随即指出中国文学"今后当趋向写实主义"，[②]从而开始进行文学革命的理论倡导。显然，1915年标志着中国文学的现代革命即将全面展开，对于小说界革命之中因偏于政治化而出现的小说偏至，在进行创造性补救的同时，又展开了各体文学的原创性更新，奠定了文学运动中艺术化的主导地位。从此以后，取代以讽刺官场的谴责小说为代表的"新民"小说的，是"人的文学"，具体而言也就是面对社会人生，而进行从短篇小说、白话新诗到

① 陈独秀：《现代欧洲文艺史谭》，《青年杂志》第1卷3、4号连载，1915年11月15日、12月5日。

② 陈独秀：《答张永言》，《青年杂志》第1卷4号，1915年12月5日。

美文、独幕剧的如实描写与自我表现，从而在国民精神的文学重建之中，得以成为国民最高精神的文学写照。

然而，从 1926 年向后看，政治化与艺术化并存的文学运动处于分流状态，在左翼文学、民族主义文学之间，出现了尖锐的党派意识形态冲突；而在左联作家与第三种人之间，发生了文学是否应该成为革命工具的创作纷争。不可否认的是，只有这些死抱住文学不肯放手的第三种人，创作出了这一时期文学影响最大的各类小说与话剧剧本。1937 年抗日战争的全面爆发，改变了文学运动中左、中、右彼此对峙的现实格局，文学运动以区域分布的状态出现——抗战区文学运动与沦陷区文学运动。在沦陷区文学运动之中，政治化出现了变异，在被迫放弃关于抗战到底的文学书写的同时，又有可能面临着坠入汉奸文学深渊的危险；只有通过对国民精神进行深度发掘的文学书写，才能够在坚持艺术化诉求之中促进文学运动前行。

在抗战区文学运动之中，政治化与艺术化的并存得以延续，只不过，这一延续的政治基础是团结一致抗战到底，因而文学应当服务于抗战。问题在于，坚持服务于抗战的文学书写，是出于天下兴亡、匹夫有责的个人选择；与此同时，无论是面对生死搏杀的抗日战争还是面对艰难困苦的战时生活，个人的文学书写仍然要坚守艺术化这一根本。所以，在个人的文学书写之中，有可能达到一个兼容政治化与艺术化的平衡点，以进行史诗性的文学追求。

这一文学追求随着中国文学运动中心的西移而逐渐产生，而最终能够蔚为文学大观，则是与陪都重庆成为举国抗战的中心城市分不开。事实上，随着战争烽火之中国民政府西迁陪都重庆，在成为国民政府所在地的同时，包括中华全国文艺界抗敌协会在内的诸多全国性作家、艺术家社团也驻扎陪都重庆，使其成为西移之后的中国文学运动中心，一批达到文学史诗水准的长篇小说与多幕剧，正是在陪都重庆创作与出版的。可以说，以陪都重庆为中心的抗战区文学运动，在引领全国文学运动主流的同时，更是代表着全国文学运动的战时高度与运动方向。

如果说在20世纪上半叶的中国文学中出现了1915年、1926年、1937年这样三个时期区分点，因而可以区分为四个时期，那么，在20世纪下半叶的中国文学中能够找到哪些时间区分点，可以区分为几个时期呢？

首先要找到的第一个时期区分点，就是从过度政治化转向艺术化复归的时期区分点。在三足鼎立的文学运动之中从过度政治化复归艺术化的二元波动，在大陆文学运动中无疑得到了最大限度的显现，而在台湾文学运动中虽然没有同样明显，但是却十分相似；至于港澳文学运动，由于受到了来自两岸文学运动的交互影响，反而显现得不够明晰。这就表明，以大陆文学运动为样板来以点带面，不仅可以找到第一个时期区分点，而且还可以找到其他的时期区分点，以达到在三足鼎立的文学运动之中进行阶段区分的目的。

这第一个时期区分点是“无产阶级文化大革命”终结的1976年，文学运动的过度政治化因政治人物逝世所引发的政局变动而巅峰坠落。随着1979年10月中国文学艺术工作者第四次代表大会召开，文艺政策开始进行全面调整，从而驱动文学运动向着“人的文学”进行历史回归，以重返艺术化的轨道，类似的状况也出现在1977年的台湾文学运动之中。[①]由此可见，三足鼎立的文学运动中的过度政治化，既可以因政治控

① 1975年，蒋中正在台湾去世。1977年8月，在台北召开了“第二次全岛性的文艺大会”，对文学运动进行政治调控。徐迺翔主编：《台湾新文学辞典》，四川人民出版社1989年版，第841页。

制而逐渐形成，又可以因政治干预而逐渐消除。然而，文学运动最终与政治运动之间的关系，除了在过于紧密之时会成为伤害彼此的双刃剑之外，更多地应该保持平行，以期在遥遥相望之中实现各自的目标。

正是因为如此，从1976年向前看大陆文学运动，1966年也就成为过度政治化趋向极端的一个时期区分点。1966年4月，《林彪同志委托江青同志召开的部队文艺工作座谈会纪要》下发，提出“文化革命要有破有立”，在批判文艺黑线的同时，必须完成社会主义文艺的根本任务，[①]进而在同年8月8日中国共产党八届十一中全会通过的《关于无产阶级文化大革命的决定》中，得到批判“资产阶级和一切剥削阶级意识形态”的政治确认，从而驱使大陆文学运动驶入“造神”的政治轨道。几乎与此同时，1965年4月，在台湾召开了“国军第一届文艺大会”，主张“三民主义的新文艺”。[②]其后在1967年11月，中国国民党九届五中全会上，制定了《当前文艺政策》，要求“配合中华文化复兴运动，积极推进三民主义新文艺建设”。[③]由此可见，对于三足鼎立的文学运动而言，1966年显然是过度政治化趋向极端的时期区分点。

从1976年向后看，随着大陆文学运动的渐趋艺术化，到了1988年，文学运动与政治运动最终开始得以各行其道，具体表现在对“胡风反革命集团”的文艺思想与主张，“在党中央的直接过问下”得到最终的政治平反，提出尊重“学术自由、批评自由”，以开展“正常的文艺批评和讨论”，从此以后“不必由中央文件作出决断”；[④]继而在1989年推行“文艺体制改革”，以“理顺党、政与群众文艺团体之间的关系，

① 《林彪同志委托江青同志召开的部队文艺工作座谈会议》，《红旗》1967年第9期。

② 徐迺翔主编：《台湾新文学辞典》，四川人民出版社1989年版，第816、817页。

③ 徐迺翔主编：《台湾新文学辞典》，四川人民出版社1989年版，第836页。

④ 《简讯》，《文艺报》1988年7月23日。

明确它们各自的职能”。[1]这就表明文学运动应该与政治运动相分离，已经得到主流意识形态的最终确认。类似的政治决定也出现在台湾文学运动之中。1987 年 7 月，自 1949 年以来一直处于戒严状态的台湾，由当局宣布解严，使文学运动能够进入艺术化的自由空间。可以说，文学运动与政治运动之间的关系更多地取决于政治因素，不过是 20 世纪的中国文学之所以政治化的一个根本动因。

至此，20 世纪下半叶的中国文学也就具有了 1966 年、1976 年、1989 年这样三个时期区分点，因而可以区分为四个时期。于是，以 1902 年为起点的 20 世纪的中国文学，也就可以区分为四个阶段和八个时期，以呈现出中国现代文学运动在 20 世纪的百年之中，区域分布的基本特点与二元波动的主要特征对文学运动形态演变与文学运动阶段更替之中的作用与影响来。

20 世纪的中国文学四阶段与八时期							
第一阶段 人的文学 （1902—1926）		第二阶段 人民的文学 （1926—1949）		第三阶段 革命的文学 （1949—1976）		第四阶段 复归的文学 （1976—2000）	
第一时期 文学新民 1902—1915	第二时期 文学革命 1915—1926	第三时期 大众文学 1926—1937	第四时期 抗战文学 1937—1949	第五时期 政治文学 1949—1966	第六时期 路线文学 1966—1976	第七时期 文学审美 1976—1989	第八时期 文学多元 1989—2000

或许只有这样，才有可能为三类文学史的世纪书写提供一个更能贴近文学史本相的路径来，从而整体显现出 20 世纪的中国文学。

① 《中共中央关于进一步繁荣文艺的若干意见》，《人民日报》1989 年 3 月 20 日。

二、现代文学的区域机制

所谓区域机制就是中国现代文学区域分化过程之中，在特定时空的区域内形成的文学机制。文学机制不同于文学制度、文学体制这些在文学运动之中生成的刚性构成，而是具有刚性与柔性的双重构成，并且在文本书写、文本传播、文本接受三个环节的循环之中形成动态的机制整体。事实上，文学体制不过是文学制度得以实施的现实体系，较之文学制度的固化，文学机制能够以柔克刚，在突破稳固难变的制度性制约之中随机应变；而较之文学体制的僵化，文学机制同样能够以柔克刚，在冲决僵硬少变的体制性约束之中灵活多变，从而在刚柔相济之中促成文学的变迁。

从中国现代文学运动区域机制的刚性构成来看，在文本书写环节中，文学制度的制约主要呈现为主流意识导向的强度，也就是文学体制的约束直接体现为意识形态控制的强与弱；在文本传播环节中，文学制度的制约主要显现为出版审查抉择的难度，也就是文学体制的约束直接表现为出版审查类型的难与易；文本接受环节中，文学制度的制约主要展现为文学审美自由的广度，也就是文学体制的约束直接彰显为个体审美空间的大与小。

而中国现代文学运动区域机制的柔性构成，则具有主观与客观的两个向度。首先，就区域机制柔性构成的主观向度而言，从文本书写环节看，生命体验的深化与文学追求的升华，将促成文学大家的一再涌现；从文本传播环节看，审美本位的坚守与文学思潮的导向，将促动文学运动的现实走向；从文本接受环节看，文化素质的提升与文学视野的开阔，将促进文学影响的不断拓展。其次，就区域机制柔性构成的客观向度而言，从文本书写环节看，生存环境的改善与文学氛围的形成，有助于文学创造的个人化；从文本传播环节看，媒体类型的完备与文学市场的形成，有利于文学交流的商品化；从文本接受环节看，社会开放的全面与文学需求的细分，有益于文学审美的群体化。

显然，在区域文学之间，文学机制的刚性构成是存在着明显的区域差异的，抗战时期两相对峙的抗战区文学与沦陷区文学之间是如此，和平年代三足鼎立的大陆文学、台湾文学、香港文学之间也是如此。然而，中国现代文学运动的区域机制并非仅仅在其刚性构成方面存在着明显的区域差异，更为重要的是，区域文学在文学机制上的柔性构成方面也同样存在着千变万化的区域差异，并且与其刚性构成的区域差异在双向互动之中相辅相成，呈现为区域文学的具体样态。因此，即便是同属抗战区文学分支的陪都文学与延安文学，其文学机制从刚性构成到柔性构成也同样表现出较大的区域差异。

在有关中国现代文学运动的研究之中，更多是关注其历时性的总体变迁，以作家的文本书写为本位，展现的是文学运动的历史风貌，而较少注意其共时性的区域分化，忽略了区域文学的历史存在，更不用说对中国现代文学运动的区域机制进行探讨。即使是国统区文学与解放区文学的文学史二分，也主要是分而述之，而没有能揭示两者之间的区域差异，特别是其文学运动的区域机制差异。这首先就需要对中国现代文学的区域分化进行历史追溯，然后在这一前提下进行区域机制的现实考察。

区域文学分化的前导分别是地方文学的历史性分化与地域文学的现

实性分化，中国现代文学的区域分化是基于地方文学历史根基之上的地域文学的现实发生，从而在地方文学与地域文学融合之中最终出现。这就意味着，区域文学的出现与地域文学的现实发生直接相关。中国现代文学运动之中地域文学的现实发生与地域文化的政治调控是分不开的，具体而言，也就是与20世纪中国大地上出现的“红色割据”密切相关，而苏区文学也就随之出现。[①]

在“大革命的第一次国内革命”之后，进入了“土地革命”的第二次国内革命战争的1928年，通过“工农武装割据”以建立“红色政权”的呼声日高——“一国之内，在四围白色政权的包围中，有一小块或者若干小块红色政权的区域长期地存在，这是世界各国从来没有的事”。[②]1931年11月7日，“中华苏维埃共和国”宣告成立，以瑞金为政治中心，设立了“中央出版局和中央印刷局”。[③]随着《苏维埃剧团组织法》的公布，以法规的形式规定剧团必须“发扬革命和斗争的精神，并有计划有系统地进行肃清封建思想、宗教迷信以及帝国主义及资产阶级的文艺意识的坚决斗争”，[④]从而将苏区文学运动纳入政治体制之中。

① 汪木兰、邓家琪编：《苏区文艺运动资料》，上海文艺出版社1985年版。尽管该书是“中国现代文学运动.论争.社团资料丛书”之一，但在现已出版的中国现代文学史之中少见有关“苏区文学”的介绍。从现代文学的角度看，苏区文学与新文学之间有本质上的区别，前者是以政治宣传为主，而后者是以文学审美为主；而从区域文学的角度看，苏区文学是地域性的文学现象，缺乏必不可少的地方文学支撑，一直到抗日战争全面爆发的前夕，才开始趋向地域文学与地方文学之间的区域融合。

② 《中国的红色政权为什么能够存在？》（1928年10月5日），《毛泽东选集（一卷本）》，人民出版社1968年版，第50、48页。

③ 中国大百科全书总编辑委员会《新闻出版》编辑委员会编：《中国大百科全书·新闻出版》，中国大百科全书出版社1990年版，第575页。

④ 汪木兰、邓家琪编：《苏区文艺运动资料》，上海文艺出版社1985年版。

这就直接推动了剧本集《号炮集》、诗歌集《革命诗集》，尤其是歌谣集《革命歌谣集》的出版，来批判“文学上贵族主义的偏见”，提出“我们要运用一切旧的技巧，那些为大众所能通晓的一切技巧，作我们的阶级斗争的武器。它的形式是旧的，它的内容确是革命的，但这并不妨碍它成为伟大的艺术，应该为我们所支持”。[①]红色政权的行政区划在战火之中不断变更，苏区文学由于从属于“红色割据”的政治革命，因而一切文学资源都为红色政权所拥有，由此而奠定了苏区文学机制的初始根基。

1935 年 10 月，红军长征到达陕北苏区之后，中华苏维埃共和国以延安为政治中心，同年 12 月改称“中华苏维埃人民共和国”。所以，1936 年 9 月，随着丁玲离开南京前往陕北苏区。这位最早奔赴陕北苏区的左联女作家，积极参与了中国文艺协会的筹建活动。在中国共产党的支持下，中国文艺协会于同年 11 月 22 日建立，以响应毛泽东要求“进行工农大众的文艺创作”这一号召。具体而言，也就是丁玲在为《红色中华·红中副刊》所写的《刊尾随笔》中，提出了“战斗的时候，要枪炮，要子弹，要各种各样的东西，要这些战斗的工具，用这些工具去摧毁敌人；但我们还不应忘记使用另一样武器，那帮助着冲锋侧击和包抄的一支笔”。为此，丁玲随即通过散文、通讯、速写、随笔的写作，来进行“一支笔”的战斗。[②]

1937 年 7 月 7 日的“卢沟桥事变”引发了全民抗战，7 月 15 日中国共产党在《中国共产党为公布国共合作宣言》中指出：“孙中山先生

① 《〈革命歌谣集〉代序》，汪木兰、邓家琪编：《苏区文艺运动资料》，上海文艺出版社 1985 年版。

② 杨欣桂：《丁玲与周扬的恩怨》，湖北人民出版社 2006 年版，第 25、26、28 页。

的三民主义为中国之必需，本党愿为其彻底实现而奋斗”；同时又宣布取消暴动政策，赤化运动，土地政策，“取消苏维埃政府，实行民权政治”，“取消红军名义及番号，改变为国民革命军”，从而“求得与国民党的精诚团结，巩固全国的和平统一，实行抗日的民族战争”。①进入抗日战争时期，苏区政府成为中华民国边区政府，而红军改编为国民革命军第八路军（此后不久改名为国民革命军第十八集团军）以及国民革命军陆军新编第四军。1937 年 9 月 6 日，延安成为中华民国陕甘宁边区首府，由此出现了所谓国统区文学与解放区文学的区域分化，这一分化一直延续到 1949 年 10 月 1 日中华人民共和国的成立。②

在中国现代文学的区域分化过程之中，从“红色割据”出现以来，主要呈现为以区域政治中心的更替为重心的区域文学发展：一方面是从瑞金到延安，再到北京的苏区文学、解放区文学、大陆文学；另一方面则是从南京到重庆，再到台北的“新文学”、国统区文学、台湾文学。

在这里，所谓新文学，是作为与苏区文学相对举的概念——文学革命以来的中国新文学，无疑是疏离政党意识形态影响的，当初倡导“文学革命”的《新青年》，在 1921 年之后从同人性质的文化刊物转变为政党性质的政治刊物，随即与中国新文学绝缘，就予以了有力的证明。较之此前的新文学，在“红色割据”地域之外的“新文学”，已经出现了政党意识形态的直接影响，从无产阶级文学到民族主义文学的政治倾向

① 《中央日报》1937 年 9 月 22 日；《解放周刊》第 1 卷第 13 期，1937 年 10 月 2 日。

② 事实上，“红色割据”的苏区在抗日战争时期已经成为国民政府的边区，而边区对内则被称为根据地，所谓的国统区文学与解放区文学，实际上应该是以陪都重庆为政治中心的“大后方文学”与以首府延安为政治中心的“根据地文学”，而“陪都文学”与“延安文学”则分别体现出大后方文学与根据地文学的区域发展趋向。参见《目录》，《毛泽东选集》（一卷本），人民出版社 1967 年版。

促成了“新文学”的政治化趋势，呈现出从左到右的多元并存的文坛格局。

尽管如此，那些坚持新文学运动方向的“新文学”作家仍然坚守着新文学底线——“谁能以最适当的形式，表现最生动的的题材，较最能深入事象，最能认识现实把握时代精神之核心者，就是最优秀的作家”。[①]这就是为什么要给第二次国内革命战争时期的新文学加上引号，从区域文学的视角来看，“新文学”才能够代表这一时期现代文学发展的全国方向。

面对中国现代文学的区域分化现实，能不能以共和国文学来对苏区文学、解放区文学、大陆文学予以统一的命名呢？现有的“共和国文学”之称，实际上意指 1949 以后的大陆文学，[②]无法包容进苏区文学与解放区文学。与此同时，是否可以用“民国文学”来对“新文学”、国统区文学、台湾文学进行统一命名呢？所谓“民国文学”，在北伐战争胜利以后，其主要构成是“新文学”与国统区文学，或许还能包容进解放区文学，[③]却无法包容 1949 年以后的台湾文学。在这样的前提下，无论是共和国文学还是民国文学，实际上是断代性质的区域文学命名，仍应该归入朝代体文学史的研究范式之内。

关键在于，从现代文学区域分化的机制演变来看，无论是从瑞金到延安，再到北京的区域政治中心更替，还是从南京到重庆，再到台北的

① 胡秋原：《勿侵略文艺》，《文化评论》第 4 期，1932 年 4 月 20 日。

② 张炯主编：《共和国文学 60 年》（包括张柠的《再生文学巴别塔 1949—1966》，张闳的《乌托邦文学狂欢 1966—1976》，贺仲明的《理想与激情之梦 1976—1992》，洪治纲的《多元文学的律动 1992—2009》四册），广东教育出版社 2009 年版。

③ 李怡：《为什么关注“民国文学”？——在台湾中国现代文学学会的演讲》，《江汉学术》2013 年第 2 期。

区域政治中心更替，两者的区域文学机制均具有从刚性构成到柔性构成的内在延续性。因此，不仅可以用共和国机制来概括从苏区文学到解放区文学，再到大陆文学的区域机制，而且同样可以用民国机制来概括从“新文学”到国统区文学，再到台湾文学的区域机制，当然，无论是共和国机制还是民国机制，都仅仅适用于区域文学研究的中国场域之内，区域文学阐释的有效性基于区域文学阐释的有限性。

如果对中国现代文学的区域分化过程进行历史考察，可以看到民国机制的形成早于共和国机制的形成。1928 年，国民政府颁布了《著作权法》；1929 年，中国国民党中央宣传部公布了《宣传品检查条例》；1930 年，国民政府颁布了《出版法》；1934 年，中国国民党中央宣传部公布《图书杂志审查办法》，并在上海设立审查处。这一民国机制刚性构成在抗日战争时期得到延续，并且被纳入战时体制——1938 年，中国国民党中央宣传部公布《战时图书杂志原稿审查办法》《抗战期间图书杂志审查标准》，在重庆成立“中央图书审查委员会”；1942 年，国民政府在重庆成立“中央出版事业管理委员会”，公布《书店、印刷厂管理规则》。[①]1949 年之后仍然在台湾得以延续——1958 年颁布的《出版法》是基于 1930 年《出版法》的修正版本，[②]而 1985 年 7 月 10 日颁布《著作权法》，也同样是基于 1928 年《著作权法》的修正版本。这就在对区域文学实施法律体系之内的制度控制的同时，还进行了政党意识形态影响之下的体制审查，在一定程度上限制了文学审美的个人自由。

---

① 中国大百科全书总编辑委员会《新闻出版》编辑委员会编：《中国大百科全书·新闻出版》，中国大百科全书出版社 1990 年，第 575、576 页。

② 1987 年《台湾省戒严期间新闻纸杂志图书管制办法》宣告废止，1999 年《出版法》宣布废止。袁伟：《台湾废除“出版法”始末》，《中国青年报》2000 年 7 月 14 日。

尽管如此，民国机制刚性构成的这一限制是有限度的，并没有能够将文学运动纳入政治体制之中，而政党意识形态对民国机制柔性构成的导向强度是较弱的。1929 年 6 月，中国国民党中央宣传部召开第一次全国宣传工作会议，确定推行三民主义文艺为“本党之文艺政策”，强调“三民主义文艺，就是三民主义”的党性，[①]进而三民主义文艺政策具体化为民族主义文学——“文艺的最高意义，就是民族主义”，由此挽救“中国文艺的危机”。[②]然而，1930 年 3 月 2 日，中国左翼作家联盟的成立，表明“目前中国无产阶级文学运动已经从击破资产阶级文学影响争取领导权的阶段转入积极为苏维埃政权而斗争的组织时期。这一方面当然是中国革命运动的结果，另一方面是无产阶级文学运动深入的关系”，由此可见中国共产党对无产阶级文学的意识形态主导。[③]

正是由于政党意识形态影响主要表现在民族主义文学与无产阶级文学之间的政治对抗层面上，反而在无形之中消解了对“新文学”的政治约束，尤其是那些“第三种人”——“死抱住文学不肯放手的人”——“他只想文学，不管是煽动的也好，暴露的也好”，当然，他也愿意“为文学而革命”，却不能够“为革命而文学”，[④]因为“革命”毕竟是现实存在着，并且是可以作为个人书写对象的。就此，鲁迅也认为：“苏先生是主张‘第三种人’与其欺骗，与其做冒牌货，倒不如努力去创作，

① 叶楚伧：《三民主义文艺观》，《民国日报》1930 年 12 月 2 日。

② 《民族主义文艺运动宣言》，《前锋周刊》第 2、3 期连载，1930 年 6 月 29 日、7 月 6 日。

③ 《无产阶级文学运动新的形势及我们的任务（1930 年 8 月 4 日左联执行委员会通过）》，《文化斗争》第 1 卷 1 期，1930 年 8 月 15 日；《中国左翼作家联盟在参加全国苏维埃区域代表大会的代表报告后的决议案》，《文化斗争》第 1 卷 2 期，1930 年 8 月 25 日。

④ 苏汶：《关于〈文新〉与胡秋源先生的文艺论辩》，《现代》第 1 卷 3 期，1932 年 7 月。

这是极不错的。”[①]正是那些“死抱住文学不肯放手”的作家，尤其是得到普遍认同的老舍、巴金、沈从文、曹禺，他们在自己对文学进行独立思考的基点上，通过文本的个人书写来展现出“新文学”并没有偏离中国新文学运动的现代方向。

老舍首先指出“以文艺为宣传主义的工具”，“不管所宣传的主义是什么和好与不好，多少是叫文艺受损失的”。[②]这既是老舍此时在大学授课之中对文学本质所进行的个人思考，同时也是对自己此前所写的《猫城记》所促发的个人反思——“本身是失败了，可是经过一番失败总是多少增长些经验”。[③]其次，老舍同时更提出只有“看生命，领略生命，揭示生命，你的作品才有生命”，由此才能够上升到“以生命为根，真实作干，开着爱美之花”的文学境界。[④]与此同时，对于何谓“生命”，在《骆驼祥子》之中得到了“最满意”的个人回答——“这是一本最使我自己满意的作品”，“要由车夫的内心状态观察到地狱究竟是什么样子。车夫的外表上的一切，都必须有生活与生命上的根据”。[⑤]这样，老舍所提倡并实行着的生命书写，就是要摆脱“主义”的干扰，以突破生活表象来揭示出内心最深处的“地狱”。

巴金则提倡进行“我控诉”的个人书写，同时反对“说教”——虽然《家》所展示出来的“只有生活底一部分，但已经可以看见那一股由爱与恨、欢乐与受苦所组织成的生命之激流是如何在动荡了。我不是一

① 鲁迅：《论“第三种人”》，《现代》第2卷1期，1932年11月。

② 老舍：《引言》，《文学概论讲义》，北京出版社1984年版。

③ 老舍：《我怎样写〈猫城记〉》，《宇宙风》第6期，1935年12月1日。

④ 老舍：《论创作》，《齐大月刊》第3期，1930年10月10日。

⑤ 老舍：《我怎样写〈骆驼祥子〉》，《青年知识》第1卷2期，1945年9月。

个说教者，所以我不能够明确地指出一条路来，但读者自己可以在里面去寻它”。[①] 不过，“我控诉”这一个人的激情书写，往往会使巴金“忘掉了自己，我简直变成一个工具了，我自己差不多是没有选择题材和形式的余裕与余地”，以至于要怀疑自己“在艺术方面失去了生命”。[②] 其实，在激情驱动之下真诚地写出“生命之激流”，如此至情至性的个人书写，从来就是最本色的文本书写。所以鲁迅说“巴金是一个有热情的有进步思想的作家，在屈指可数的好作家之列的作家”。[③] 所谓巴金的“进步思想”，就是他自己所一贯主张的：“忠实地生活，正当地奋斗。爱那需要爱的，恨那摧残爱的。上帝只有一个，就是人类，为了他，我预备贡献出我的一切。”[④] 由此可见，个人的激情书写也同样是基于个人的思想追求之上的。

沈从文以“乡下人”自居，始终自视“是一个对于一切无信仰的人，却只信仰‘生命’”，于是，“我除了用文字捕捉感觉与事象以外，俨然与外界隔绝”。这是因为“我要表现的本是一种‘人生的形式’，一种‘优美，健康，自然，而不悖乎人性’的人生形式”，这一看法与老舍拒绝“主义”干扰而进行生命书写的个人主张，在实质上是异曲同工的。只不过，沈从文更强调个人书写之中如何去建构“希腊小庙”，以便供奉视为自己“生命”的“人性”——“这世界上或有想在沙基或水面上建造崇楼杰阁的人，那可不是我，我只想造希腊小庙。选山地作基础，用坚硬石头堆砌它。精致，结实，匀称，形体虽小而不纤巧，

① 巴金：《激流总序》，《家》，开明书店 1933 年版。

② 巴金：《作者的自剖》，《现代》第 1 卷 6 期，1932 年 10 月。

③ 鲁迅：《答徐懋庸并关于抗日统一战线问题》，《作家》第 1 卷 5 号，1935 年 8 月 15 日。

④ 巴金：《两封信》，《海行杂记》，开明书店 1935 年版。

是我理想的建筑，这神庙里供奉的是‘人性’”。[①]因此，《边城》所呈现出来的“人生的形式”，不仅能够成为文本书写中的一座“理想的建筑”，更是能够成为透视人性的生命之窗，从而“认识这个民族的过去伟大处与目前堕落处”。[②]

曹禺在写作之初，就已经明确地认识到应该保持忠于生活的“极冷醒”，决不“生硬地把‘戏’卖给‘宣传政见’”，“因为作者写的是‘戏’，他在剧内尽管对现在社会制度不满，对下层阶级表深切的同情，他在观众面前并不负解答所提出问题的责任的”。[③]更为重要的是，“隐隐仿佛有一种情感的汹涌的流来推动我，我在发泄着被压抑的愤懑，毁谤着中国的家庭和社会”。[④]这恰好与巴金不做“说教者”而进行“我控诉”的激情书写之说相映成趣，同时可能也成为《雷雨》在投稿长达一年之后，才在巴金等人的惺惺相惜之下，得以在《文学季刊》上发表的一个动因。[⑤]所以，通过《雷雨》的个人激情书写，不仅可以看到“对中国的家庭和社会进行了谴责，甚至可能通过全篇会理解忽隐忽现的斗争的‘残忍’与‘冷酷’”；而且更是可以去沉思“这斗争的背后也许隐藏着某种东西”——“希腊剧作家称之为‘命运’，近代人则抛弃了这类模糊观念，把它叫做‘自然法则’”，[⑥]也就是对于人的生命存在所感到的普遍性困惑。

① 沈从文：《〈习作选集〉代序》，《国闻周报》第13卷1期，1936年1月。

② 沈从文：《边城·题记》，《大公报·文艺》1934年4月25日。

③ 曹禺：《序》，《争强》，南开新剧团1930年版。

④ 曹禺：《序》，《雷雨》，文化生活出版社1936年版。

⑤ 田本相、张靖：《曹禺年谱》，南开大学出版社1985年版，第73—76页。

⑥ 曹禺：《〈雷雨〉日译本序》（1936年1月15日作），《曹禺论创作》，上海文艺出版社1986年版。

正是老舍、巴金、沈从文、曹禺等人通过个人书写，表明了只有从文学本位的个人立场出发，才有可能促成文学境界的不断升华，在成就一代文学大家的同时，促动“新文学”的有序发展，从而成为民国机制形成的群体性标志。由此可见，不仅是民国机制的刚性构成对“新文学”的约束力较弱，更是由于民国机制的柔性构成所具有的自主性，避免了文学运动被纳入政治体制之内，从而为“新文学”提供了自由发展的空间。从民国机制柔性构成的主观向度与客观向度来看，无论是文学感受还是个人书写，无论是文学审美还是市场引导，无论是文学素养还是群体需求，都展现出民国机制之中柔性构成在文学运动中的主导地位。

进入抗日战争时期，民国机制虽然受到战时体制的影响，在响应文艺服务于抗战的时代号召之中，文学书写面临着宣传与艺术的两难选择——“在文艺者的心里，一向是要作品深刻伟大，是要艺术与宣传平衡”——“一脚踩着深刻，一脚踩着俗浅；一脚踩着艺术，一脚踩着宣传，浑身难过”！尽管文艺服务于抗战是作家自己作出的个人选择，然而，“渐渐地，大家对于战时生活更习惯了，对于抗战的一切更清楚了，就自然会放弃那种空洞的宣传，而因更关切抗战的原故，乃更关切于文艺”。[①]正是因为如此，老舍、巴金、曹禺在分别写出了偏于宣传的《火葬》《火》《蜕变》之后，慢慢地写出了立于艺术的代表之作：《四世同堂》《寒夜》《北京人》。不过。沈从文之所以中止《长河》的写作，主要是由于自己不能再重讲“一个平常的故事”，因而“我觉得我应当沉默”。[②]这无疑表明，民国机制的柔性构成仍然在国统区文学之中居于主导地位。

① 老舍：《三年来的文艺运动》，《大公报》1940年7月7日。

② 沈从文：《〈长河〉题记》，《大公报》1943年4月1日。

从国统区文学到台湾文学，中国国民党在抗日战争时期坚持倡导三民主义文艺，进而制定了三民主义文艺政策；① 这一政策在1949年以后具体化为“战斗文艺”的提出，企图使文学成为“反共复国”的政治宣传工具，由此可见政党意识形态控制的延续与增强。不过，与“战斗文艺”同时共存的还有“现代派文学”与“乡土文学”。一方面，“现代派文学”以其对艺术性的追求，颠覆了“战斗文艺”的文坛地位；另一方面，“乡土文学”则以“回归乡土，面向现实”为旗帜，逐渐引领文坛。② 于是，在民国机制延续之中，台湾文学基本上保持了“新文学”的固有风貌——刚性构成与柔性构成之间相关性不高，而柔性构成在文学运动之中保持着主导地位。

从第二次国内革命战争时期到抗日战争时期，在苏区文学运动之中奠定初始根基的共和国机制，在解放区文学运动中得以最终形成——文学运动被纳入政治体制之中，共和国机制的刚性构成制约着柔性构成这一基本特征保持不变。由此，1937年4月24日创刊的《解放周刊》，作为中国共产党中央的机关刊物，由中央党报委员会发行科以“新华书局”的名义发行，从10月30日起，“新华书局”改称“新华书店”；1939年，中共中央发出通知，要求“从中央起至县委止一律设立发行部”，随后中央发行部在延安建立；1940年9月10日，中共中央发出《中央关于文化运动的指示》，提出“每一块较大的根据地上，应开办一个完全的印刷厂”；1946年，中共中央出版局撤销，出版发行工作并入中共中央宣传部；1949年2月23日，中共中央宣传部成立出版委员会，

---

① 张道藩：《我们所需要的文艺政策》，《中央日报》1942年11月14日。

② 吕正惠、赵遐秋主编：《台湾新文学思潮史纲》，昆仑出版社2002年版，第182、254、277页。

作为领导出版工作的办事机构。

1949年10月，中国出版总署成立，并于1950年决定新华书店为国营出版企业，继而决定新华书店出版部改建为人民出版社，新华书店印刷部改建为新华印刷厂，新华书店发行部改建为专营发行业务的新华书店，与此同时，三联书店、中华书局、商务印书馆、开明书店、联营书店的所有发行部门联合组成公私合营性质的中国图书发行公司；1951年，中华人民共和国政务院公布《管理书刊出版业印刷业发行业暂行条例》《期刊登记暂行办法》；1954年，中国出版总署撤销，改设为文化部出版事业管理局，并且对私营的出版业、印刷业、发行业进行社会主义改造。[a]从此以后，文本传播的环节被纳入行政体制之内，以进行法令、法规的行政管理。[b]直到1990年9月7日《中华人民共和国著作权法》的颁布，才出现了第一部专门法，以保障相关的公民权利。

随着“文化大革命”在1976年10月的终于结束，社会主义革命转向了社会主义建设。1979年10月30日，第四次“文代会”在北京召开，邓小平在祝辞中提出：“文艺这种复杂的精神劳动，非常需要文艺家发挥个人的创造精神，写什么和怎样写，只能由文艺家在艺术实践中去探索和逐步求得解决。在这方面，不要横加干涉”；而“党对文艺工作的领导，不是发号施令，不是要求文学艺术从属于临时的、具体的、直接的政治任务”。[c]这就促发了共和国机制之中意识形态控制的由强转

① 中国大百科全书总编辑委员会《新闻出版》编辑委员会编：《中国大百科全书·新闻出版》，中国大百科全书出版社1990年版，第576、577页。

② 中华人民共和国新闻出版署政策法规司：《中华人民共和国现行新闻出版法规汇编》，人民出版社1997年版。

③ 邓小平：《在中国文学艺术工作者第四次代表大会上的祝辞》，《党和国家领导人论文艺》，文化艺术出版社1982年版。

弱。

1989年2月17日，中共中央下发了《关于进一步繁荣文艺的若干意见》，要求在管理体制上，扩大文艺事业单位的自主权，建立社会主义文化市场，引导群众的文化消费；进而提出“只要不违反宪法、法律和国家的有关规定，一切思想上无害、艺术上可取、能给予人们以艺术享受和娱乐的作品，都允许存在”，[a]进一步促成了共和国机制之中行政权力控制的由强转弱。于是，随着共和国机制调控的初步展开，从意识形态控制到行政权力控制的不断弱化，已经程度不等地波及文本书写、文本传播、文本接受这三个环节，促使共和国机制刚性构成对柔性构成的制约渐渐松动开来，推进大陆文学运动逐渐脱离过度政治化的轨道，进入有序发展的运动常态。

至此，可以说中国现代文学的区域分化，不仅在抗日战争时期既有抗战区文学也有沦陷区文学；而且在1949年之后除了大陆文学与台湾文学，还存在着港澳文学。显然，不同的区域文学自有其不同的文学机制。只不过，无论是民国机制还是共和国机制，在不断的延续之中呈现出中国现代文学区域分化的全过程，因而也就成为中国现代文学运动中具有代表性的两大区域机制。

---

① 《中共中央关于进一步繁荣文艺的若干意见》，《人民日报》1989年3月20日。

参考文献

一、报刊类

《抗战文艺》《文艺阵地》《七月》《希望》《文学月报》《文艺月刊·战时特刊》《中苏文化》《自由中国》《中原》《读书月报》《学习生活》《文艺先锋》《文化先锋》《民族文学》《时与潮文艺》《现代文艺》《战时文艺》《文艺杂志》《文艺生活》《文艺青年》《文联》《文哨》《当代文学》《文学创作》《诗文学》《诗前哨》《诗丛》《诗星》《中国诗艺》《春草诗丛》《戏剧新闻》《戏剧时代》《戏剧岗位》《戏剧月刊》。

《中央日报》《扫荡报》《新华日报》《解放日报》《新蜀报》《国民公报》《商务日报》《国民政府公报》《新民报》《时事新报》《中央》周刊、《群众》周刊、《解放周刊》。

《新文学史料》《抗战文艺研究》《重庆文化史料》。

二、书籍类

[日]前田哲男著，李泓、黄莺译：《重庆大轰炸》，成都科技大学出版社1989年版。

[美]施坚雅主编，叶光庭、徐自立、王嗣均、徐松年、马裕祥、王

文源译：《中华帝国晚期的城市》，中华书局2000年版。

[美]马泰·卡林内斯库：《现代性的五副面孔》，顾爱彬、李瑞华译，商务印书馆2002年版。

沈永吉等：《外国历史大事集·现代部分第二分册》，重庆出版社1987年版。

肖一平等编：《中国共产党抗日战争时期大事记》，人民出版社1988年版。

中央统战部、中央档案馆编：《中共中央抗日民族统一战线文件选编》，档案出版社1986年版。

中国社会科学院台湾研究所编：《中国国民党全书》，陕西人民出版社2001年版。

荣孟源主编：《中国国民党历次代表大会及中央全会资料》，光明日报出版社1985年版。

林默涵总主编：《中国抗日战争时期大后方文学书系》，重庆出版社1989年版。

林默涵总主编：《中国解放区文学书系》，重庆出版社1992年版。

钱理群主编：《中国沦陷区文学大系》，广西教育出版社1998年版。

《中华全国文艺界抗敌协会史料选编》，四川省社会科学院出版社1983年版。

《作家战地访问团史料选编》，四川省社会科学院出版社1984年版。

《中国话剧运动五十年史料集》第2辑，中国戏剧出版社1959年版。

文天行：《国统区抗战文学运动史稿》，四川教育出版社1988年版。

石曼：《重庆市抗战剧坛纪事（1938年7月—1946年6月)》，中国戏剧出版社1995年版。

重庆市市中区文化艺术志编纂委员会编：《重庆市市中区文化艺术志》，文化艺术出版社 1990 年版。

重庆图书馆编印：《抗战期间重庆版文艺期刊篇名索引》，1984 年版。

王大明、文天行、廖全京编：《抗战文艺报刊篇目汇编》，四川省社会科学院出版社 1984 年版。

隗瀛涛：《近代重庆城市史》，四川大学出版社 1991 年版。

重庆市地方志编纂委员会总编辑室编著：《重庆大事记》，科学技术文献出版社重庆分社 1989 年版。

后　记

1977年恢复高考，从最初进入重庆的大学校园，到最后留在重庆的大学校园，已近40个年头了。正是留在大学校园里，自己才开始了对陪都重庆文化与文学的研究。

也许并非是纯属巧合，80年前的1937年，“七七事变”爆发，中国抗日战争进入了全面抗战时期，重庆被国民政府明定为陪都，成为8年全面抗战时期的中国文化与文学的全国中心。这就为自己从事这一研究提供了数量最多的第一手资料，尽管需要付出一些时间和精力来搜集整理。

在20世纪90年代初，开始进入这一研究园地是无意中被卷进去的，仅仅是为了完成一个纪念中国抗日战争胜利50周年的临时任务。这一任务显然没有达到某种特定的要求，书写的结果变成了出版的苦果，在20多年后，方能修订再度出版。

然而，偏偏没想到的是，自己反倒会渐渐地对此发生了兴趣，感到这是一个已经被人忽略了太久太久，而又在无奈中不得不加以关注的所在。于是，在从无意到有意的过程中，搜寻到的东西、观看到的东西、思量到的东西越来越多，自己的想法也跟着多起来，也就越来越能够摆脱这种或那种的外来影响，并且得以用更专业，乃至更学术的眼光来对待所有这些东西。

从当初的《陪都文化论》，到眼前的《陪都文学论》，彼与此书写之中的时间跨度，没想到超出了20年。原来，作为书写者的自己，在这一日渐兴盛的学术园地之中徜徉，不知不觉间已经二十多年了。在其间，也曾屡屡遭遇种种不如意，也付出过这样或那样的不少代价，甚至进入新世纪后的一段时间里，连“陪都”两个字在重庆当地也不让提起，尽管在其他一些地方，还是一如既往地称抗战时期的重庆为陪都的。这就使人在寂寥之中深深感受到源自内心的温暖，毕竟历史就是历史，谁也不能任性无视。

如今已然从校园中的讲台离去，可自己依然不愿离开这一生机勃勃的研究园地，总是期盼着继续地耕耘，因为这已经是自己的园地。

郝明工

2017年5月